EU, minha CRUSH e minha IRMÃ

BIA CRESPO

EU, minha CRUSH e minha IRMÃ

SEGUINTE

O selo Seguinte pertence à Editora Schwarcz S.A.

Grafia atualizada segundo o Acordo Ortográfico da Língua Portuguesa de 1990, que entrou em vigor no Brasil em 2009.

CAPA E ILUSTRAÇÃO Luísa Fantinel

PREPARAÇÃO Sofia Soter

REVISÃO Natália Mori e Paula Queiroz

Dados Internacionais de Catalogação na Publicação (CIP)
(Câmara Brasileira do Livro, SP, Brasil)

Crespo, Bia
Eu, minha crush e minha irmã / Bia Crespo. — 1ª ed. — São Paulo : Seguinte, 2023.

ISBN 978-85-5534-273-8

1. Ficção brasileira 2. LGBTQIAP+ – Siglas I. Título.

23-156955 CDD-B869.3

Índice para catálogo sistemático:
1. Ficção : Literatura brasileira B869.3

Tábata Alves da Silva – Bibliotecária – CRB-8/9253

EDITORA SCHWARCZ S.A.
Rua Bandeira Paulista, 702, cj. 32
04532-002 — São Paulo — SP
Telefone: (11) 3707-3500
www.seguinte.com.br
contato@seguinte.com.br

Para Lucí, minha crush eterna,
que fez todos meus sonhos se tornarem realidade.

EU, minha CRUSH e minha IRMÃ

Minha irmã

Minha irmã nunca teve dificuldades para conquistar pessoas. Quando a gente tinha (eu) cinco e (ela) sete anos e nos mudamos de um prédio sem área de lazer para uma vila de casas, ela demorou exatamente uma semana, três dias, vinte e duas horas e quarenta e três segundos para se tonar a líder entre as crianças da vizinhança.

Na escola, minha irmã era popular sem fazer esforço. Aonde quer que ela fosse, todas as garotas a seguiam. Quando fez tererê no cabelo durante as férias, essa virou a febre do semestre. Quando ela acidentalmente fez um *tie-dye* em uma camiseta do uniforme, o telefone de casa não parou de tocar com pais e mães perguntando como recriar a técnica. Quando Tamires cortava o cabelo, todas as meninas da sala cortavam igual. Se ela deixasse crescer, era a festa dos fios longos (e piolhos). Tamires era assim. E todo mundo queria ser assim, como ela.

A coisa piorou quando entramos na adolescência. Ou, dependendo do ponto de vista, melhorou — para ela, pelo menos. O ditado "não devemos mexer em time que está ganhando" não se aplica à minha irmã, pois ela só vem se aprimorando desde que nasceu. Não adianta falar que a genética é responsável pelo seu sucesso — afinal, eu compartilho muito do mesmo DNA e não chego nem perto. Tamires é objetivamente bonita (a famosa *padrão*): ela tem a pele branca como a minha, porém sempre com um bronzeado saudável de quem está se expondo à quantidade de vitamina D recomendada (ao contrário de mim, que sou um fantasma), cabelo grosso e forte que se encaixa em qualquer penteado, não é magra nem gorda, tem rosto simétrico, 1,75 m de altura e uma semelhança inegável com a Kristen Stewart — o Super Trunfo de qualquer lésbica.

Nossa casa era um entra e sai de ficantes, namoradas, melhores amigas, ex-ficantes que viraram amigas, ex-namoradas, amigas que queriam ser namoradas, namoradas que ela só queria como amigas, amigas-ficantes e por aí vai. Ex-amigas ela não tem — seu superpoder é terminar com alguém de forma tão incrível e sensacional que todas as meninas querem continuar sendo amigas dela.

O segredo da coisa toda, na minha opinião, é que ela sempre foi sincera. Não mentiu pra ninguém sobre o que estava sentindo e nem fez promessas que não pretendia cumprir. Ela é legal sem esforço. Quando fez dezoito anos e começou a trabalhar, essa relação se estendeu também para seus empregadores. Ninguém nunca demitia ela — era ela que decidia quando estava na hora de sair. E saía com as portas abertas pra voltar quando quisesse, em um cargo ainda melhor, se assim preferisse.

Mas ela não preferia. Não queria nada além do que tinha. Tamires é assim, de boa.

Sabe quem não é nem um pouco desse jeito?

Eu.

Eu

Eu sou o que as pessoas descrevem como *simpática*.

"Como é essa Antônia? Ah, ela é assim... simpática."

Simpática é aquela pessoa que não chega a ser feia, mas também não é bonita o bastante pra merecer esse adjetivo como primeira descrição. Não sou antipática, mas também não esbanjo carisma. Sou quieta e só falo quando me perguntam alguma coisa. Não sou alta, nem baixa, a não ser que esteja ao lado de Tamires — aí, sim, já me chamaram de baixinha. Tenho cabelos castanho-claros bem curtos, com aquele tipo de corte que é feito em barbearias do centro de São Paulo por *hairdressers* supertatuados. E sou tão pálida que parece que sempre tem um flash estourando na minha cara.

Acima de tudo, não chego nem perto de causar o impacto que Tamires causa na vida das pessoas.

Porém, por incrível que pareça, essa história não é sobre ela.

É sobre mim.

Uma história "simpática"

Meu pai morreu um pouco antes de a gente terminar o ensino médio. Foi péssimo. Se Tamires herdou de alguém o jeito dela, com certeza foi dele. Nossa mãe pode até ser incrível, mas nosso pai era realmente gente boa.

Ele deixou de herança um apartamento bem antigo, de dois quartos, no bairro da República, no centro de São Paulo. O lugar estava caindo aos pedaços. Tinha sido seu primeiro apartamento, ainda alugado, quando veio do interior para a capital. Depois de alguns anos, ele conseguiu comprar o imóvel, em uma época onde tal feito ainda era possível. Tamires e eu moramos lá quando éramos bem pequenas, até nos mudarmos para a casa de vila onde minha irmã começou sua carreira de sedutora de sucesso.

Meu pai alugava o apartamento para outros jovens que, assim como ele, eram recém-chegados à cidade. O imóvel já foi de tudo: república estudantil, start-up de tecnologia, escritório de direito, ONG, call center e até uma confecção de roupas de cachorro. O histórico de habitantes interessantes chegou ao fim quando Tamires e eu nos mudamos para lá. Ela tinha vinte anos, e eu, dezoito; nenhuma das duas tinha morado sozinha antes.

Nossa mãe não gostou nem desgostou da ideia. Ela sabia que era uma forma de ficarmos perto do nosso pai, ao mesmo tempo que começamos a traçar nosso próprio caminho. No começo, ela reclamou da segurança: o prédio não tinha portaria nem câmera de vigilância e ficava perto da praça Dom José Gaspar, que sempre estava cheia de gente fazendo festa madrugada adentro. Aos poucos, quando ela entendeu que não tinha como segurar as filhas dentro de casa, cedeu. Sei que sentia saudade da gente, mas o arranjo também funcionou bem pra ela: em coisa de seis meses, nosso quarto na casa antiga virou um ateliê de artesanato, bordado e bricolagem.

Morar com a Tamires não é tão ruim quanto parece. Quer dizer, a maioria das pessoas que eu conheço daria um braço pra viver sob o mesmo teto que ela. Agora, imagina ver em primeira mão todas as conquistas da sua irmã mais velha enquanto você nunca beijou uma garota na vida?

Eu sei o que vocês estão pensando. Devem ter jogado a cabeça pro lado e feito aquele "ahhhh" de dó. Uma pessoa de dezoito anos que nunca beijou? Bom, para o seu governo, eu já beijei, sim — o Marcos, na festa de quinze anos da Vitória; o Juan, naquela vez em que fomos ao Hopi Hari com o pessoal da escola; e o Téo, que foi mais um efeito colateral do que qualquer outra coisa (já, já vocês vão entender).

Acontece que eu não curti nenhum desses beijos. Quando fiquei com o Marcos, achei que fosse falta de química mesmo, ou talvez o fato de que ele tivesse bebido meio litro de Tang com vodka e vomitado um mar vermelho segundos depois. Com o Juan foi tudo superfofo, seguindo à risca o manual de paquera de passeios ao Hopi Hari: ele me deu a mão no elevador que despenca, sentou do meu lado na montanha-russa e até me pagou um lanche caro e ruim na hamburgueria perto do Saloon. No fim do dia, era esperado que eu estivesse completamente apaixonada por ele. Juan era bonito, legal e me tratava bem... Era tudo o que minhas amigas procuravam em um cara. Então por que eu não me sentia atraída por ele?

Porque sou lésbica. Na época, eu ainda não sabia. Até desconfiava, mas, justamente por ter minha irmã mais velha como exemplo de "lésbica bem-sucedida", demorei para me entender: como eu poderia fazer o que minha irmã faz? Chegar em uma garota, flertar, conquistar? Os garotos fazem isso por você. Eles são ensinados a vida inteira o passo a passo dessa dança. Quando você é mulher e gosta de outra mulher, você não tem a menor ideia de como iniciar alguma coisa com ela.

A não ser que seu nome seja Tamires Meira.

Depois de beijar o Juan, eu tive certeza da minha falta de atração por homens. O cara era per-fei-to, mas tudo o que eu conseguia pensar era no cheiro de Axe que emanava dele. Mesmo assim, resolvi tentar uma terceira vez assim que entrei na faculdade, em uma das primeiras festas depois do início das aulas. Fazia cerca de um mês que o semestre havia começado.

O Téo era pseudocult, cinéfilo, músico amador, e todos aqueles clichês do homem universitário de humanas. Era bonito e tinha uma conversa interessante (pelo menos quando comparado aos héteros top das outras faculdades). Naturalmente, antes mesmo de eu saber o nome dele, ele já era amigo da minha irmã.

Acontece que Tamires resolveu dar uma festa para comemorar o início das *minhas* aulas e convidou todos os *meus* colegas pro nosso apartamento.

Tá bom, vai. Estou sendo injusta com ela. Não foi por mal — Tamires nunca faz nada pra prejudicar alguém, muito menos eu.

— Se eu não fizesse, você não ia fazer — ela disse enquanto guardava garrafas multicoloridas de Corote na geladeira. — Tem um mês que as aulas começaram e você ainda não fez amigos.

— Eu vou estudar com eles por quatro anos, em período integral. Tem bastante tempo pela frente — respondi.

Apesar da irritação, eu ajudava ela a organizar as bebidas.

— Quem não te conhece que te compre, né, Antônia.

E foi para o banheiro passar mousse no cabelo cuidadosamente modelado para parecer despenteado, repleto de luzes loiras que exclamavam "procedimento caríssimo". Eu já tinha tentado reproduzir aquele penteado "casual", mas, toda vez que tentava trabalhar os fios com a mousse, parecia que eu tinha dormido com a cabeça encostada na janela do ônibus.

A festa começou tímida; afinal, ninguém nunca chega no horário combinado. Uma vez o pessoal da faculdade marcou um happy hour em um barzinho perto do campus às sete da noite. Eu cheguei às sete e cinco... E fiquei até as nove sentada sozinha, mexendo no celular. Depois disso, nunca mais fui a evento nenhum. Talvez Tamires esteja certa sobre minhas habilidades de socialização.

Aos poucos, a casa foi se enchendo. Eu tentava memorizar o rosto e nome dos meus colegas, sem muito sucesso. Por mais que me esforçasse, achava todo mundo parecido. Eu fazia cinema, ou seja: praticamente todos os meus colegas eram brancos de classe média. Para completar, a maioria usava camiseta de filme (uns três meninos vestiam especificamente aquela "Escrito e dirigido por Quentin Tarantino"). Quando dei por mim, a sala estava lotada de gente — gente que eu tinha certeza que jamais havia visto antes. Na minha turma só tinha trinta alunos. Quem era toda aquela galera?

Até hoje não sei como coube tanta gente dentro daquele apartamento. O espaço até que era bom por causa da arquitetura dos anos 1960, mas não o suficiente para abrigar a população de uma pequena cidade. Tamires obviamente tinha estendido o convite aos seus próprios colegas (ela cursava marketing na mesma universidade que eu), aos amigos deles, e aos seus primos de terceiro, quarto e quinto graus.

Era difícil prestar atenção em alguma rodinha específica, ainda mais com o som ligado no máximo. Eu me diverti por alguns segundos acompanhando o Téo correr atrás da minha irmã. Ele não fazia ideia de que ela era lésbica, apesar de todos os sinais óbvios — não que seja possível identificar com certeza a orientação sexual de alguém só pela roupa ou pelo jeito, mas, no caso de Tamires, era difícil imaginar outra realidade.

Ele estava prestes a fazer a Grande Descoberta quando meu corpo inteiro congelou.

Olhei para baixo e vi minha camisa branca coberta por um líquido azul que tinha um cheiro muito, muito forte de álcool. O tecido grudou na minha pele e o frio subiu pelo meu torso como se eu fosse uma das garrafas de Corote dentro da geladeira.

Quando desviei o olhar para a garota que tinha derrubado a bebida, senti um outro calafrio, bem diferente.

Júlia...

... foi a responsável pelo acidente. Na época eu ainda não sabia que ela era ela, claro. Vocês vão ter o prazer de conhecê-la junto comigo — e foi exatamente assim que tudo aconteceu. Júlia arregalou os olhos, que já eram grandes, e observou o estrago meio boquiaberta.

Eu nunca fui barraqueira, mas estava pronta para xingá-la. Aquela era minha melhor camisa. Tinha comprado em uma promoção numa loja masculina chiquérrima que eu adorava em Pinheiros, daquelas que têm decoração industrial e vitrine com machados, canivetes e LPs. Coisas *viris*. Era uma peça que eu nunca usava porque tinha que passar a ferro (ao contrário de todas minhas outras roupas, que iam direto do varal para o armário), mas eu havia me esforçado naquela tarde. Tamires insistiu para que eu vestisse algo diferente do meu estilo cotidiano para "impressionar meus colegas", mesmo que eu não soubesse qual era exatamente a necessidade disso.

Quando meu olhar pousou na autora daquele crime contra a moda, as palavras morreram na minha garganta. Os xingamentos que eu estava tão ávida para despejar em cima dela foram prontamente esquecidos porque... Bem, porque eu sou *muito* lésbica. E Júlia era apenas a mulher mais bonita que eu já tinha visto.

Seus olhos eram o que mais chamava a atenção: grandes, pretos, expressivos. O cabelo era da mesma cor e estava solto, caindo em ondas pelos ombros. Era volumoso e eu podia apostar que era cheiroso também. A pele dela era bem mais escura que a minha, e eu reconheci no rosto traços que imaginava serem indianos. Tinha o corpo curvilíneo e robusto, e, mesmo alguns centímetros mais baixa que eu, sua presença parecia preencher a sala inteira.

Diante do meu emudecimento, a garota decidiu se pronunciar:

— Melhor trocar de roupa, senão vai ficar azul pra sempre.

Essa foi a primeira coisa que ela me falou. Não foi um pedido de desculpas, nem uma oferta para ajudar a limpar o chão de taco que até hoje é meio escurecido no lugar onde ela derrubou a bebida. Para completar, Júlia entornou o restinho de álcool que ficou dentro do copo e sumiu pela multidão.

Fiquei paralisada observando ela se afastar, tentando processar o que havia acontecido. O arrepio de frio foi o que me tirou do transe: minha camisa estava encharcada e, para meu desespero, também havia ficado um pouco transparente. Corri até o quarto e fechei a porta.

A música ruim e as vozes misturadas ficaram abafadas do lado de fora. Eu não era muito de festa — não sabia o que fazer com toda aquela gente, as bebidas vagabundas, o chão grudento, a falta de comida. Preferia pedir uma pizza e assistir a um reality show besta na Netflix. Mas Tamires nunca permitiria que esse fosse meu destino na faculdade. Ela quase surtou quando eu cheguei ao fim do ensino médio sem nunca ter beijado uma garota. Se dependesse dela, eu passaria todos os fins de semana enfiada nas baladas LGBTQIAP+ de São Paulo.

Pulei as roupas sujas que estavam no chão e desviei de um abajur que enfiamos no meu quarto para liberar espaço na sala. Tirei a camisa molhada e senti a pele meio grudenta, mas o banho ia ficar pra depois — tinha mais de cinquenta pessoas dividindo o mesmo banheiro lá fora. Reparei que a bebida tinha escorrido para a calça e tive que tirá-la também. Pelo menos a roupa de baixo ainda dava para reaproveitar. Ainda bem, porque era uma das minhas poucas calcinhas que não estava com o elástico todo esgarçado. Na parte de cima, eu usava um top de ginástica, porque odiava sutiãs com todas as minhas forças — sempre eram femininos, apertados, desconfortáveis e caros demais.

De repente, a porta do quarto se abriu e os sons da festa invadiram o ambiente.

— Espero que você goste de Aperol Spritz — disse Júlia, segurando duas taças de um drinque laranja, com um sorrisão no rosto.

Eu me escondi rapidamente atrás da porta do armário. O que é bem irônico para uma pessoa LGBTQIAP+. Eu nunca tinha ficado pelada na frente de alguém que não fosse minha mãe ou minha irmã. Sim, eu sei que não estava totalmente pelada. Me deixem em paz.

Júlia não pareceu notar meu desconforto. Ela fechou a porta, deixou uma das taças sobre a escrivaninha e bebericou o drinque enquanto analisava as paredes cobertas por pôsteres de filmes que eu gostava.

— Nunca vi alguém ter um pôster de *Central do Brasil* no quarto.

— É o meu filme favorito.

— Sério?

Júlia me olhou e sorriu, impressionada. Eu me encolhi atrás da porta. Ela desviou o olhar para os pôsteres, chegando mais perto da parede para ver melhor.

— Geralmente o pessoal tem pôster de *Laranja mecânica* ou dos filmes do Tarantino — continuou. — *Parasita* também tem feito sucesso.

Aproveitei que ela estava distraída com a decoração para vestir depressa a primeira camiseta que encontrei pela frente. Era uma peça meio justa e desgastada na gola, provavelmente um brinde de evento do trabalho da Tamires, mas não me importei. Só precisava me cobrir. Enfiei as pernas dentro de uma calça de moletom e respirei aliviada, enfim saindo de trás da porta do armário.

Apesar do desconforto inicial, eu não queria que Júlia saísse dali. Na verdade, eu queria conhecê-la melhor. Queria saber falar com ela do jeito que minha irmã falava com todas as garotas. Tentei fingir naturalidade e peguei a taça que ela trouxe, bebendo um pouco do drinque com cuidado para não sujar a roupa outra vez.

— Quem toma Aperol Spritz em uma festa de faculdade? — comentei quando senti o sabor da bebida.

A intenção era flertar com ela, mas talvez a frase tivesse saído ríspida demais.

Não sei se Júlia se incomodou com minhas palavras, porque logo sorriu de novo. Ela tinha dentes muito brancos e o sorriso chegava nos olhos. Parecia alguém que se divertia com pouca coisa.

— Quem é fã de *Minha mãe é uma peça*? — perguntou ela, e indicou um pôster com a cabeça.

— Eu e as vinte e cinco milhões de pessoas que viram os filmes no cinema.

Júlia assentiu, pensativa. Tentei me acalmar. Tinha uma tendência a ficar na defensiva quando o assunto era cinema — meus colegas da faculdade não curtiam nada que eu gostava, e eu já tinha sido alvo de bullying por causa disso. Júlia tomou mais um gole de Aperol pelo canudo de metal na taça. Eu não lembrava de ter canudos de metal na cozinha.

— Então você faz cinema? — perguntou depois de analisar cuidadosamente todos os itens clichê de estudante de cinema na escrivaninha: uma claquete antiga, uma câmera mini-DV que era do meu pai, uma réplica da estatueta do Oscar e alguns livros de roteiro.

— Você, não? Achei que só meus colegas de faculdade tinham sido convidados.

— Eu vim de penetra.

Ela abriu um sorrisinho e, mais uma vez, meu olhar acompanhou a curva dos seus lábios. Finalmente mais calma — e vestida —, eu só conseguia reparar em como era linda. Eu sempre ficava nervosa perto de garotas bonitas, mas tentei manter a pose. O famoso "fingir costume". Como se eu não estivesse sozinha no meu quarto com uma garota que parecia uma atriz de série americana.

— Faço gastronomia. Primeiro ano. Prazer, Júlia. — Ela estendeu a mão que não estava segurando a taça e eu apertei. — E você deve ser a famosa Tamires.

Foi como se o rolo do filme tivesse estourado no projetor, interrompendo a exibição da minha comédia romântica perfeita.

Claro que ela estava procurando a Tamires. Que garota não estaria?

Encarei o Paulo Gustavo vestido de mulher no pôster de *Minha mãe é uma peça*. Parecia que Dona Hermínia me olhava de volta com sua clássica expressão de deboche, achando graça do meu desespero. Às vezes eu podia jurar que aquele pôster tinha vida própria. Finalmente, respondi à pergunta de Júlia:

— Não, a Tamires é minha irmã. Eu sou a Antônia.

Por pouco eu não disse "sou *só* a Antônia". Júlia ficou me olhando por alguns segundos, confusa.

— Me falaram que essa festa era da Tamires Meira, mas ela faz marketing, não cinema, né? — Júlia me deu uma olhada de cima a baixo. — Achei que fosse você. Falaram que ela era bem gata.

Nesse momento, eu reparei que a gente estava bem perto uma da outra. Tipo, perto *mesmo.* Captei um movimento pela visão periférica e analisei discretamente a parede onde ficavam os pôsteres.

Quase dei um grito quando vi o pôster de *Minha mãe é uma peça.*

Não apenas a figura central estava se mexendo, como não era mais o Paulo Gustavo. No lugar dele... Era eu. Usando bobes na cabeça e um vestido de bolinhas. Meu cosplay de Dona Hermínia me encarou com toda a naturalidade do mundo e disse:

— Deixa de ser besta, criatura. Ela tá dando em cima de você!

Só porque era verdade não deixava de ser inédito. Nunca, em todos os meus dezoito anos de vida, uma mulher tinha dado em cima de mim. Eu não tinha a menor ideia do que fazer. Diferente de quando o Marcos me agarrou na pista de dança, ou de quando o Juan me deu a mão no Hopi Hari, finalmente senti alguma coisa além de inércia. Não se tratava mais de física — agora era química pura.

Eu podia não ter experiência nenhuma, mas entendia minimamente os sinais de uma pessoa que está interessada na outra. Não era à toa que tinha assistido a tantas comédias românticas na vida. Júlia me olhava com um sorriso de canto de boca e eu podia jurar que estava se aproximando lentamente. Quando desceu o olhar para minha boca, tive certeza de que meu momento havia chegado.

Eu me inclinei para beijar uma garota pela primeira vez na vida.

E foi exatamente nesse momento que Tamires resolveu aparecer.

— Garota, você é lenta! Te contar, esse jovem de hoje, não tem condições...

Fica quieta que você nem é a Dona Hermínia de verdade. Quando me lembro daquela noite, me arrependo de não ter continuado, de não ter ignorado a presença da minha irmã e de não ter beijado Júlia quando tive a oportunidade.

Fiquei constrangida de ter sido pega no flagra, ainda que não estivesse fazendo nada de errado, e dei um passo para trás.

Quando Júlia viu Tamires pela primeira vez, o tempo paralisou. Era como se eu fosse o Flash e todo mundo estivesse em câmera lenta ao meu redor. Eu vi Júlia arregalar os olhos ao encontrar com os de Tamires. Vi o jeito como a minha irmã sorriu pra ela, como já tinha visto ela sorrir pra centenas de garotas que se apaixonaram perdidamente. E vi Júlia abrir o sorriso bonito dela outra vez — só que não era mais pra mim.

Naquele momento, eu sabia que tinha perdido.

Tossi para lembrar que ainda existia e as duas voltaram à velocidade normal.

— Tô atrapalhando alguma coisa? — perguntou Tamires ao se dar conta de que eu estava sozinha com uma garota no quarto.

Bem que ela podia ter pensado nisso *antes* de entrar sem bater.

— Essa é a Júlia — expliquei depressa. — Ela veio me ajudar depois que derrubou bebida em mim.

Júlia já tinha cruzado a distância até a minha irmã e estendeu a mão para ela do mesmo jeito que havia feito comigo minutos antes.

— Ah, então *você* é a Tamires.

Como quem diz "tá explicado, *você* é a irmã bonita". Tá bom, não sei se foi isso que ela quis dizer, mas obviamente a Tamires tinha impressionado. E, ao contrário de mim, minha irmã sabia como falar com uma garota.

— E você deve ser a Júlia que o pessoal da gastronomia tanto fala. Eu tava ansiosa pra te conhecer.

As duas trocaram sorrisinhos, e eu percebi a faísca que tinha surgido ali. De repente, foi como se eu não existisse mais no mundinho delas. Peguei meu drinque e saí do quarto o mais rápido que pude.

Antes mesmo de chegar na cozinha, eu já tinha virado o Aperol Spritz inteiro e meu estômago borbulhou com o gás da bebida. Deixei a taça vazia na pia e abri a geladeira em busca de outra coisa para beber. Como boa festa universitária, alguém tinha levado Skol, deixado para trás e, no lugar, bebido todas as minhas Stellas. Só sobravam algumas Skol Beats de cores duvidosas. Eu peguei a menos pior (a azul).

— Aqui, deixa eu abrir pra você.

Téo se materializou ao meu lado e tirou a garrafa gentilmente das minhas mãos, ainda que eu não tivesse pedido ajuda.

— Saúde.

Ele me devolveu a Skol Beats aberta e ergueu no ar sua própria longneck. Eu brindei com ele, ainda meio sem saber o que estava acontecendo, e bebi metade da garrafa em um gole só.

— Tá tudo bem? — perguntou Téo.

— Claro. Só tô curtindo a festa mesmo.

Dei mais um golão e, dessa vez, o líquido bateu errado e saiu pelo meu nariz enquanto eu tossia.

Téo se aproximou e limpou um caminho de Skol Beats perto da minha boca. Ele olhou fixamente para meus lábios. Será que ele estava achando sexy aquela baba misturada com um pouco de ranho? Os homens curtem essas coisas?

A imagem da Júlia bebendo Aperol Spritz de canudinho invadiu minha mente e eu imaginei uma babinha laranja escorrendo pelo canto da boca dela. Eu não teria me importado nem um pouco de limpar.

— Tônia... — A voz preocupada de Tamires ecoou pela cozinha. Minha irmã estava perto do batente da porta com aquela cara perfeita dela, parecendo a Kristen Stewart a caminho da estreia do seu novo filme. — Vem aqui na sala com a gente.

Por cima do ombro dela surgiu a cabeça de Júlia, que abriu um sorriso simpático quando me viu. *Simpático*. De novo essa palavra que eu odeio.

— Ela tá de boa aqui. Né, *Tônia*? — perguntou Téo enquanto me puxava pela cintura.

O apelido soou estranho na boca dele, como se quisesse forçar uma intimidade. Minha mãe e minha irmã eram as únicas pessoas que me chamavam assim.

— Antônia — reforçou Tamires, dessa vez com mais firmeza. — Você quer vir com a gente ou prefere ficar aí com esse cara?

Tamires deu um passo à frente e Téo me puxou para mais perto. Júlia entrou na cozinha atrás da minha irmã e foi aí que eu vi — elas estavam de mãos dadas.

Todo o resto da cena se desenrolou em menos de um segundo.

Eu puxei o rosto do Téo e dei um beijo na boca dele. Ele tinha gosto de Stella Artois — devia ser o ladrão das cervejas boas que eu tinha escondido na geladeira. Enquanto eu o beijava, pensei em um trilhão de coisas, exceto na sensação do beijo. Pensei no cheiro da loção pós-barba (*por que produtos de higiene masculinos têm cheiros tão fortes?*), na textura da camisa dele (*provavelmente comprada naquela loja de Pinheiros cheia de canivetes na vitrine*), e no gel que ele usava no cabelo e deixava as pontas duras (*ele podia pedir algumas dicas para Tamires*). Tamires. Que provavelmente fazia a mesma coisa que eu estava fazendo com o Téo, só que com a Júlia.

Eu soltei a cara dele e respirei rápido pra recuperar o fôlego. Ele deve ter achado que perdi o ar por causa do beijo e tentou me puxar pra mais um, mas eu o afastei e olhei para a porta da cozinha. Tamires e Júlia não estavam mais lá.

Peguei outra Skol Beats (dessa vez a vermelha, a pior de todas) e essa é a última memória que tenho daquela festa.

A manhã seguinte

— Acorda, garota, vambora. Deixa de ser preguiçosa que cê tem uma casa inteira pra arrumar.

Tentei abrir os olhos, mas uma onda de tontura me impediu de levantar. Continuei imóvel na cama. Quem quer que estivesse tentando me acordar ia ter que esperar mais um pouco.

— BORA, SEU ENCOSTO! — gritava ferozmente a falsa Dona Hermínia de dentro do pôster, chacoalhando os bobes descontrolados.

Eu levantei de uma vez e senti o mundo girar por alguns segundos. Era inevitável. Não era minha primeira ressaca, mas com certeza era uma das piores. O jeito era esperar passar.

Em alguns segundos, a situação se estabilizou e consegui me levantar.

— Vai lavar esse rosto que ninguém merece ter essa visão do demônio num domingo de manhã.

Obedeci a mim mesma (quer dizer, a minha versão de Dona Hermínia) e fui até o banheiro do corredor, que ficava entre meu quarto e o da minha irmã. O lugar estava simplesmente um nojo. O chão estava sujo, o papel higiênico tinha acabado e o lixinho perto do vaso estava transbordando. Algumas marcas coloridas nos cantos da parede indicavam que alguém tinha vomitado algo radioativo. Será que tinha sido eu?

Eu me olhei no espelho e quase caí pra trás. Meu cabelo estava completamente coberto de glitter multicolorido. Eu estava com olheiras fundas, os olhos avermelhados e uma marca de travesseiro estampada na bochecha.

Claro que foi exatamente nesse momento que Júlia resolveu entrar no banheiro.

— Ai, desculpa. Não sabia que você tava acordada.

— Nem eu sabia.

Ela deu uma risadinha do meu comentário.

— Adorei o visual — disse ela.

Eu simplesmente não tinha condições de lidar com a presença de Júlia naquele momento. Até onde eu sabia, ela poderia ser um produto da minha imaginação, que nem a Dona Hermínia com a minha cara. Saí do banheiro sem falar nada.

Pulei as garrafas no chão da sala e cheguei na cozinha sem causar nenhum acidente. Comecei a passar um café enquanto tentava me lembrar dos acontecimentos da noite anterior. Eu sabia que tinha ficado muito bêbada. Lembrava vagamente de ter dançado com alguns colegas da faculdade (talvez em cima da mesa?). Sabia que tinha beijado o Téo, infelizmente — porém só aquela vez na cozinha. Ele tinha tentado me beijar de novo algumas vezes e eu, recusado. A única lembrança intacta na minha mente era a conversa com Júlia no quarto, antes de a minha irmã entrar na equação.

— Posso ajudar? — perguntou Júlia ao entrar na cozinha.

Ela tinha lavado o rosto e tirado um pouco da maquiagem. Como podia estar ainda mais linda numa manhã de ressaca?

Foi aí que luzes vermelhas de alerta acenderam na minha cabeça. *Ela está mesmo aqui, sua burra. Não é uma visão!* Fiquei, mais uma vez, olhando para ela como uma completa idiota. Júlia vestia uma camiseta regata de um time de basquete americano que eu não conhecia. Eu era péssima com esportes — nacionais ou internacionais. Tamires que curtia essas coisas. *Engraçado, parece uma das camisetas da minha irmã...*

Ah.

A camiseta *era* da Tamires.

E Júlia estava usando *apenas* a camiseta, pois a maior parte das pernas estava à mostra. Era o sinal universal de "passei a noite com a dona dessa camiseta".

Para, Antônia! Você não pode olhar pras pernas da crush da sua irmã, por mais macias que elas pareçam.

— Não precisa. Valeu — respondi depois do que pareceu sete dias de silêncio.

Tentei forçar um sorriso *simpático*. Júlia sorriu de volta, muito mais sincera do que eu. Era pra ser uma situação normal, não fosse meu comportamento esquisito. Eu já tinha passado por aquele ritual centenas de vezes com as mulheres que Tamires trazia pra casa.

Júlia abriu a geladeira e examinou o conteúdo, decepcionada.

— Não perdoaram nem aquela muçarela meio seca que tinha aqui dentro.

Eu dei risada, tentando relaxar. Como ela tinha reparado na comida que estava dentro da minha geladeira? Lembrei de Júlia analisando minha escrivaninha na noite anterior. Ela parecia ser muito observadora. Até então, eu não sabia que essa era uma característica atraente.

— A pessoa bêbada não tem limites — eu disse.

— Olha só, sobrou uma Skol Beats — falou, e tirou uma garrafa verde do fundo da geladeira. — Achei que você tinha bebido todas!

— Ei! Eu não era a única tomando isso aí.

— Testemunhas relatam o contrário.

Fiz uma careta e me dei por vencida. Tinha perdido as contas de quantas garrafas iguais àquela, em cores variadas, eu havia aberto ao longo da noite. Júlia devolveu a longneck para a geladeira e se aproximou de mim.

— Que cheiro bom.

Ela provavelmente estava se referindo ao café, porque eu tinha certeza de que estava cheirando a suor e álcool. Júlia, por sua vez, tinha um cheiro de algum perfume e enxaguante bucal. Ela estava tão perto que eu podia sentir o calor emanando de sua pele. Os olhos dela brilhavam com algum tipo de divertimento — como se ela soubesse o efeito que tinha em mim e fizesse aquilo de propósito.

O som da porta da frente destrancando me assustou e eu me afastei rápido. Quase derrubei o coador, mas me livrei da humilhação no último segundo. Júlia continuou ali, apoiada no fogão, sentindo o cheiro de café recém-coado.

Tamires apareceu na cozinha carregando dois sacos plásticos e ostentando um sorrisão de salvadora da pátria. Naturalmente, ela estava impecável, com cara de quem tinha dormido dentro de uma geladeira de produtos de *skincare*.

Os olhos de Júlia se iluminaram quando Tamires deixou as compras sobre a mesa. Mas, até aí, qualquer um se encantaria. Minha irmã trazia pão fresquinho, bacon, sonhos de padaria, ovos e... Um Gatorade de limão?

— Pra você, maninha — disse, e me ofereceu a garrafa gelada. — Vai ajudar com a ressaca.

— Como você sabia que eu estava de ressaca? — perguntei, fingindo indignação.

Tamires riu e Júlia a acompanhou. As duas trocaram um olhar que só quem passou a noite junto é capaz de entender. Eu decidi me contentar com as delícias na minha frente e enchi a boca de sonhos.

* * *

Júlia foi embora um pouco depois do café da manhã. Eu me despedi dela com um aceno casual e fiquei de olho na interação entre ela e minha irmã na porta do apartamento. Confesso que me senti um pouco *stalker*, mas foi mais forte do que eu.

Tamires era muito boa com situações constrangedoras. Não lembro de nenhuma garota que brigou com ela na manhã seguinte por ter sido dispensada. O negócio é que ela não engana. Não fala que vai ligar depois, não diz que quer sair de novo, nem "vamos combinar alguma coisa". Ela vai direto ao ponto. Sua frase clássica é a seguinte:

— Curti muito a nossa noite, mas não estou procurando um relacionamento agora. Se você se sentir confortável, queria manter o contato como amiga.

Como alguém vai ficar brava com isso? Por mais que você tenha gostado da Tamires e que a noite tenha sido boa, minha irmã sempre deixa claro que não é pra criar expectativas. E ela realmente não fica fazendo joguinho com as meninas depois disso. Todas suas interações são amigáveis, sem segundas intenções.

Tamires chega até a fazer o papel de cupido com suas ex-ficantes de acordo com as características em comum delas. Existem vários casais que se conheceram através do Taminder, o Tinder da Tamires. Ela já foi madrinha de pelo menos três casamentos que começaram desse jeito.

Essa perspectiva me deixou animada. Quem sabe Tamires não incluía a Júlia no Taminder? Será que Júlia sairia comigo depois de ter ficado com a minha irmã? Será que alguém no mundo se contentaria comigo depois de ter pegado a Tamires?

Esses pensamentos se despedaçaram quando Tamires abriu a porta para Júlia e ela disse:

— Gostei muito de te conhecer. Vamos marcar alguma coisa depois?

— Hum... Pode ser. Vamos ver.

A voz da falsa Dona Hermínia ecoou na minha cabeça:

— Você é BURRA, garota!

É claro que justamente a primeira pessoa por quem eu tinha me interessado na vida era também a primeira pessoa com quem Tamires queria algo além de uma noite sem compromisso.

Júlia sorriu, encantada. As palavras de Tamires eram música para seus ouvidos. Será que ela sabia que era a única pessoa que já tinha ouvido aquela frase sair da boca da minha irmã?

Eu me levantei bruscamente da mesa da cozinha e comecei a enfiar a louça suja na pia, fazendo o maior barulho. Se atrapalhei o momento delas, não sei, porém confesso que torci para que tivesse estragado o clima.

Alguns instantes depois, Tamires reapareceu, sem um traço de irritação em seu semblante. Ela parecia plena, feliz, radiante. Adjetivos apropriados para quem passou uma noite maravilhosa com uma garota perfeita.

— Vamos começar a faxina? — perguntou casualmente, como se o maior evento da vida dela não tivesse acabado de acontecer.

— Tô te esperando — respondi, mais grossa do que pretendia.

Quase quebrei um copo tentando empilhar toda a louça suja no espaço pequeno da cuba.

Tamires me olhou de canto de olho, desconfiada. Como ela me conhece melhor do que ninguém, decidiu não falar nada. Apenas pegou um saco de lixo reforçado e começou a catar as garrafas e latas espalhadas pelo chão e por todas as superfícies possíveis.

Continuamos a limpar a casa em silêncio. Eu sabia que Tamires me observava, procurando o momento certo para abordar o assunto. Cada vez que ela se aproximava, eu fugia para outro cômodo. Estava com medo de que ela perguntasse sobre Júlia — ou melhor, sobre meus sentimentos em relação a Júlia. Ela tinha percebido aquele momento entre nós duas no meu quarto? Ou será que estava procurando um jeito de me contar que Júlia estava vindo morar com a gente, que as duas iam se casar nas Maldivas e adotar três gatos e dois cachorros? Será que...

— Você ficou com o Téo.

Eu parei de esfregar o box do banheiro (que estava inexplicavelmente sujo, sendo que, até onde eu soubesse, ninguém tinha tomado banho ali) e encarei Tamires, tentando registrar o que ela havia dito. Senti que meu cérebro era um computador testando todas as combinações possíveis de uma senha, como acontece nos filmes que fingem que a vida do profissional de TI é superemocionante.

Finalmente, lembrei quem era Téo, e que, de fato, eu o havia beijado.

— Fiquei — respondi, dando de ombros, e voltei para a limpeza.

Tamires continuou ali parada, me olhando.

— Tônia — recomeçou, usando o tom preocupado de quando quer bancar a irmã mais velha. — Você é lésbica.

Dessa vez eu me dei por vencida e parei de esfregar. Joguei a esponja de volta no balde e encarei minha irmã. Ela estava apoiada no batente da porta, de braços cruzados. Suspirei aliviada — claro que uma DR fraternal era a última coisa que eu queria em uma manhã de ressaca, mas pelo menos ela não queria falar da Júlia. Mais especificamente, dos meus sentimentos pela Júlia.

— Ele me beijou e eu beijei de volta. Não durou nem dois segundos.

— Longe de mim querer julgar a sexualidade das pessoas — disse Tamires erguendo as mãos, ainda que nós duas soubéssemos muito bem que ela julgava os héteros por suas "péssimas escolhas de vida". — Eu só achei que você tinha se entendido com a sua. Foi o que você me disse, pelo menos.

Tamires era a única pessoa com quem eu havia tido a conversa de Saída do Armário. É estranho usar esse termo porque eu nunca estive dentro do armário — eu nem sabia que existia um armário na minha vida. A revelação viera de forma muito natural: depois de contar para Tamires sobre o fiasco do encontro com o Juan no Hopi Hari, apesar de ter sido tudo perfeito, ela disse: "talvez você simplesmente não goste de garotos".

Plim! Um lâmpada arco-íris se acendeu sobre a minha cabeça. E eu nunca mais tinha tentado beijar outro cara.

Até a noite anterior, quando tinha usado o Téo para me livrar do constrangimento de ver minha irmã com a menina que eu queria beijar. Mas é claro que eu não ia falar isso pra ela.

— Fica tranquila — eu disse com naturalidade. — Continuo lésbica.

Tamires assentiu e não falou nada. Certa de que o assunto finalmente tinha acabado, peguei a esponja de dentro do balde e voltei a esfregar o box.

— Só achei um desperdício — acrescentou Tamires, sem se dar por vencida. — A Júlia queria te apresentar umas amigas dela.

Ao ouvir o nome da Júlia, derrubei o balde e espalhei toda a água turva pelo chão recém-limpo. Tamires riu da minha falta de jeito enquanto eu largava tudo e desistia daquela tarefa ingrata.

— Eu não preciso de ajuda pra ficar com uma garota — disse enquanto passava por ela em direção à sala.

Fui até o sofá e comecei a tirar as tralhas que estavam em cima dele. Eram os "achados e perdidos" da festa: um pé de sapato, vários casacos, isqueiros, canetas, um molho de chaves, sachês de ketchup e um inexplicável CD (que, naquela casa, nem tinha onde tocar) de um artista que eu nunca vira na vida, chamado Felipe Dylon.

Quando havia espaço o suficiente, me joguei de forma dramática no meu lado do sofá, que era sempre o canto esquerdo. Tamires se aproximou devagar, soltou um longo suspiro e se sentou ao meu lado. Eu sabia que ela estava na dúvida entre me dar espaço e tentar me ajudar. Aparentemente, havia escolhido a segunda opção, como em geral fazia.

— Desculpa — disse Tamires, quebrando o silêncio pesado. — Eu sei que você não precisa de ajuda. Aliás, se não quiser ficar com ninguém, tá tudo bem também. Só porque isso é importante pra mim, não quer dizer que seja pra você.

Eu me ajeitei no sofá para que Tamires tivesse mais espaço. Ela tinha um jeito compreensivo contra o qual eu não podia lutar. Além disso, minha irmã não era o motivo da minha irritação. Não era culpa dela ser irresistível, mas com certeza era minha culpa ser tão lenta.

— É importante pra mim também — comecei em tom baixo. — Quer dizer, eu acho que é. Não preciso ficar com dez mil garotas, só queria uma, mesmo. Eu queria me apaixonar por alguém e viver um relacionamento.

Tamires assentiu, compreensiva.

— Isso vai acontecer mais cedo do que você imagina. Você é uma gata, Tônia.

— Para com isso.

— É verdade! Não é só porque a gente tem genética em comum. Você é bonita, gente boa, inteligente. Tem uma conversa legal. Só precisa sair um pouco da zona de conforto.

— Às vezes parece que ninguém nunca vai me notar — confessei, me sentindo minúscula.

Tamires se aproximou e me envolveu em um abraço.

— Então você tem que fazer elas te notarem. Tem alguém em específico que você tenha gostado na festa ontem? Alguma colega de faculdade?

Hesitei por alguns instantes. Era difícil guardar segredo da minha irmã. Ela era minha melhor amiga, minha confidente, a única pessoa em quem eu confiava no mundo. Mas eu não podia simplesmente confessar que tinha me interessado pela garota com quem ela estava começando a se envolver.

— Não — disse rápido. — Eu tava tão bêbada que acabei não reparando em ninguém.

— Não seja por isso.

Tamires tirou o celular do bolso e abriu o Instagram.

— Qual é o seu tipo? — perguntou enquanto passava pela timeline e aumentava algumas fotos de grupos de garotas para ver os rostos de perto.

— Como assim?

— Que tipo de garota você gosta? Mais sorridente, mais séria, morena, loira, cabelo curto ou comprido, mais gorda, mais magra, mais patricinha ou desfem...

Franzi o cenho enquanto minha irmã listava incontáveis possibilidades. Eu nunca tinha pensado nisso. Parei de refinar meu gosto na categoria "mulher".

— A gente pode ir pelas Categorias Sáficas, se você achar mais fácil — continuou Tamires diante do meu silêncio.

— Categorias Sáficas?

— É um sistema que eu criei — explicou, claramente orgulhosa de si. — Baseado nas garotas que conheci ao longo da vida. Só pela aparência fica uma coisa meio superficial. Pra quem quer namorar, o ideal é ir pelas categorias de personalidade e gostos.

Tamires começou a rolar o feed, procurando.

— Peraí, elas são todas suas ex?

Eu sabia que não era tão incomum garotas ficarem com as ex das amigas, mas e quando se tratava de uma ex *da sua irmã*? Será que não seria estranho? O tal do rebuceteio vale também para essas situações?

— Hum, a maior parte, sim. Mas eu não me importo, viu? Não foram relacionamentos sérios.

Tamires abriu o perfil de uma garota e mostrou uma selfie dela em uma festa que parecia um bloco de carnaval. Ela estava coberta de glitter e segurava uma garrafa de bebida quase vazia.

— Mari. Categoria Festeira. Nunca tem tempo ruim com ela, mas precisa de fôlego pra aguentar tantos rolês diferentes.

— Ela é bonita, mas a parte dos rolês é um problema — respondi enquanto olhava a foto mais de perto. — Prefiro alguém que queira comer uma pizza de boa no sofá.

— Eu imaginei. — Tamires abriu o perfil de outra garota, agora mais séria. — Que tal a Jé? Categoria Esportista. Bom que ela te anima a deixar de ser sedentária.

Jé tinha os braços musculosos e tatuados, cabelo comprido e usava boné de aba reta virado para trás. Todas as fotos a mostravam em algum tipo de esporte, de skate *longboard* até vôlei de praia.

— Ela parece séria, né? Gosto de gente que faz piada de tudo.

— Tá procurando sua clone? — riu Tamires enquanto eu dava de ombros. — Eu não ia aguentar duas de você.

— Cala a boca. Quem é a próxima?

Minha irmã voltou para a foto do grupo e abriu o perfil de uma garota superesotérica. Além das incontáveis fotos de galáxias na timeline, a biografia dela estava cheia de emojis de signos.

— Essa é a Ray. Categoria Astróloga. Você vai conhecer muitas garotas como ela na sua vivência lésbica.

— Acho que não vai rolar... Eu não sei nem meu ascendente.

Tamires levou a mão ao peito, ofendida. Em seguida, estendeu a outra mão aberta na minha direção.

— Sua carteirinha lésbica, por favor. Vou confiscar.

Eu dei um tapa na mão dela, mas não pude deixar de rir da piadinha. Mesmo com a pouca experiência que tinha, eu sabia que astrologia era algo muito importante para a maioria das lésbicas. A própria Tamires vivia recebendo mapas astrais de pretendentes tentando convencê-la de que formariam um casal perfeito.

— Não se preocupa com isso — continuou Tamires enquanto abria os stories da garota e procurava algum em que dava para ver seu rosto. — No primeiro encontro, ela vai fazer seu mapa astral inteiro.

— Quem disse que eu vou sair com ela?

Tami segurou a tela com o dedão para pausar os stories da Ray e me mostrou a imagem congelada. A garota segurava um cachorrinho nos braços. Ele era a coisa mais fofa do mundo... E ela era muito bonita.

— Talvez não seja má ideia — considerei.

Ray parecia divertida, não tinha fotos em baladas e, de quebra, poderia me dar um curso básico de astrologia.

— Ops, abortar missão — disse Tamires ao passar para o próximo story. Era um bumerangue de Ray dando um beijo em outra garota. — Ela tá namorando. Uma menina Categoria Santa Cecilier; tá vendo a franja curta e o chão de taco ali atrás?

— Mas ela não tava solteira ontem?!

— Sapatão é assim, maninha. Piscou, perdeu.

Imediatamente me lembrei da minha interação com Júlia no começo da festa. Tamires não fazia ideia do quanto estava certa.

Vi pelo canto do olho que minha irmã abriu a caixa de mensagens. Como de costume, havia mais de dez mensagens não lidas, todas enviadas por garotas. Tami abriu uma delas, obviamente escolhendo a dedo, pois não era nem a primeira, nem a última.

Espichei o pescoço para ver de quem era. A mensagem havia sido enviada alguns minutos antes por @juliadayal.

Júlia Dayal. Que nome perfeito, pensei. *Quando a gente casar, eu vou querer o sobrenome dela.*

Tamires soltou uma risadinha enquanto lia a mensagem e se ajeitou no sofá para digitar a resposta. Perdi minha chance de ler o que Júlia havia escrito porque não dava para enxergar a tela daquele ângulo. Resignada, me levantei do sofá e me espreguicei.

— Vou lá continuar a faxina — disse.

— Ei, peraí! — Tamires abaixou o celular e me encarou. — A gente ainda não achou sua pretendente.

Minha irmã parecia preocupada de verdade e estava motivada a me ajudar. Eu sorri para ela. Não tinha como não gostar da Tamires, e era justamente por isso que eu estava naquela situação.

De repente, tive uma ideia para me livrar do Taminder.

— Na verdade, acabei de lembrar de uma garota que conheci ontem. Ela também faz cinema.

O rosto de Tamires se iluminou. Ela abriu o campo de busca do Instagram.

— Que ótimo! Me fala o arroba dela.

— Ééé, não sei — gaguejei. — Não adicionei ela ainda. Mas queria te agradecer por ter organizado a festa ontem. Se não fosse por isso, eu não teria conhecido ela.

— Como ela chama?

Tentei não entrar em pânico. Se tinha alguém nesse mundo que reconheceria uma mentira minha em questão de segundos, esse alguém era minha irmã. O segredo está nos detalhes. Eu precisava inventar alguns, e rápido.

— Você é LOUCA, garota? — minha versão da Dona Hermínia ecoou mais uma vez na minha cabeça. — Até essa vassoura aí no canto percebeu que cê tá inventando história.

Eu imaginei os bobes sacudindo de um lado para o outro enquanto ela gritava. Prontamente, falei o primeiro nome que veio à cabeça:

— Hermínia.

Tamires franziu o cenho.

— Tipo Dona Hermínia? — Tamires questionou, desconfiada.

— Mas ninguém chama ela assim — falei rápido pra me livrar daquela situação. — Ela prefere… Mi.

— Me chama de Mi pra você ver se eu não sento a mão na tua cara — ameaçou a voz da Hermínia que morava dentro do meu cérebro.

Apesar do meu conflito interno, não demonstrei nenhum tipo de dúvida enquanto eu proclamava aquelas mentiras. Eu deveria considerar mudar meu curso de Cinema para Artes Cênicas se fosse continuar fingindo daquele jeito.

Tamires me olhou intensamente. Eu sustentei seu olhar, desafiadora. Ela enfim segurou minha mão e sorriu.

— Que demais, Tônia! Espero que role entre você e a Mi. Quero conhecer essa menina logo.

Assim, Tamires atravessou a sala e começou a gravar um áudio para Júlia no celular, mas não escutei mais nada porque ela entrou no quarto e fechou a porta.

Um *stalkzinho* de leve nunca fez mal a ninguém

Depois da conversa com Tamires, passei o resto do domingo evitando minha irmã. Por um lado, isso era bom, assim eu não teria que inventar mais histórias da minha crush imaginária; por outro, significava que eu teria que ficar sozinha com meus pensamentos pelo resto do dia. Havia algumas verdades que eu não estava pronta para confrontar.

Agradeci aos astros por me darem um desconto quando Tamires anunciou que passaria a semana viajando. A empresa onde ela trabalhava estava organizando um evento grande no Rio de Janeiro e Tamires teria que acompanhar tudo de perto. Ela era estagiária em uma produtora de eventos e passava muito mais tempo organizando essas festas e convenções do que na faculdade. Como seu charme atingia também os professores, ela nunca pegava DP de nada, mas vivia a um décimo de reprovar em todas as matérias. Em contrapartida, ganhava uma boa grana, já que o estágio extrapolava as horas permitidas por lei e ela recebia um valor extra como freelancer.

Fiquei me sentindo mal por desejar distância da minha irmã. No entanto, tem momentos na vida em que tudo o que a gente precisa é de um pouco de espaço. Não ver Tamires queria dizer não ver Júlia, e não ver Júlia queria dizer que eu logo superaria aquela paixonite insuportável. Vinte e quatro horas atrás eu nem sabia quem ela era. Quanto tempo demoraria para esquecer que ela existia?

— O que você acha que tá fazendo, garota? — perguntou a paródia da Dona Hermínia que ganhava vida no meu pôster.

Ela me encarava enquanto tomava uma xícara de chá que com certeza não estava lá antes. Àquela altura eu já estava começando a me acostumar com ela, e passei a chamá-la de Dona Eumínia — afinal de contas, ela tinha a minha cara.

— Vai ficar aí na fossa pelo resto da vida? — continuou Dona Eumínia. — A crush é da tua irmã, tu não tem nada com isso.

— Eu sei — respondi, voltando a olhar o computador.

Eu estava sentada à escrivaninha, que ficava bem embaixo do pôster. Apesar da faxina, o móvel estava coberto de coisas, sem nenhum tipo de organização.

— Então por que é que tu tá pesquisando ela na internet, sonsiane?

Dona Eumínia tinha me pegado em flagrante. Eu estava mesmo stalkeando a Júlia, atividade fácil depois de eu descobrir seu Instagram.

Diferente das outras garotas que Tami tinha me mostrado, Júlia despertava uma enorme curiosidade em mim. Apesar de ela ser aspirante a blogueira, suas fotos não eram óbvias, nem de um tipo só. Bom, "aspirante" era modo de dizer — pra mim, quem tem mais de mil seguidores já é influenciadora. Eu não tinha nem duzentos. Observei as fotos tentando enquadrá-la em alguma das Categorias Sáficas. Pela quantidade de pratos e receitas, eu diria que ela cairia na Categoria Cozinheira, mas também vi imagens de festas, praias, amigos, livros, paisagens... Uma coisa era certa: Júlia tinha uma vida muito mais animada do que a minha.

Depois entrei no finado Facebook dela. Não tinha nenhuma atualização havia meses, a não ser mensagens de várias tias no seu aniversário — 17 de outubro. Abri outra aba no navegador e pesquisei os signos do zodíaco. *Claro que ela é libriana*, ouvi Tamires dizer na minha cabeça. Ela sempre dizia que librianas eram as melhores crushes porque nunca conseguiam decidir o que realmente queriam. Assim, não ficavam no pé dela depois que o rolo terminava.

Encontrei um link para o Tumblr da Júlia e abri em uma nova aba. Outra rede social que ela tinha abandonado. Entre os memes e fotos bonitas de folhas caindo no outono, tinha vários gifs do meu OTP, Lica e Samantha de *Malhação: Viva a diferença* e de *As Five*. Ela também era fã! Como estudante de cinema, eu estava sempre rodeada de pessoas obcecadas por séries e filmes internacionais, mas ninguém nunca falava das produções brasileiras, que eram as minhas favoritas. O fato de Júlia ser fã daquela série esquentou meu coração — e, quando dei por mim, já tinha mais de dez abas abertas com todo e qualquer registro que Júlia havia deixado pela internet.

Pra variar, Dona Eumínia estava certa. Aquilo era loucura. Fechei todas as abas e fui dormir.

⋆ ⋆ ⋆

Fiquei feliz com a chegada da segunda-feira pela primeira vez na vida.

Não que eu não gostasse de ir à faculdade; afinal, eu fazia o curso que sempre quis, privilégio que muita gente não tem. Mas convenhamos... O difícil é ir todos os dias. Daquela vez, porém, eu estava até ansiosa pela distração dos estudos.

Cheguei lá ainda sentindo os resquícios da festa de sábado. Será que é possível ter ressaca da ressaca?

A resposta veio em forma de uma chuva laranja que atingiu em cheio a calçada na minha frente. Olhei para cima e me deparei com uma garota tentando domar uma garrafa de Engov After que tinha explodido quando ela abriu. Quando finalmente conseguiu controlar a erupção, ela colocou uma Neosaldina na boca e deu uma bela golada cor laranja-radioativo.

Eu a reconheci de algum lugar. Talvez uma das setecentas pessoas que estiveram lá em casa no sábado? Devia ter por volta da minha idade, talvez um pouco mais velha, e usava meia arrastão por baixo de um short jeans. Ela também vestia uma jaqueta de couro, ainda que estivesse uns vinte e cinco graus, e a maquiagem escura estava meio borrada ao redor dos olhos. Era negra e usava o cabelo no estilo black power, perfeitamente simétrico, como se tivesse acabado de sair do salão. Era a única coisa nela que estava impecável naquela manhã.

Apesar do seu estado, ela não parecia envergonhada pela chuva laranja que havia acabado de provocar. Simplesmente limpou o canto da boca com a mão e pegou um pacote de chiclete de dentro da bolsa.

— Ei, você não é a garota da festa de sábado? — disse ela, finalmente.

— Você tava lá?

— Sua irmã me convidou — respondeu com um sorrisinho no canto da boca que eu conhecia muito bem. Seria ela mais uma vítima da Tamires? — Eu tô na sua sala.

— Desculpa, eu sou péssima com essas coisas — disse, meio envergonhada. — Por isso que minha irmã organizou aquela festa. Pra eu conhecer as pessoas que vejo todo dia na faculdade há semanas.

— Normal... Eu quase não venho nas aulas, principalmente de manhã. Prazer, Camila.

— Antônia.

Sorrimos uma para a outra, um pouco constrangidas, procurando uma forma de continuar a conversa.

— Essa ressaca ainda é de sábado? — perguntei.

— Que nada — continuou Camila. — Depois da sua festa eu fui num after na casa do Pato, e daí teve o after do after na casa da Fer. E eu tinha comprado ingresso pra um show no domingo à tarde. O show virou uma balada e, quando eu vi, já tava na hora de vir pra aula.

Eu fui levantando as sobrancelhas conforme Camila contava a história. Era impressionante como as pessoas da faculdade tinham ânimo. Eu já tinha que me preparar psicologicamente quando era convidada para *um* evento, imagina tantos seguidos!

— Eu lembro de você na festa — disse Camila. — Foi você que começou aquela história de dançar em cima da mesa.

Senti o rosto queimar. Abri um sorriso constrangido e dei de ombros.

— Não sei o que me deu. Eu não costumo ser assim. Nem sou muito de festa, na verdade.

— Eu também não. — Camila viu meu olhar surpreso e deu risada. — Não desse tipo, pelo menos. Que as pessoas ficam loucas e perdem a noção.

— Essa é uma boa descrição do que aconteceu no sábado.

Camila me observou por alguns segundos sem dizer nada. Senti seu olhar atravessando meu corpo e atingindo minha alma... Ou ela só estava muito de ressaca mesmo.

— Gostei de você, Antônia — disse, enfim. — E eu não gosto de muita gente nessa faculdade.

— Que honra — brinquei.

— Me passa seu whats?

Assenti e tirei o celular de dentro da mochila. Não estava entendendo muito bem aquela interação. O problema de gostar de garotas é que eu nunca sabia quando elas estavam flertando ou quando só queriam ser minhas amigas (por isso eu sempre supunha que era a segunda opção). Tamires me dizia para manter as possibilidades em aberto, pois sempre tinha chance de ser qualquer uma das duas coisas, ou as duas ao mesmo tempo. Onde estava minha irmã quando eu precisava dela?

Entreguei meu celular para Camila e pude jurar que nossos dedos roçaram por alguns segundos a mais do que o normal. *Calma, Antônia. Você não está em uma série adolescente da Netflix!* Ainda bem, até porque a série provavelmente seria cancelada segundos depois de um casal de mulheres aparecer.

Camila digitou o número dela e sorriu para mim, discreta. Tinha alguma coisa diferente nela... Como se fosse um mistério que não deixava qualquer pessoa desvendar. Ao contrário de mim, que era só isso mesmo.

— Aqui — disse ela, e devolveu meu celular. — Depois a gente podia marcar alguma coisa.

— Legal — respondi.

Quase me enfiei em um buraco. *Legal????*

Enquanto eu pensava em algo mais descolado e interessante para dizer, a última voz que eu esperava escutar ali (depois da Dona Eumínia) ecoou pelo hall de entrada do prédio de cinema:

— Tônia?

Não tô entendendo nada!

Fiquei olhando para Júlia como se ela fosse uma assombração — o que, segundo o senhor que operava o projetor nas aulas de história do cinema, era muito possível por ali.

— Posso falar com você rapidinho? — perguntou Júlia.

— O que você tá fazendo aqui?

Soei mais grossa do que gostaria, mas, realmente, ela era a última pessoa que eu queria encontrar. E também a que eu mais queria ver, porque sou uma idiota.

Camila sentiu a tensão no ar. Ela não parecia gostar de se envolver em problemas dos outros, então logo se afastou.

— A gente se fala mais tarde — se despediu, e partiu pelo corredor rumo à sala de aula.

Não consegui responder. Depois que Júlia apareceu, Camila tinha passado para o segundo plano na minha mente, junto com todas as outras coisas do mundo.

— Tá tudo bem? Aconteceu alguma coisa? — perguntei.

— Não, não. Relaxa. Vem, vamos conversar em um lugar mais tranquilo — disse ela, me empurrando pelo corredor.

Passamos por um grupinho de três pessoas que acenaram animadas para mim. Um garoto e uma garota usavam chapéus de estilos diversos, como se estivessem indo cada um para um evento (e não todos para a sala de aula). Respondi por impulso, sem registrar quem eram. Provavelmente conhecidos de quando eu dançava em cima da mesa na festa de sábado. Tamires, no fim das contas, estava certa: eu de fato *havia feito* amigos, só não lembrava disso.

— Tem alguma sala livre? — perguntou Júlia.

Só então percebi que ela estava guiando o caminho pelo prédio onde *eu* estudava. Ela não conhecia nada ali. Por que eu tinha que virar uma pamonha mole quando ela estava por perto?

Indiquei um corredor à direita e seguimos até o final, onde havia uma porta dupla fechada, mas não trancada. Girei a maçaneta e fiquei segurando a porta aberta para que Júlia entrasse primeiro.

Ela colocou a cabeça para dentro e olhou ao redor. O lugar estava escuro.

— Não vai ter aula aqui?

— Esta é a sala de exibição. Eles só passam filmes à tarde. Se passar de manhã, o pessoal dorme.

Júlia assentiu e entrou. Encostei a porta e caminhei atrás dela até a primeira fileira de poltronas, que ficavam bem na frente de uma grande tela de projeção. Era como uma sala de cinema mais intimista, com capacidade para cinquenta pessoas. Ali eu tinha as aulas de história do cinema e via os curtas-metragens superartísticos dos meus veteranos que eu fingia entender.

Indiquei uma poltrona para Júlia sentar e ocupei o lugar ao lado dela. Júlia olhava ao redor, aparentemente hipnotizada pelos detalhes da sala. Lembrei de quando ela conheceu meu quarto e de como era observadora e detalhista. Não consegui conter um sorrisinho.

— Vocês têm aula de ver filme? — perguntou, enfim.

— Parece muito legal, mas tem dias que é um saco. Tem muito filme em preto e branco e sem som, sem contar os documentários. Você acredita que não passam os lançamentos na aula de história do cinema?

Eu ri da minha própria piada, mas Júlia continuava tensa. Percebi que estava encolhida no assento.

— Você tá precisando de alguma coisa? — perguntei.

— Na verdade, sim. É sobre sua irmã.

Claro que era. Durante toda a minha vida, pouquíssimas coisas *não* haviam sido sobre minha irmã.

Suspirei e me ajeitei na cadeira. A última coisa que eu queria naquela manhã de segunda-feira era falar do relacionamento de Júlia e Tamires.

— O que tem ela? — falei, sem entusiasmo.

— Ela me deu um fora, Antônia.

Tentei não parecer feliz com a notícia. Então Júlia não era a crush da minha irmã, mas *uma garota que tinha crush na minha irmã*. O mundo pareceu um lugar mais bonito naquele momento. Como se, de repente, eu tivesse alguma chance.

— Eu falei com ela o dia todo ontem, tentei convencer de todo jeito — continuou. — Ela disse que foi só uma ficada de festa mesmo. E que tá superocupada com o trabalho.

— Minha irmã é assim mesmo... Ela não quer um relacionamento sério.

— Mas eu achava que comigo podia ser diferente.

Tive que me segurar para não revirar os olhos. Quantas vezes não tinha escutado aquele discurso... Geralmente nas manhãs depois de alguém passar a noite lá em casa com a minha irmã. Mas Tamires sempre acabava deixando claro que só queria manter a amizade mesmo.

— Eu acho que ninguém nunca lutou por ela de verdade — continuou Júlia. — Nunca fez ela perceber que um relacionamento pode ser algo incrível.

Franzi o cenho enquanto pensava. Não era verdade; eu já tinha visto várias mulheres fazerem declarações de amor para Tamires. Flertes, DMs, mensagens, tudo isso rolava direto, mas já teve gente que mandou flores, cartões-postais de outros países, chocolates, e até aqueles carros de som constrangedores. Ela sempre recebia de forma graciosa e agradecia a pessoa, mas reforçava o que sempre deixou claro desde o começo: não queria namorar.

— Ela *nunca* quis namorar — falei em voz alta para que Júlia ouvisse.

— Por acaso ela já namorou alguma vez na vida? Tipo, namoro sério?

Tentei me lembrar do longuíssimo currículo de Tamires no campo de relacionamentos. Na adolescência ela chegou a namorar duas ou três garotas, mas não durou nem dois meses. Na vida adulta, ela havia se mantido solteira.

— Não, mas…

— Eu sabia! — comemorou Júlia. — Ela precisa ver como namorar é bom. Perceber o que está perdendo.

— Como ela vai perceber isso se não quer nem ouvir falar em namoro?

Júlia abriu um sorrisinho. Eu percebi naquele momento que ela já tinha um plano e só estava esperando isso para me contar. Engoli em seco, sentindo que me afundava cada vez mais naquele lamaçal que era gostar de Júlia.

— Ela precisa ver de perto o que é um namoro maravilhoso, ao mesmo tempo que percebe que só conseguiria viver isso *comigo*.

— Sei… — refleti em voz alta, tentando acompanhar o raciocínio.

— Eu preciso fazer a Tamires entender que sou perfeita pra ela — continuou Júlia, como se aquela conversa fosse a coisa mais normal do mundo. — Só que vou estar indisponível. Assim, ela vai me querer. As pessoas sempre querem o que elas não podem ter.

Disso eu sabia bem.

— Não sei, Júlia, a Tami não costuma agir desse jeito...

— Sua irmã é leonina. Contra fatos, não há argumentos.

E não havia mesmo. Eu já tinha visto minha irmã dar o fora em muitas garotas, mas o contrário jamais havia acontecido. Tudo o que Tamires queria, ela conseguia.

— E como você vai ficar, ao mesmo tempo, próxima e distante dela? Tipo a música "Evidências"?

— É o plano perfeito. — O rosto de Júlia se iluminou em um sorriso maníaco, porém extremamente brilhante. — Eu vou frequentar a casa dela todos os dias. Vou ser sua confidente, a pessoa mais compreensiva e sensível que ela já conheceu. Só que nosso amor será proibido porque eu estarei namorando a irmã dela.

Eu. Estarei. Namorando. A. Irmã. Dela.

A.

IRMÃ.

DELA.

Tamires não tem outra irmã.

A irmã dela, que Júlia supostamente estaria namorando, sou eu.

Fiquei naquela pose do Chaves congelado por uns bons segundos, até que o flash do celular de Júlia me tirou do transe. Ela estava tirando uma selfie de nós duas.

— O que você tá fazendo? — perguntei, tentando recuperar a visão.

— A gente precisa de fotos nas redes sociais. Pra Tamires acreditar no nosso namoro.

— Júlia — disse enquanto abaixava o celular dela. Nossas mãos ficaram entrelaçadas enquanto eu a olhava como se ela fosse uma criança que ainda não entendeu que facas não são brinquedos. — Esse plano é totalmente insano.

Júlia recolheu a mão, um pouco ofendida pelas minhas palavras.

— Eu não posso mentir pra Tamires desse jeito — continuei. — Ela é minha irmã.

— Ela nem vai ficar sabendo que era mentira. Vai ser coisa de um, dois meses, só até ela perceber que gosta de mim.

— Ela é a pessoa que mais me conhece na vida. Com certeza vai desconfiar se eu começar a namorar da noite pro dia.

— Por quê? Você também nunca namorou, por acaso?

Eu desviei o olhar e senti o rosto queimar. Será que era tão estranho assim ter dezoito anos e nunca ter namorado ninguém? O que ela acharia de mim se descobrisse que eu nunca tinha beijado uma garota? Ao contrário de Tamires, que nunca tinha namorado por vontade própria, eu só não havia tido opção mesmo.

— Você também nunca namorou — repetiu Júlia devagar, percebendo meu desconforto. — Desculpa. Acho que meu plano foi um pouco egoísta.

— Um pouco?!

— Mas, olha só, vai ser bom pra você também. Primeiro namoro é sempre um saco, a gente caga tudo. Fora que ninguém na faculdade quer ser a primeira namorada de alguém. Você também pode sair ganhando nessa história. Aquela garota com quem você tava falando agora há pouco... A emo bonitona. Você curte ela, né?

Demorei pra entender de quem ela estava falando.

— A Camila?

— Eu vi que ela pediu seu telefone.

— A gente acabou de se conhecer... Você tirou essas conclusões em trinta segundos de interação?

— Imagina se ela descobrir que você é virgem de namoro? — Júlia riu e eu dei um sorriso sem graça. E se ela soubesse que sou virgem de várias outras coisas... — É só você postar foto com outra garota que ela vai se interessar rapidinho.

— Eu não quero nada com a Camila. Eu mal conheço ela!

— Tá, tudo bem. Que seja outra garota então. Ou garoto.

— Garota — corrigi. — Eu sou lésbica.

— Ótimo. Deve ter alguma menina com quem você quer ficar nessa faculdade.

E tem. Você. Mas claro que eu não podia falar isso.

Refleti sobre o que ela estava falando e, por mais que houvesse uma luz vermelha piscando intensamente no meu cérebro, parte de mim queria aceitar aquela proposta maluca. Será que eu era uma pessoa terrível por querer passar mais tempo com a Júlia antes que ela começasse a namorar a minha irmã?

Júlia continuou elaborando o plano:

— Depois de uns dois meses a gente termina, mas decide continuar amigas porque, né, eu tenho Vênus em Aquário. Eu me aproximo da Tamires pra me recuperar da fossa, você se aproxima da Camila, e bum: a gente tá namorando as pessoas certas antes das provas do fim do semestre.

Pensando bem, não é um plano tão ruim...

— Cê tá maluca, garota? Essa merda tem tudo pra dar errado — berrou a Dona Eumínia dentro do meu cérebro.

Agora não, Dona Eumínia. Eu preciso me convencer de que não estou sendo a maior cuzona do mundo com a minha irmã.

— Se a Tamires descobrir, ela nunca vai me perdoar — falei. — E nunca mais vai querer te ver na vida.

— Também não precisa ser tão dramática. Se ela não sentir nada por mim, o plano não vai nem fazer cócegas. Você não vai machucar sua irmã.

Só vou machucar a mim mesma.

— Se ela sentir alguma coisa — continuou Júlia —, a gente termina e eu fico com ela. Entendeu? Não tem como ser prejudicial pra Tamires. Ela sai ganhando em qualquer situação.

Quanto a isso eu já estava acostumada. Júlia me deu a mão e olhou no fundo dos meus olhos. Eu prendi a respiração.

— Além do mais, ela só vai ficar sabendo se uma de nós contar.

O entusiasmo de Júlia era contagiante. Ela acreditava piamente naquele plano e, pouco a pouco, passei a acreditar também.

— Se bem que essa é uma puta história pra você contar no meu casamento — completou, rindo. — Com a Tamires.

E foi assim que eu entrei na maior roubada de toda a minha vida.

Tem certeza?

Passei o resto da manhã agindo como um zumbi, o que não era muito fora do normal, já que eu nunca fui falante durante as aulas. Eu tinha verdadeiro horror àquelas pessoas que levantavam a mão para dizer que queriam "fazer uma provocação". Isso não é uma pergunta, é só arrogância insuportável.

Quando entrei na sala de aula de documentário, o filme do dia já estava passando na TV. A sala era uma das menores do prédio, o que deixava o professor bastante decepcionado. Era difícil lidar com a realidade: ninguém se importava com documentários — ainda mais os antigos. Não estamos falando de séries de *serial killers* e *true crime*, mas filmes russos de três horas e meia que foram feitos há mais de cem anos. A disciplina era obrigatória, portanto ali estava eu procurando um canto escuro para não ter que prestar atenção.

Sentei no fundo da sala e reparei que Camila dormia um sono profundo no canto oposto, também na última fileira. Pensei no que Júlia havia dito sobre ela, além da nossa interação mais cedo. Ela era mesmo muito bonita, apesar do cansaço evidente, mas eu precisava ser sincera: não havia espaço pra ninguém além de Júlia na minha cabeça. Sei que eu estava sendo o clichê da "sapatão emocionada" que minha irmã sempre citava — mulheres que se apaixonam perdidamente depois de ficar com alguém uma vez só, casais que vão morar juntos depois de uma semana de namoro, ficantes que adotam gatos pouco depois de se conhecerem, e por aí vai. Eu era um caso ainda pior porque sequer tinha ficado com a Júlia. Só que o plano dela tinha inflamado todos os sentimentos malucos que eu estava tentando controlar desde sábado, e dificilmente eu conseguiria pensar em algo que não fosse nosso namoro de mentira.

Eu tinha quase certeza de que minha irmã não ia ser convencida pelo plano de Júlia. E, aos poucos, um segundo plano começou a nascer na minha cabeça — um plano dentro do plano. *Planoception*. Enquanto Júlia estivesse tentando conquistar minha irmã, eu tentaria conquistá-la.

Porém, se Tamires me dissesse que estava gostando da Júlia, eu me retiraria no mesmo instante. Jamais competiria com minha irmã por alguém, até porque era certo que eu ia perder. E Júlia tinha deixado claro que estava completamente apaixonada por Tamires. Eu tinha certeza de que ia me machucar nessa história. Será que valia a pena me humilhar tanto só pra ficar perto dessa garota por dois meses?

Olhei para a TV, tentando me distrair. O filme era em preto e branco e tratava de um homem que morava em uma geleira ou algo assim. Eu olhava para a tela e só conseguia ver Júlia. Seus olhos, sua boca, seu sorriso... Sua proposta absurda. Sua paixão pela minha irmã.

Aos poucos, a voz do narrador foi invadindo minha mente...

— No programa de hoje vamos conhecer o estranho mundo das pessoas que namoram as pretendentes de suas irmãs. Onde vivem? Do que se alimentam? Como dormem com a culpa de estar enganando suas irmãs mais velhas, que sempre fizeram de tudo por elas? Vamos acompanhar a trajetória de Antônia, uma garota que foi de virgem de namoro à destruidora de lares em menos de vinte e quatro horas.

O apresentador do documentário então olhou diretamente para mim e perguntou:

— Antônia, o que te levou a aceitar a proposta de Júlia?

De repente, eu estava na tela, falando com o apresentador no meio das geleiras do Polo Sul.

— Ela apresentou muito bem as vantagens que nós duas teríamos com o plano — respondi.

— Em algum momento você pensou em como essa mentira poderia afetar sua irmã?

— O tempo inteiro.

— E *ainda assim* você decidiu seguir adiante?

— ... Decidi. Mas não acho que isso vá machucá-la...

— O que você pretende fazer quando o namoro de mentira terminar e Júlia ficar com Tamires?

Eu olhei para a câmera, sem saber o que responder. O apresentador ficou esperando, com o microfone apontado para minha boca. Finalmente, ele fez outra pergunta.

— Você acha que Júlia pode acabar se apaixonando por você no meio da encenação?

— Eu... eu...

— Você seria capaz de acabar com a chance da sua irmã ter um relacionamento sério pela primeira vez na vida?

— NÃO!

De repente, todos os olhos dos meus colegas estavam em mim. Eu não estava mais na tela, e sim na sala de aula, bem acordada.

O professor pausou o filme e me olhou com desgosto. No canto da sala, vi Camila segurando a risada.

— Quer compartilhar alguma questão com a gente? — perguntou o professor, parecendo exausto.

Não eram nem dez da manhã.

Olhei ao redor sem saber o que dizer. Engoli em seco e, na maior cara de pau, levantei a voz:

— Eu queria fazer uma provocação...

Depois do fiasco na aula de documentário, decidi tentar prestar atenção nas próximas matérias para não passar vergonha de novo. Em algum momento no meio da aula da tarde, Júlia inundou minha DM do Instagram. Ela queria me encontrar novamente para acertar os detalhes do plano e perguntou se a gente podia jantar juntas. Sem forças para lutar contra ela, aceitei.

Uma coisa eu tinha decidido: para o plano funcionar, a coisa toda teria que ser feita como tirar um band-aid. Eu tinha que contar para Tamires o quanto antes do meu "namoro", mas, para isso, precisava de detalhes. E só Júlia poderia me ajudar com isso.

— Achei que uma das habilidades de quem faz cinema fosse inventar histórias — disse Júlia segundos antes de enfiar uma garfada de arroz com feijão na boca.

A gente estava no refeitório central da universidade que, no horário do jantar, ficava praticamente vazio. Exceto por um pequeno grupo na mesa ao lado e algumas pessoas aleatórias pelo salão, não tinha ninguém ali. Eu havia perguntado se Júlia tinha pensado nos detalhes do nosso relacionamento falso quando formulou aquele plano maluco.

— Você nunca viu um filme de crime? — perguntei, sarcástica. — Se as duas cúmplices não combinarem bem a história, os policiais vão descobrir que algo está errado.

— Achei que nossa história fosse uma comédia romântica, não um filme de terror.

Eu disfarcei a vergonha com um gole de suco de amarelo (afinal, ele tinha apenas cor, mas não sabor). Não tinha nada que eu quisesse mais do que viver uma comédia romântica com Júlia. Em um mundo ideal, nossa história teria sido assim: garota derruba bebida em garota numa festa. Garota se troca na frente de garota e rola um clima. Garota beija garota. Elas vivem felizes para sempre. "Garota conhece irmã da garota e se apaixona" não estava no roteiro.

Júlia me olhava com preocupação.

— Não fica assim, mozão. Depois que a gente ensaiar, não vai ter erro.

— Mozão?!

Quase cuspi quando ouvi o termo.

— Ué, a gente precisa de apelidos de casal. Você pode me chamar de vida.

— Eu não vou te chamar de vida.

— Bebê?

— Não.

— Bijuzinho.

— Sério, Júlia? As pessoas se chamam assim de verdade?

Júlia deu uma risada gostosa, jogando a cabeça para trás com os olhos fechados. Algumas pessoas olharam para nossa mesa e riram junto. Era impossível não se contagiar com o jeito dela. Eu estava praticamente babando quando ela voltou a me olhar.

— Os héteros, sim — respondeu. — Vamos fazer o seguinte: eu te chamo de mozão e você me chama apenas de amor.

Amor. Não seria tão difícil me acostumar com isso.

— Pra começo de conversa, eu ainda não concordei com o plano — falei, seca.

O sorriso Júlia começou a murchar.

— Eu achei que tava tudo certo. O timing também é ótimo, já que a Tami foi pro Rio. A gente vai ter uma semana pra ensaiar.

Júlia se aproximou, apoiando a mão no meu braço. Eu tentei fingir que o toque não tinha arrepiado absolutamente todos os pelos do meu corpo.

— Por favor, Tônia. Eu faço o que você quiser.

Vi aqueles olhos gigantes e lindos e me perguntei se havia alguma coisa que eu negaria àquela mulher. *Eu quero um beijo*, pensei. *E depois me casar com você, comprar uma casa, ter dois ou três filhos e passar nossa aposentadoria juntas na praia.*

— Eu só quero que você me prometa uma coisa — eu disse. — Se eu achar que tem alguma chance de isso machucar minha irmã, a gente desiste do plano na mesma hora. Combinado?

Se ela também se preocupasse com o bem-estar de Tamires, eu ficaria mais tranquila.

— Claro — concordou Júlia. — Eu não quero magoar ninguém nessa história.

Mal sabia ela que isso era impossível. *Eu* com certeza ia sair de coração partido.

— Tudo bem, então. Tô dentro — concluí, vencida.

Júlia soltou um gritinho de comemoração e me agarrou.

Quando dei por mim, estava imersa de todo no perfume dela. Seus braços envolveram meu corpo e me puxaram contra seu torso, perigosamente perto dos seios. Foi uma enxurrada de sentimentos como nunca tinha vivido antes. A sensação de estar o mais perto possível da mulher mais atraente que eu já tinha conhecido era inebriante. Eu podia fazer aquilo todos os dias. Queria me afogar no cheiro dela, no toque da sua pele, na ponta do cabelo cutucando meu rosto.

Para completar, ela me deu um beijo estalado na bochecha, o que me fez corar furiosamente.

— Obrigada, Tônia, mesmo! Eu sabia que você era a irmã mais legal. Pena que fui me apaixonar justo pela inacessível.

Júlia deu risada e eu não tive escolha senão rir junto. O famoso "chorrindo". Apreciando minha desgraça, tocando violinos enquanto o barco naufraga.

Virei para o lado oposto e comecei a remexer a minha mochila para conseguir respirar por um momento. A proximidade dela estava me impedindo de raciocinar direito. Peguei um caderno qualquer e abri em uma página em branco.

— Vamos combinar os detalhes pra não dar bola fora — falei enquanto abria uma caneta Bic com a tampa mordida. — Quando a gente ficou pela primeira vez?

— Ontem — respondeu sem hesitar.

— Eca, não! Depois de você passar a noite com a minha irmã?

— Hoje, então. A gente se encontrou aqui no refeitório sem querer e acabou jantando juntas.

— Realmente, o bandejão é o lugar perfeito pra um primeiro beijo. Super-romântico — disse, sarcástica.

— A gente não se beijou aqui, né, gênia. Depois do jantar a gente ficou conversando e percebemos que temos muita coisa em comum. Anota aí que eu gosto dos filmes cafonas que você assiste.

— "Júlia percebeu que Antônia tem excelente gosto cinematográfico" — falei, enquanto escrevia a frase no caderno.

Júlia me deu um tapinha no ombro, rindo, e continuou:

— Nada mais natural do que combinar uma ida ao cinema. Alguma coisa que tá passando aqui no campus.

— "Viram um filme chato na faculdade", ok. E nosso romance começou aí?

— Gente, mas você não sabe nada de *dates*?

Eu me encolhi um pouco, constrangida. Mais uma vez a minha falta de experiência nessa área estava sob os holofotes.

— Você nunca foi a um *date*?! — insistiu Júlia, chamando atenção das pessoas que estavam na mesa ao lado.

— Shhhh! — repreendi. — Não precisa contar pra faculdade inteira!

— Sinceramente, acho que sou eu que tô fazendo o favor pra você aqui. Vou lapidar esse diamante bruto pra outra garota usar a joia.

Revirei os olhos, mas não deixei de sorrir. Se ela achava que podia me lapidar, queria dizer que eu não era um caso perdido.

— Durante o filme rolou um clima, mas ninguém teve coragem de tomar atitude — ela continuou, confiante. — Na saída, você não aguentou mais e disse que não parava de pensar em mim desde o dia da festa, mas ficou na sua porque sabia que eu tinha ficado com a sua irmã.

Eu paralisei com a caneta na mão e fiquei olhando o papel em branco. Até então, era como se estivesse escrevendo uma fanfic da minha própria vida, mas de repente estava cruzando uma linha perigosa rumo à realidade.

— Daí eu falei que meu rolo com a Tamires foi casual — disse Júlia, sem reparar que eu não estava mais escrevendo nada. — E que era em você que eu tava de olho antes de conhecê-la.

Quando Júlia terminou a frase, eu pude jurar que seus olhos desceram rapidamente para minha boca. Foi só então que reparei o quão próximas estávamos de novo. Tinha algum tipo de ímã entre a gente, não era possível. Meus dedos suavam tanto que a caneta começou a escorregar.

Por fim, Júlia tomou o caderno de minhas mãos e se afastou.

— Nossa, sou ótima escritora. Deixa que eu termino.

E começou a escrever furiosamente enquanto eu lutava para recuperar meus movimentos.

Amor ligando

No dia seguinte, fui brutalmente despertada pelo toque do celular. Fazia tanto tempo que eu não recebia uma ligação que nem lembrava mais qual era a música, por isso levantei assustada com aquele show de sirenes, xilofones e sintetizadores.

Li o identificador de chamadas com os olhos ainda meio fechados: "Amor ligando". Embaixo do nome, uma selfie de Júlia sorrindo para a câmera. Foto essa que eu tinha certeza de que não havia tirado, muito menos atribuído ao contato dela no meu celular.

— Que horas você hackeou meu celular? — perguntei assim que atendi.

— Bom dia pra você também, mozão — disse Júlia do outro lado da linha, como se não fossem seis e meia da manhã de uma terça. — Vou perdoar seu mau humor matinal só porque sua voz é sexy quando você acorda.

Foi o bastante para eu me sentar rápido na cama, totalmente desperta. Júlia soltou uma gargalhadas do outro lado da linha enquanto eu cobria o corpo com o lençol, como se ela estivesse ali me vendo.

— Eu achei que "Júlia" era um nome de contato muito sem graça pra quem está namorando — disse de forma casual. — Aí eu aproveitei e coloquei minha foto naquela hora que você foi no banheiro. Sabia que um, dois, três, quatro, cinco, seis não é uma senha muito boa?

— A gente mal começou a namorar e você já tá mexendo no meu celular sem autorização?

Júlia riu de forma mais contida, surpresa com a minha resposta. Eu estava enfim entrando no jogo dela.

— Falando nisso, que dia começa oficialmente nosso namoro? — perguntei.

— Por quê? Você quer me dar um presente de mesversário?

Fui até a mochila e peguei o caderno com os detalhes do relacionamento. Encontrei uma caneta na escrivaninha e comecei a escrever.

— A Tami vai querer saber — eu disse. — Uma semana é pouco tempo pra alguém começar a namorar sério, você não acha?

— Antônia, você é uma péssima lésbica — disse Júlia, fingindo estar decepcionada. — Até eu que sou bi sei como essas coisas funcionam. Em uma semana já teria dado tempo até de a gente adotar um cachorro.

— Agora posso saber por que você me ligou a essa hora da madrugada?

— Queria saber como você é de manhã, como você acorda.

— Pra quê?

— Antônia...

Eu fechei os olhos, envergonhada. Claro que a gente teria passado pelo menos uma noite juntas antes de começar o namoro mais rápido do mundo. Esse era o tipo de detalhe que precisávamos saber.

— Entendi. Você é uma pessoa matinal, então?

— Tô indo pra academia — disse Júlia, e eu ouvi o som

distante de carros passando na rua. — Deixa passar algumas semanas que eu te convenço a vir comigo.

Soltei uma risada gostosa.

— Essa eu quero ver!

— Tem outra coisa que eu queria falar com você. Já marca com a Tami alguma coisa no sábado pra gente contar do nosso namoro.

— Mas já?!

— Tônia — começou, séria. — Quanto mais tempo você demorar pra contar pra Tamires, mais tempo vai demorar pra gente terminar. E mais tempo você vai passar longe da sua crush. É isso que você quer?

Sim.

— Não, você tem razão. Vou marcar um bar com a Tami no sábado. Aquele perto da faculdade.

— Combinado.

— Só não posta nada da gente até lá, tá bom? Eu quero falar com a Tami antes de ela ver nas redes sociais.

— Não vou postar foto sua, mas vou começar a escrever umas indiretas no Twitter — disse Júlia, animada. — Tipo umas letras da Taylor Swift sem contexto.

— Achei que as músicas dela fossem todas de fossa.

— Boa aula, mozão.

E desligou.

Depois da ligação de Júlia, não tive escolha senão levantar e começar meu dia. Eu jamais conseguiria voltar a dormir depois de ela ocupar meus pensamentos antes das sete da manhã.

Pela primeira vez no semestre, cheguei na faculdade antes de a primeira aula começar. Alguns colegas de curso conversavam em uma rodinha na frente do prédio. Estava começando a reconhecê-los: o menino que sempre comia maçã durante as cenas silenciosas dos filmes, a garota que parecia entediada com absolutamente tudo e todos, o cara mais velho que queria explicar todas as aulas para os professores, a turma de cinéfilos que só falavam de filmes vencedores de festivais.

Camila estava no meio deles, bastante engajada em uma conversa sobre Cinema Novo. Se alguém fizesse uma roda de debate sobre *Tapas e beijos*, eu ia arrasar. Mas, infelizmente, ninguém queria discutir séries de comédia da Globo na faculdade. Passei por Camila e, como era a única que eu conhecia oficialmente, acenei depressa para cumprimentá-la.

Para minha surpresa, Camila pediu licença do papo cabeça e veio falar comigo.

— Oi, Antônia — disse ela quando entrou ao meu lado no prédio. — Você tá livre hoje à noite?

Eu queria responder que nunca fazia absolutamente nada depois das seis da tarde que não fosse ver séries ou sair para comer um hambúrguer, mas quis parecer um pouco mais descolada do que isso.

— Hoje? Hum... Acho que hoje não tenho nada programado.

— Quer tomar uma cerveja com a gente?

Ela indicou o grupo que continuava conversando lá fora. Eu olhei para eles e acho que minha dúvida ficou estampada no rosto, pois ela logo emendou:

— Eles são legais, se você der uma chance. Só têm muita energia nerd acumulada.

— É que eu não sou... Eu não domino muito esses assuntos que vocês gostam de conversar, sabe?

— Que assuntos?

— Cinema de arte, filme francês…

Camila deu risada. Fiquei olhando pra ela sem entender nada.

— A gente não fala só de cinema! Existe vida além da faculdade.

Apesar das roupas de couro e da maquiagem pesada e escura, Camila tinha um jeito acolhedor. Eu me sentia confortável perto dela; parecia que seu interesse era genuíno.

— Que horas vai ser esse rolê?

— Logo depois da aula da tarde.

— Beleza.

Camila sorriu e assentiu, desaparecendo pelo corredor que levava para a saída. Tentei não ler muito a interação como algo romântico — ela podia querer ser minha amiga. E eu precisava mesmo fazer amigos naquele curso. Estava na hora de sair da concha.

Júlia, naturalmente, tinha outros planos.

me encontra no bandejão

18h30

hj tem strogonoff!!!!

n posso hj :(dsclp

como assim????

a gente tem um monte de coisa pra ensaiar ainda

decisões importantes sobre nosso amor inabalável

combinei de sair com o pessoal do curso

tô tentando fazer amigos, sei lá

mal começou a namorar e já quer um vale-night

bom saber que vai ser assim, dona Antônia

n me chama assim, pfv

parece que eu tenho 104 anos

por acaso a Camila vai tb?

Ergui os olhos da tela enquanto pensava na melhor resposta. Era possível ter uma DR de verdade em um relacionamento de mentira? Por um momento, pareceu mesmo que Júlia estava com ciúmes de Camila.

— Deixa de ser doida, garota — disse Dona Eumínia dentro da minha cabeça. — Como que ela vai ter ciúme se ela nem gosta de você?

Voltei a atenção para o celular e digitei minha resposta. A informação de que Júlia estava digitando apareceu e desapareceu algumas vezes, até que sua mensagem finalmente chegou:

claro. não era essa a ideia? ;)

aproveita então. bj

Não tive tempo de analisar muito a mensagem porque Camila apareceu bem na hora junto com nossos outros colegas. Já eram seis horas e tínhamos acabado de sair da última aula. Guardei o celular no bolso e decidi não pensar mais na mensagem, nem em Júlia de forma geral. Eu merecia isso. Merecia meu *vale-night*!

Caminhei com o grupo até as carrocinhas de comida que ficavam na frente da faculdade de comunicação. Compramos latas de cerveja e nos sentamos ao redor de uma mesa de metal, cada um em uma cadeira mais desconfortável que a outra. Alguns se sentaram na sarjeta porque não havia mais lugar, porém não pareciam se incomodar com isso. Fiquei feliz quando Camila puxou uma cadeira bem ao meu lado, já que eu não conhecia mais ninguém ali.

— Pessoal, essa é a Antônia — anunciou Camila. — A dona da festa do sábado.

— Achei que a festa fosse daquela garota que faz marketing — comentou um dos rapazes com cara de artista dos anos 1960.

— Aquela bonita — disse uma das minhas colegas, assassinando minha autoestima.

— É a minha irmã — respondi, derrotada. Por que todas as conversas da minha vida pareciam começar do mesmo jeito? — Tamires.

Todos emitiram ruídos de reconhecimento ao ouvir o nome dela. Era claro que Tamires conhecia muito mais colegas do meu curso do que eu mesma.

— Mas a Antônia foi quem teve a ideia da festa — interrompeu Camila, percebendo meu desconforto. — Legal, né? Tava faltando mesmo um rolê pra gente se conhecer melhor.

Troquei um olhar de agradecimento com Camila, que assentiu. Não sei como, mas ela me entendia.

— O que você curte? — perguntou um garoto usando chapéu.

Juro por Deus, era um Fedora com uma pena na ponta.

— Como assim? — respondi, confusa.

— Cinema Novo, Nouvelle Vague, Realismo Italiano? Dogma 95? Qual seu estilo?

Tomei um gole tão longo da cerveja que a lata quase terminou. Era exatamente essa conversa que eu estava tentando evitar desde o início das aulas. Eu não sabia que a faculdade de cinema seria tão pautada nessas vertentes superartísticas do século passado. Se soubesse, talvez tivesse me inscrito em outro curso. A verdade é que eu amava o audiovisual e amava contar histórias dessa forma, mas queria falar com o grande público, não só com frequentadores de festivais ou cineclubes. Queria fazer os mesmos filmes que havia visto quando era criança, comendo pipoca com meus pais e minha irmã no cinema.

— Ai, Davi, que papo chato — disse Camila enquanto ria. — Só sabe falar disso.

Camila então se virou para mim e começou a apresentar as pessoas ao redor da mesa.

— O Davi é muito fã do Glauber Rocha. Já o Estevão tem uma pegada mais Tarantino — falou e indicou um garoto de ascendência japonesa ao lado do rapaz de chapéu. — A Marina é fã do Bong Joon-Ho. Acho que vocês vão se dar bem.

Ela indicou uma garota que parecia recém-saída do Coachella. Ela tinha a pele branca tomada por um bronzeado meio acobreado (que devia ser maquiagem) e vestia uma espécie de manta colorida e um chapéu com as abas largas e caídas. O que acontecia com essas pessoas pra elas gostarem tanto de usar chapéu? Eu forcei um sorriso.

— Eu curto umas coisas mais contemporâneas — respondi, finalmente.

Todos ficaram me olhando sem entender bem o que eu queria dizer.

— Cinema coreano? — perguntou Marina Coachella.

— Ari Aster? Você tem cara de que gosta de um terror deprê — disse Estevão.

— Hã... Mais nacional mesmo. Comédia.

— Tipo *Bacurau*? — perguntou Davi.

Bacurau é *comédia*?, pensei.

— Tipo *Minha mãe é uma peça* — falei de uma vez, antes que pudesse me arrepender.

Não estou exagerando quando digo que todos os olhos ao redor daquela mesa se arregalaram. Um silêncio esmagador tomou o ambiente. Não é que eu tivesse vergonha de gostar de *Minha mãe é uma peça* — muito pelo contrário, eu sabia que era uma franquia excelente em vários sentidos. Mas era difícil ser a única pessoa diferente em um grupo. Desde o primeiro dia de aula, quando rolou uma roda de apresentações em que as pessoas falaram seus filmes favoritos, eu sabia que não me encaixava ali.

— Vamos falar de outra coisa, vai — disse Camila. — Quero saber quem aí tá solteiro.

— Adorei, parece primeiro dia de BBB — comentei sorrindo, apenas para perceber que absolutamente ninguém ali assistia *Big Brother*.

— Eu namoro — respondeu Davi de imediato, como se houvesse uma fila de interessados por ele e seu chapéu Fedora.

— Eu tô solteira — disse Marina Coachella. — Acabei de terminar um namoro de dois anos.

Como uma pessoa que acabou de entrar na faculdade já namorou por dois anos? Eu não conseguia entender. Eu nunca tinha nem transado e meus colegas já estavam praticamente vivendo em comunhão parcial de bens.

— Eu tenho um relacionamento aberto — disse Estevão, que eu tinha apelidado mentalmente de Sombra do Davi.

— Eu também estou solteira — completou Camila, virando para mim. — E você?

Os olhos dela fuzilaram os meus e, de repente, senti meu rosto esquentar. Não tinha pensado nisso: o que eu ia fazer com a minha vida pessoal durante essa farsa com a Júlia? Deveria dizer a verdade e ter uma chance de me envolver com alguém? Mas como seria depois de Tamires voltar e eu começar a andar com a Júlia pra cima e pra baixo, além das fotos que ela iria querer postar nas redes?

Não tinha jeito. Eu teria que falar a verdade. Ou pelo menos a versão mentirosa dela.

— Eu tô enrolada com uma garota — respondi, por fim.

Se Camila ficou decepcionada com minha resposta, não percebi, pois ela já estava engajada em uma conversa sobre o término de Marina Coachella.

Tudo por um hambúrguer

Na quarta-feira topei encontrar Júlia à noite, perto de casa, para repassar mais detalhes do plano e tirar as tais fotos de casal que ela tanto queria. Ela me subornou com a garantia de que me pagaria um jantar, e eu jamais recusaria um hambúrguer de graça.

Tentei fingir que não estava com saudades dela — afinal, fazia pouco mais de um dia que a vira. Porém, quando a vi na porta da hamburgueria, não consegui segurar o sorriso. Ainda bem que a Dona Eumínia não apareceu para me julgar.

Júlia estava distraída mexendo no celular e não notou quando me aproximei.

— Oi. Você vem sempre aqui? — eu disse em tom de brincadeira.

Ela ergueu a cabeça, irritada, como se estivesse prestes a mandar a dona da cantada cafona para aquele lugar. Mas, quando percebeu que era eu, abriu seu sorriso luminoso e meu coração quase saiu pela boca.

— Só quando minha namorada me convida — respondeu.

Eu estava prestes a falar alguma coisa engraçadinha quando vi um nome familiar na tela do celular dela. O WhatsApp estava aberto no contato de Tamires e havia uma troca de conversa recente entre as duas. Era naquilo que Júlia estava tão concentrada antes da minha chegada.

Minha pouca autoconfiança murchou. Ainda que eu soubesse que Júlia não gostava de mim, era sempre um baque lembrar de quem ela gostava de verdade.

Fiquei ainda mais confusa quando Júlia se levantou do banco e passou o braço pela minha cintura sem anúncio, nem explicação. Fui invadida por uma explosão sensorial do perfume dela misturado com o aroma de batata frita que vinha de dentro do restaurante. Não existe cheiro melhor do que esse: amor e fritas.

Eu mal havia me recuperado quando percebi que Júlia apontava a câmera frontal para nós duas. Ao fundo, ela enquadrava as luzes neon da entrada da hamburgueria. Era um daqueles lugares "instagramáveis" dos quais ela tanto falava e a respeito dos quais eu não sabia nada. Meu feed tinha cinco fotos, todas tiradas pela minha irmã, que havia me obrigado a postar "para não pensarem que eu sou uma *serial killer*".

— Agora sorrindo — disse ela, entre os dentes cerrados.

Em seguida, foi a vez de fazer biquinho.

Estávamos de bochechas coladas e bocas a poucos centímetros de distância. Tentei me concentrar na foto para que meu rosto não começasse a queimar e denunciasse o que estava sentindo com a proximidade dela.

— Oi, licença — disse Júlia para um casal que estava indo embora. — Vocês podem tirar uma foto nossa?

Um dos rapazes concordou e pegou o celular das mãos dela. Júlia se posicionou ao meu lado, passando os braços pelo meu pescoço.

— Olha pra mim.

Eu olhei, e me perdi nos olhos dela como no dia da festa.

— Que tal um beijo? — sugeriu o nosso fotógrafo. — Vai ficar lindo!

Júlia pareceu hesitar, olhando minha boca. Eu tinha medo de mexer qualquer músculo e acabar fazendo uma besteira — tipo beijar minha namorada de mentira sem consentimento prévio.

— Melhor não — ela falou finalmente, e me indicou com a cabeça. — Ela é tímida.

Júlia deu risada e o rapaz a acompanhou. Ele tirou uma última foto daquele momento mais espontâneo e devolveu o celular.

Cinco minutos depois, estávamos sentadas lado a lado em um dos sofás de veludo diante de uma mesa da hamburgueria. O ambiente lá dentro era exatamente como eu imaginava: uma mistura de cenário de série americana com decoração industrial pautada por madeira e metal. Assim como em vários lugares parecidos em São Paulo, os assentos eram extremamente desconfortáveis — o sofá era baixo e estava longe demais da mesinha onde a comida ficava apoiada — e o preço era alto demais para o que estava no cardápio.

Júlia passava as fotos na tela do celular e eu acompanhava, odiando minha cara em todas elas.

— Credo, apaga essa! — falei.

— Para com isso. Seu cabelo tá bonito nessa luz.

— Meu *cabelo*?

Elogiar o cabelo era ainda pior que me chamar de *simpática*.

— Olha essa aqui.

Na foto, nos olhávamos intensamente e parecia mesmo que havia algo entre nós. Parecia…

— Parece que a gente vai se beijar loucamente — comentou ela.

De repente, o cardápio superfaturado da lanchonete pareceu a coisa mais interessante do mundo. Júlia não se contentou com meu desinteresse na conversa — ela puxou o cardápio das minhas mãos e o largou de volta na mesa.

— A gente precisa falar disso, inclusive — começou, assumindo o tom de negócios que usava para abordar o plano. — O que você acha de beijos?

— Em geral ou com você?

Júlia riu. Eu estava em pânico.

— Comigo, né. Se a gente vai fingir que namora, é esperado que a gente se beije em público. Pelo menos algumas vezes.

Algumas vezes. Não uma, nem duas, nem dez. Eu teria que sobreviver a um número incontável e indefinido de beijos de Júlia. Sem entrar em combustão. E sem deixar transparecer o que eu sentia por ela.

— Quer dizer, a gente nunca falou disso — continuou Júlia, parecendo reticente pela primeira vez desde que nos conhecemos. — Eu sei que você é lésbica, mas não quis presumir que gostaria de me beijar. Mesmo que seja atuação.

Ela me olhou, esperançosa. Engoli em seco. Existe resposta certa para essa pergunta? Eu poderia fingir que não tinha vontade de beijá-la, o que seria ruim para nós duas. Porém, se contasse a verdade, soaria como uma pessoa desesperada: *tudo o que eu mais quero nesse mundo é beijar você.*

— Não tenho objeções — respondi, um pouco seca, no que achei ser um bom meio-termo.

— Que bom. Eu também não.

Pude jurar que Júlia me deu uma olhada de cima a baixo quando disse isso. Fiquei pensando se ela sentia algum tipo de atração por mim. Afinal, apesar da personalidade muito diferente, eu ainda tinha alguma semelhança com minha irmã. Se ela gostava de Tamires, seria absurdo ela me achar atraente também?

Quase dei risada diante do pensamento maluco. Eu e Tamires não tínhamos *nada* a ver.

Ao fundo, ouvi a porta da lanchonete se abrir e uma voz familiar dominar o ambiente.

— Antônia, minha filha, o que você tá esperando?

Respirei fundo e me virei para encarar a aparição. Só dava para descrevê-la assim, uma vez que claramente era fruto da minha imaginação.

Enquanto Júlia lia o cardápio, Dona Eumínia caminhou até a mesa e colocou as mãos na cintura.

— Eu tô cheia de coisa pra fazer, não tenho tempo de ficar aqui te educando, não — disse ela, irritada.

— O que você tá fazendo aqui? — sussurrei, ainda que a conversa estivesse acontecendo dentro da minha cabeça.

— Meu anjo, dá pra sentir sua energia ansiosa lá da parede do seu quarto. Não aguento mais esse sofrimento todo. A garota tá claramente te dando uma brecha e você não faz nada?

Franzi a testa e olhei de Dona Eumínia para Júlia.

— Uma brecha?

— É, criatura! Ela disse que queria te beijar.

— Não foi isso que ela disse…

— *Leia nas entrelinhas.* — Dona Eumínia bufou e ajeitou a bolsa no ombro. — Faz alguma coisa. Usa essa oportunidade de namoro falso pra tentar conquistar essa menina.

— Eu não tenho chance! — Abaixei a voz, apesar de ninguém ouvir nossa conversa. — Ela só tá comigo por causa da Tamires.

— Tua irmã nem tá aqui. Enquanto a Tamires não volta, por que você não tenta alguma coisa?

Ponderei aquela sugestão por alguns instantes. Em vez de ficar me martirizando, eu poderia fazer exatamente o que Dona Eumínia sugeriu e tentar conquistar Júlia. Mas a possibilidade de ela querer alguma coisa comigo era tão remota que eu não achava que valia a pena. E tinha outro problema…

— E se a Tami gostar dela?

— Se a Tamires gostasse dessa garota era ela que tava aqui agora, não você.

Dona Eumínia podia até ser um produto da minha imaginação, mas ela estava certa. Tami nunca tinha perdido uma conquista. Se ela quisesse ficar com uma garota, ela conseguiria. O simples fato de Júlia ter todo esse trabalho para chamar sua atenção já indicava que era uma causa perdida.

— Já sabe o que vai querer? — disse Júlia, com o cardápio nas mãos.

— Eu quero te beijar.

Júlia se virou para mim tão rápido que achei que ia quebrar o pescoço.

— Pra treinar — emendei logo. — Tem que parecer que a gente já se beijou milhões de vezes, né?

Em seu olhar arregalado havia algo de dúvida e surpresa. Era como se jamais esperasse o pedido. Pela primeira vez, vi Júlia ruborizar. Ficamos nos olhando, como se nenhuma das duas tivesse coragem de quebrar o silêncio. Enfim, Júlia abaixou a cabeça e encarou o cardápio fixamente.

— Vamos ter bastante tempo pra isso até sua irmã voltar.

Em seguida, ela levantou o braço para chamar a garçonete. Eu afundei no sofá, me sentindo uma grande idiota. Era *óbvio* que ela não queria me beijar. A ideia do *planoception* pareceu não só maluca, mas também um show de humilhação em que eu seria a atração principal. Resignada, decidi afogar minhas mágoas em maionese caseira.

Ensaio geral

No dia seguinte, acordei meio desanimada. Não consegui dormir direito em meio a tantos pensamentos sobre meu papel de trouxa naquela história, intercalados por pesadelos envolvendo minha irmã vestida de Dona Hermínia enquanto gritava comigo por ter tentado enganá-la.

Passei pela aula de fotografia como uma assombração, entrando muda e saindo calada. De todas as áreas do audiovisual, essa era a que eu menos gostava. Para quê aprender sobre todas essas câmeras e lentes se podemos simplesmente filmar com nossos celulares? Sei que você deve estar se perguntando: "De que matéria essa garota gosta então? Só reclama de tudo!". Eu gostava das disciplinas que envolviam escrita e gravação de curtas, coisas mais práticas, mas também as teóricas que refletiam meus interesses. No caso, a única matéria acadêmica que me contemplava era história do audiovisual brasileiro. Infelizmente, a faculdade não tinha nenhuma matéria voltada para novelas, ainda que elas fossem o maior produto de exportação do nosso audiovisual.

Me deixei ser levada pelo grupão de alunos saindo da aula em direção ao refeitório. Já era meio-dia e quinze, porque o professor de fotografia sempre atrasava para falar de algum refletor aleatório ou responder as dúvidas dos alunos puxa-saco, então a fila do bandejão estaria enorme. Porém, eu não tinha muitas opções — além das barraquinhas de sanduíche e pastel na frente da faculdade de comunicação, os outros restaurantes ou eram muito mais caros ou ficavam fora do campus.

Geralmente, eu fazia aquele trajeto pela praça Central sozinha, evitando ao máximo a aglomeração de colegas e seus assuntos cult. Mas, naquele dia, estava muito ocupada sentindo pena de mim mesma para perceber que estava indo almoçar com todo mundo da sala. Camila foi a primeira a notar minha presença.

— Resolveu se juntar aos pobres mortais? — brincou.

— Até que vocês não são tão ruins assim — respondi, dando de ombros, sem ter como fugir.

Camila acendeu um cigarro e desacelerou o passo para me acompanhar. Davi, Estevão e Marina Coachella perceberam o movimento e fizeram o mesmo, se afastando do grupo maior que seguia à frente.

— Vocês viram a última temporada de *Succession*? — perguntou Estevão.

Um assunto um pouco melhor que filmes de arte, ainda que eu não entendesse muito bem a comoção ao redor das séries da HBO. A única que eu gostava era *A vida sexual das universitárias*, por motivos óbvios. Não sei se eu não entendia as tramas das séries dramáticas ou me distraía com aqueles episódios enormes, mas simplesmente não captava por que eram unanimidade entre o público.

— Boa demais — disse Davi, animado. — Merece o Emmy, com certeza.

— Eu pirei muito naquela cena do último episódio — disse Marina Coachella.

— Sem spoilers — pediu Camila. — Eu ainda não terminei.

— Como você conseguiu parar de assistir? — continuou Davi. — Eu fui vendo todos os episódios assim que saíam. É viciante.

— Acho um pouco superestimada — respondeu Camila, dando de ombros. — Parece uma novela das nove com alto orçamento.

— As novelas são mais divertidas — completei, distraída.

Estevão, Davi e até Marina Coachella pareciam ter sido atingidos por um raio.

Camila deu uma bela risada diante da expressão deles. Nossos colegas ficaram claramente ofendidos, como se eles fossem os autores da série ou sócios da HBO, e se afastaram da gente rumo à fila do bandejão.

Senti o celular vibrar e tirei o aparelho do bolso.

vou passar pra te buscar no fim da aula da tarde

me espera na frente do prédio de cinema?

pq?

vamos pra minha casa

Só percebi que tinha parado de andar quando Camila chamou minha atenção:

— Antônia? Tá tudo bem?

— Tudo, tudo, sim — disfarcei.

Júlia estava me chamando para ir à casa dela. O lugar onde ela morava. A residência onde ficava o quarto dela. A *cama* dela. *Para, Antônia.* Digitei apressada uma resposta curiosa, mas casual:

algum motivo específico?

estranho a gente namorar sem vc conhecer minha casa, né?

até pq eu já conheço a sua

Respirei aliviada. Era só isso: conhecer a casa dela caso Tamires perguntasse alguma coisa.

vou fazer um jantarzinho romântico pra gente :)

E foi assim que eu caí dentro do laguinho que ficava no meio da praça Central, na frente de todos os colegas da minha sala e de todo mundo que passava.

Felizmente o laguinho era raso e não me afoguei, nem engoli água o bastante para pegar uma infecção intestinal. Deixei o local apenas com os pés e as canelas molhados e minha dignidade destruída. Camila não insistiu quando eu disse que havia perdido a fome e saí correndo. Comi qualquer coisa perto do prédio de cinema e comecei uma contagem regressiva até as seis da tarde, horário em que Júlia tinha dito que passaria para me buscar.

Às dez para as seis eu já estava ansiosa, esperando no local combinado. Metade de mim ainda se sentia meio trouxa por criar tanta expectativa, mas a outra metade sabia que era inevitável. Um otimismo inocente começou a surgir, como na noite em que eu sugeri que a gente se beijasse. Quem sabe o que poderia acontecer depois de um bom jantar e algumas taças de vinho? Eu já tinha visto filmes de romance o suficiente para saber que, quando alguém cozinha pra você, quer dizer alguma coisa.

Júlia apareceu pouco depois das seis, maravilhosa como sempre. O cabelo estava preso em um coque bem amarrado, evidenciando as maçãs do rosto. Meu Deus, eu era um caso perdido mesmo. Sorrindo feito uma idiota, acenei para ela.

— Desculpa a demora — ela disse enquanto tentava recuperar o fôlego. — Hoje foi dia de aula prática. Panificação, uma loucura.

Só então reparei que ela tinha um pouco de farinha no canto da boca. Antes de me controlar, passei os dedos ali para limpar. Senti a bochecha de Júlia esquentar sob meu toque e me afastei de imediato.

— Tinha um pouco de... de...

— Farinha — completou, se recompondo e sorrindo. — Imaginei. A gente sempre sai assim dessas aulas. Vamos?

Ela ofereceu a mão para que a gente andasse juntas até o estacionamento. Mesmo sabendo que era parte da missão "criar evidências do nosso namoro", meu coração deu um salto quando nossas peles se tocaram. A mão dela estava quente e levemente áspera, provavelmente depois do trabalho na cozinha.

Chegamos ao carro dela, que era moderno. Eu não entendia nada de veículos (não precisa tirar minha carteirinha de lésbica), mas tinha chamado Uber o suficiente para saber que aquele carro seria no mínimo um Comfort ou até um Black. Era vermelho e, de alguma forma, combinava com ela.

— Você é a única pessoa da nossa idade que tem carro — eu disse enquanto entrava pela porta do passageiro.

— Imagina, várias pessoas aqui na faculdade têm.

— Não na faculdade de cinema.

— Gastronomia é um antro de patricinhas — disse ela, rindo de si mesma.

Júlia deu a partida. O carro era bem silencioso e o vento gostoso do ar-condicionado me abraçou. Ela saiu da vaga e pegou o caminho para sair do campus.

— Eu ganhei quando passei no vestibular — explicou.

— Nossa, cinema é um dos cursos mais difíceis de passar e eu só ganhei um parabéns.

— É que eu não passei em gastronomia... — Júlia mordeu o lábio, como se estivesse prestes a revelar um segredo. — Eu passei em medicina.

Se eu estivesse dirigindo, com certeza teria batido.

— Quê? Como assim?!

Ela seguiu concentrada na direção, sem me olhar.

— Era a faculdade que meus pais queriam que eu fizesse.

— E como eles reagiram quando você mudou de curso?

Júlia respirou fundo. A gente tinha parado em um sinal vermelho, então ela voltou para mim seus olhos grandes e escuros. Havia certo medo na expressão.

— Eles não sabem.

Eu não sabia o que responder. Era a primeira vez que a gente tinha uma conversa sincera, só eu e ela, sobre nossas vidas e não sobre Tamires. Fui pega de surpresa. Eu me senti mais próxima de Júlia de uma forma nova, como sua confidente. Ela estava deixando de ser aquela garota perfeita num pedestal e começava a se tornar uma pessoa de verdade — alguém que eu queria muito conhecer melhor.

— Sabe quando você preenche a ficha do vestibular e escolhe opções de curso?

Assenti e ela continuou:

— Eu coloquei medicina como primeira e gastronomia como segunda. Como a nota de corte de medicina é bem alta e eu fui aprovada, podia escolher qualquer uma das duas... Então escolhi gastronomia, que é minha paixão. Mas meus pais acham que eu estou matriculada em medicina.

— Eles nunca desconfiaram de nada? Medicina é em outro campus...

— Eles são do interior. Eu moro aqui com duas meninas que também não sabem a verdade. Elas são minhas amigas de infância, colegas da época da escola que vieram estudar em São Paulo também. O apartamento fica em Pinheiros, perto do campus de medicina.

Olhei pela janela tentando digerir a informação. Nunca imaginaria que Júlia, com toda aquela autoconfiança, estaria vivendo uma vida dupla. Ao mesmo tempo, senti muito por ela. Eu sempre contei com o apoio da minha família em tudo o que decidi fazer — em tudo o que sou. Deve ser muito difícil não se sentir confortável para assumir quem você realmente é para as pessoas que mais ama.

— Eu sinto muito, Jú — falei, sincera. — Não fazia ideia.

— Claro. Ninguém sabe. — Ela me lançou um sorriso rápido, mas percebi a tristeza por trás da expressão. — Só tô contando porque minhas amigas vão estar em casa. E também porque é algo que a minha namorada saberia.

Quando chegamos ao prédio de Júlia, parecia que eu tinha aterrissado em outro planeta.

Era uma realidade completamente diferente daquela com que eu estava acostumada. Júlia morava em um prédio moderno, com cara de novo, daqueles que parecem um clube de tantas atividades disponíveis no condomínio. Só a torre onde ela morava tinha mais de vinte andares, e o elevador ultratecnológico subiu tão rápido que quase fiquei tonta. Era o oposto do nosso prédio velho e acabado na República.

A porta se abriu depois que Júlia pressionou a digital na maçaneta eletrônica. Entrei na ponta dos pés no apartamento dela, me sentindo em um episódio de *Black Mirror* e receosa de pisar no chão de mármore impecável com meu All Star encardido. Felizmente, Júlia tirou o sapato, então eu fiz o mesmo, escondendo o meu bem no fundo da sapateira cheia de saltos altos e tênis de grife.

— Jéssica, Duda? Vocês tão em casa? — perguntou Júlia enquanto caminhava pela sala ampla rumo ao corredor que levava aos quartos.

— Oi, amiga — uma voz disse de dentro do apartamento.

Em seguida, uma moça que parecia saída de um vídeo de dancinha do TikTok entrou na sala. Ela vestia short biker, top e um blazer por cima. Eu não sabia se estava voltando do trabalho ou indo para a academia. O rosto branco estava coberto por maquiagem, e os lábios eram preenchidos por algum procedimento estético que eu via nas atrizes da TV. O cabelo era comprido, liso e loiro. Se eu tivesse que chutar qual curso ela fazia, com certeza apostaria em odonto.

— Oi, Duda — disse Júlia, animada. — Essa aqui é a Antônia.

Duda abriu um sorriso e revelou aqueles dentes de Mentex que todo ex-BBB tem.

— Ai, que fofa! — exclamou, e fui tomada por uma nuvem de perfume caro quando ela me abraçou. — Eu tava doida pra te conhecer! Faz dias que a Jú só fala de você.

— Também não é assim, né — disse Júlia, parecendo genuinamente constrangida.

— Normal, amiga — continuou Duda. — A paixão deixa a gente monotemática mesmo.

— Eu vou começar a preparar o jantar — disse Júlia, já se encaminhando para a bancada que ficava entre a sala e a cozinha. — Por que vocês não aproveitam pra se conhecer melhor?

Antes que eu pudesse dizer qualquer coisa, Duda se virou para o corredor e gritou:

— Jéssica! A namorada da Jú tá aqui!

Ouvi passos rápidos se aproximando e, de repente, uma segunda garota apareceu na sala. Se antes eu já desconfiava de que estava em *Black Mirror*, agora tinha certeza.

Jéssica era idêntica a Duda.

Não eram gêmeas, pois tinham traços e tons de pele diferentes (eu suporia que Jéssica tinha ascendência chinesa), mas todo o resto era igual: a roupa, a maquiagem, o preenchimento labial, o cabelo. O jeito de se portar e de sorrir. O Mentex nos dentes. O perfume forte.

— Antôniaaaaaaaaaaa! — disse Jéssica enquanto me amassava em um abraço apertado. — Nem acredito que você tá aqui! Difícil te stalkear, hein, menina?

Abri um sorriso sem graça. Eu sabia que Júlia estava tentando tornar nosso namoro público, mas não imaginava que tinha passado tanto tempo falando de mim para as amigas.

— Prazer — eu disse enfim, depois que Jéssica me soltou. — A Júlia... Também fala muito de vocês.

Júlia segurou o riso. Claro que ela nunca tinha sequer mencionado que morava com o elenco de *Meninas malvadas*.

— Vocês são o meu novo casal favorito! — disse Jéssica, empolgada. — O jeito como se conheceram, a conexão, a paixão avassaladora... Gente, namorando em menos de uma semana! Muito top esse casal.

— Morri de inveja — acrescentou Duda. — Mas inveja boa, juro. Ai, menina, é tão difícil encontrar um homem que preste... Eu queria tanto gostar de mulher!

— É ótimo mesmo — disse Júlia lá da cozinha. — Pena que aí você teria que lidar com a parte ruim também, tipo correr o risco de apanhar na rua só por andar de mãos dadas com a sua namorada.

Duda não notou a alfinetada e continuou:

— A gente vai deixar vocês bem à vontade, tá?

Ela pegou uma bolsa que devia valer mais do que a casa dos meus pais e seguiu até a sapateira.

— Vamos pegar uma baladinha lá no Itaim e depois dormir na casa de umas amigas.

— Você sabe que aqui tem três quartos, né? — disse Júlia. — Não atrapalha se quiserem dormir em casa.

— Mas é o primeiro jantar romântico de vocês — disse Jéssica. — Tem que ser perfeito. Eu deixei umas pétalas de rosa ali na mesa, Jú, pra fazer uma decoração bem instagramável.

— Pode pegar meu *ring light* — acrescentou Duda.

— Valeu, meninas — disse Júlia com um sorriso forçado. Notei que ela estava tentando ser simpática, mas também apressar a saída delas. — Até amanhã.

Jéssica e Duda terminaram de calçar os sapatos de salto e acenaram para mim.

— Tchau, flor! Você é maravilhosa. A gente é muito fã do casal.

— Cuida bem da nossa amiga que ela tá precisando!

— Tchau! — disse Júlia, incisiva.

As garotas fecharam a porta, as risadas estridentes ecoando pelo hall do elevador.

Eu me aproximei da bancada sem saber muito bem o que pensar. Era como se um furacão tivesse passado e eu milagrosamente tivesse sobrevivido. Júlia, como sempre, seguia inabalável. Ela estava concentrada nos ingredientes que separava para o jantar. Era como uma dança: pegava com uma mão, picava com a outra, separava em uma tigela e começava tudo de novo. Senti um misto de atração e medo quando vi o quão hábil ela era com a enorme faca que usava para cortar um maço de coentro em pedacinhos.

— Vai ficar aí parada? — ela disse, por fim.

Quando ergui o olhar das mãos dela, Júlia estava sorrindo. Parecia bem mais relaxada.

— Vou te contar um segredo… — eu disse em tom conspiratório. — Eu não sei cozinhar.

Júlia revirou os olhos, achando graça.

— Uau, que surpresa — comentou com sarcasmo. — Nunca iria imaginar que uma nerd que acabou de sair da casa dos pais não sabe nada de culinária.

— Ei! Você também é uma nerd que acabou de sair da casa dos pais.

— Eu não sou nerd, Antônia. Me respeita.

— Você passou em medicina. Você é mais nerd que eu.

— Eu sou inteligente. É diferente.

— E nerd é o quê?

— É uma pessoa que passa a noite de sexta vendo *Minha mãe é uma peça* em vez de curtir as festas da faculdade.

Eu sabia que ela estava brincando pelo tom de voz, mas fingi ficar ofendida com o comentário. Júlia riu e jogou um talo de coentro em mim. Eu estava estranhamente relaxada. Aquela cena romântica parecia ter saído direto dos meus sonhos.

Só que não era verdade.

— Droga — disse Júlia, limpando um pouco de azeite que caiu na blusa. — Eu deveria ter colocado o dólmã.

— *Dól* o quê?

— Aquela roupa de chef de cozinha, sabe? De manga comprida, que fecha com uns botões na frente.

— Por que você não usa um avental?

Júlia me olhou de forma tão ameaçadora que achei que eu seria o próximo ingrediente a ser picado.

— Avental é para amadores. E não é nada elegante.

— Depende do avental. Aposto que você ia ficar linda naqueles que têm umas frases engraçadinhas. Tipo "se eu cozinho, você lava" ou "eu posso até passar do ponto, mas minha carne, jamais".

Júlia corou de leve.

— Eu prefiro comer vidro a usar um avental com frase engraçadinha.

— Nem se fosse a fantasia secreta da sua namorada?

Júlia deu risada e eu acompanhei. Até que uma imagem invadiu minha mente: Júlia vestindo *apenas* o avental engraçadinho.

— Eu devia ter desconfiado que você teria umas fantasias estranhas — ela disse. — Geralmente o pessoal acha sexy o dólmã, não o avental.

Júlia limpou as mãos no pano de prato e pegou o celular. Em seguida, entregou para mim com uma foto aberta na tela. Era ela na cozinha da faculdade de gastronomia vestindo o tal do dólmã. Eu não estava esperando pelo impacto daquela visão. Apesar de cobrir a parte superior do corpo inteira, inclusive os braços e o colo, aquela roupa tinha uma aura de poder.

— É, não dá pra competir com o dólmã — eu falei, entregando de volta o celular.

Nossos dedos resvalaram e Júlia sustentou meu olhar. Senti uma eletricidade entre nós. Meu corpo e o dela pareciam ímãs, clamando para que a gente se aproximasse. Eu poderia jurar que Júlia olhou para a minha boca por um instante antes de guardar o celular no bolso e me dar as costas.

— Vou colocar os legumes no forno — ela disse enquanto separava uma assadeira. — Pode sentar no sofá se quiser. Não vai demorar muito.

— Deixa eu pelo menos arrumar a mesa?

Estava me sentindo meio inútil ali, ainda que achasse tentador o convite para assistir a Júlia cozinhando de camarote. Ela hesitou um pouco e enfim assentiu, indicando um armário perto da mesa de jantar.

— Cuidado com a minha louça da Rita Lobo!

A noite correu um pouco mais contida depois da nossa interação na cozinha. Júlia passou quase uma hora entre o fogão, a geladeira e a bancada, até que cheiros maravilhosos começaram a invadir minhas narinas e despertar um monstro no meu estômago. Sentamos à mesa que eu havia arrumado tentando harmonizar ao máximo as cores das louças de Júlia. Fiquei aliviada quando ela não reclamou da minha decoração, que não incluía as pétalas de rosa que as amigas dela tinham separado para a nossa grande noite.

— Espero que goste — ela disse e, por um instante, pareceu insegura.

Eu olhei para a profusão de cores e cheiros em cima de mesa. Não tinha como não gostar. Havia pães fininhos e levemente queimados nas bolhas formadas pela massa, além de dois molhos em potes pequenos. O prato principal era uma espécie de ensopado de frango que lembrava strogonoff na aparência, mas tinha cheiro de especiarias e cores alaranjadas mais vivas.

— Tudo parece maravilhoso — eu falei. — Eu nunca vi nada assim.

— É culinária indiana. São receitas que eu aprendi com a minha avó.

Júlia então foi apresentando os pratos, começando pelos pães fininhos.

— Esse pão se chama chapati. É basicamente farinha, sal e água, uma das receitas mais antigas do mundo. Essa receita leva também *ghee*, que é uma versão purificada da manteiga tradicional.

Eu me enchi de alegria ao ver o orgulho com que falava sobre tudo que já tinha cozinhado. A culinária parecia ser mais que uma carreira, mas também um laço afetivo para ela.

— O pão serve pra colocar a comida dentro. É pra comer com a mão mesmo, mas pode usar o garfo se preferir. — Ela riu. — Faz um pouco de bagunça.

— Assim que é bom.

— Os potinhos são acompanhamentos. Chutney de tamarindo e um molho de coentro. E o prato principal é frango tikka masala, um dos mais famosos lá na Índia. Dá pra comer também com esse arroz basmati, que é parecido com o arroz branco, só que mais comprido e soltinho.

Estava salivando quando Júlia terminou a explicação. Ela deve ter percebido a ansiedade que eu sentia para devorar aquele banquete quando enchi meu prato com um pouco de cada coisa e me sentei para começar a comer.

Quando dei a primeira mordida, minha boca foi inundada por sabores, texturas e temperos aromáticos. O frango estava quente e cheio de especiarias, enquanto os acompanhamentos eram gelados e harmonizavam perfeitamente com tudo. O pão era macio e amanteigado na medida certa.

Soltei um gemido tão espontâneo que saiu como uma mistura de grunhido e suspiro. Júlia riu enquanto ainda se servia, fazendo tudo de forma muito mais delicada do que eu.

— Gostou?

— Essa é a melhor coisa que eu já coloquei na boca.

— É porque a noite tá só começando, *mozão*.

Fizemos um ensaio de fotos de casal durante o jantar. Júlia tirou algumas fotos minhas com a comida, depois selfies de nós duas juntas diante dos pratos raspados até o fim. Em seguida, algumas fotos mais íntimas em que nos olhávamos intensamente. Notei que, dessa vez, ela se afastou mais rápido do que na hamburgueria. Devia estar cansada depois de ter cozinhado em jornada dupla, primeiro na faculdade e depois em casa.

Quando terminei de lavar a louça, nos sentamos no sofá e colocamos *Casamento às cegas* na Netflix, só pra ter algo passando no fundo enquanto fazíamos mais fotos de casal. A ideia era parecer um dia comum em que jantamos e passei a noite na casa de Júlia.

— Engraçado — eu falei. — Isso é exatamente o que eu faria se tivesse uma namorada.

Júlia ergueu as sobrancelhas, curiosa.

— Isso o quê?

— Jantarzinho em casa. Netflix. Um programa besta pra gente falar mal dos héteros…

Júlia mordeu o lábio e desviou o olhar, pensativa.

— É meu tipo de date preferido também.

— Sério? — questionei. — Eu achei que você era da Categoria Festeira.

— Categoria Festeira?

— É uma coisa que minha irmã faz — expliquei, já me arrependendo de falar de Tamires no meu date com Júlia. — Classificar as garotas em Categorias Sáficas. Eu achei que você era festeira que nem ela.

— Sua irmã classifica as mulheres em categorias? — indagou Júlia.

Percebi que aquilo soava um pouco negativo quando eu só jogava a informação sem nenhum contexto.

— É só uma brincadeira — expliquei.

Júlia fez uma cara ainda de dúvida, mas assentiu e deixou para lá.

— Ah, eu gosto bastante de sair. Gosto de conhecer gente nova, de dançar. Não sempre, mas... Quando eu namorar a Tamires, com certeza vou ter uma vida social mais animada.

Dessa vez fui eu que desviei dos olhos. Me voltei para a televisão e vi uma mulher bonita se humilhando por um cara feio e sem graça. Foi como se o date tivesse acabado ali — ainda que, no fundo, nunca tivesse começado de verdade.

— Já que a gente tá falando da Tamires... — começou Júlia, esperançosa. — Me conta mais sobre ela. O que ela gosta de assistir, de comer. Pra eu já ir me preparando.

Não tinha como sair daquela situação. Júlia me fitava com seus grandes olhos como se eu fosse o Papai Noel em noite de Natal.

— Ela é uma pessoa bem fácil de agradar — falei. — Come quase de tudo, mas prefere comida caseira. Não é fã de fast food.

— Ela sabe cozinhar?

— Um pouco, sim. Ela se vira.

— Sabia! Ela é perfeita pra mim.

Na TV, um homem de coque samurai disse as mesmas palavras sobre uma moça que havia acabado de conhecer através de uma parede.

— Ela é perfeita em geral — respondi, resignada.

— Como vocês eram quando pequenas?

— A Tamires era igualzinha. Carismática, boa de conversa. Vivia rodeada de gente. Na adolescência, beijou todas as meninas que moravam na nossa vila. Era a aluna mais popular da escola.

— E você?

— Eu? — Soltei um ronquinho pelo nariz enquanto ria. — Também era igual. Uma nerd esquisita.

— É assim que você se vê?

Júlia parecia surpresa. Dei de ombros sem tirar os olhos da TV.

— Você mesma me chamou de nerd, né? — comentei.

— Mas era brincadeira — disse ela. — Acho estranho você colocar sua irmã em um pedestal e se ter em tão baixa conta. Você é muito legal, Antônia. Quando deixa as pessoas se aproximarem.

Eu me voltei para Júlia, genuinamente admirada. Foi a primeira vez desde que nos conhecemos que ela me elogiou. Tamires já tinha me falado várias vezes que eu precisava me abrir mais, mas eu nunca tinha visto dar resultado.

Percebi então que Júlia tinha se aproximado no sofá, nossos rostos a um palmo de distância. Nossos ombros estavam encostados e eu senti o calor do corpo dela. Júlia franziu as sobrancelhas como se considerasse uma ideia absurda e, então, chegou ainda mais perto. Rendida à situação, fechei os olhos, esperando que ela definisse nosso próximo passo.

Senti a boca encostar… na minha bochecha. E um flash estourou na minha cara.

Abri os olhos e vi Júlia segurando o celular bem na nossa frente.

— Precisa mesmo do flash?! — reclamei.

— Eu boto um filtro depois.

O momento terminou junto com o noivado de cinco minutos do casal na TV.

Não demorei a pegar no sono depois que terminamos uma garrafa de vinho enquanto assistíamos ao reality show. Nunca tive problemas para dormir — seja na minha cama, na faculdade, no carro ou até mesmo na casa da minha crush —, então talvez tenha babado um pouco no sofá da Júlia antes mesmo de descobrir quem tinha sido abandonado no altar na final do programa. Não que fizesse muita diferença; os participantes eram todos idênticos. Eu me lembro vagamente de Júlia sugerir que fizessem uma repescagem entre os que tinham recebido um "não" e formassem novos casais-relâmpago para aproveitar a festa que a produção organizou.

Acordei com a luz do sol batendo no meu rosto através da janela da sala. Eu havia dormido a noite toda no sofá — tinha a impressão de que, mesmo que Júlia tivesse oferecido outra acomodação, não teria sido capaz de me levantar. No entanto, em algum momento tinha aparecido ali um edredom e um travesseiro. Júlia provavelmente estava no quarto, pois acordei sozinha e um pouco desorientada. Fiquei pensando se deveria acordá-la, mas achei que seria uma invasão de privacidade.

— Se você fosse namorada dela, teria passado a noite lá dentro — disse Dona Eumínia, que apareceu na cozinha tomando um café.

— Bom dia pra você também — respondi enquanto organizava o sofá e dobrava o edredom.

Se não tinha como lutar contra as invasões de Dona Eumínia, era melhor aceitá-la de uma vez.

— Tá uma palhaçada isso, hein, Antônia — ela continuou. — Você toda de namorico, tirando foto de casal... E ainda não tascou nem um beijo nela!

— Eu não posso simplesmente beijar a garota, Dona Eumínia.

— Por que não? Ela tá te dando mole.

— Ela tá fingindo que a gente namora.

— Minha filha, ela fez comida pra você. Quer declaração maior que essa?

— Não acho que isso significa nada de mais...

— Então por que ela não pediu um delivery e pronto?

Terminei de afofar as almofadas do sofá e olhei pela janela, pensativa. Eu não tinha considerado aquela possibilidade. Tudo bem que Júlia estudava gastronomia, mas nem por isso deveria cozinhar pra mim. Fora que ninguém ia ficar sabendo pela foto se a comida era caseira ou não.

Por um instante, considerei que ela talvez *quisesse* me agradar.

Aquela ideia pareceu tão absurda que comecei a rir sozinha.

— Enlouqueceu de vez — disse Dona Eumínia. — Melhor se controlar, que tem gente vindo aí.

— Quê?

Ouvi passos de salto alto ecoando pelo hall do elevador lá fora. Duda e Jéssica estavam de volta. Dentro de alguns segundos, elas iam entrar na sala e me encontrar ali, sozinha, sem Júlia. Eu me desesperei — e se elas fizessem perguntas? O travesseiro e o edredom ainda estavam à vista, no cantinho do sofá. Se elas descobrissem que eu não tinha dormido com Júlia, provavelmente iam desconfiar de alguma coisa.

Antes que pudesse mudar de ideia, saí em disparada, peguei o travesseiro e o edredom e voei pelo corredor. Abri a única porta fechada que encontrei, no mesmo instante em que ouvia a maçaneta destrancar com a digital de alguém.

O quarto de Júlia estava escuro e aconchegante. Fui imediatamente tomada pelo cheiro dela em versão concentrada. Tive que parar por um segundo para me recuperar do baque que era estar ali, tão perto dela, tão dentro da sua intimidade.

Júlia parecia um temaki humano enrolada no edredom. Ela se virou na minha direção, ainda sonolenta, sem entender o que estava acontecendo.

— Tônia? — falou, meio grogue. — Aconteceu alguma coisa?

— Shhhh. Você já vai entender.

Nesse momento, Duda e Jéssica passaram fazendo barulho pelo corredor, soando levemente alcoolizadas.

Júlia despertou de vez com a chegada das amigas. Ela se endireitou na cama e esfregou os olhos. Quando se mexeu, me dei conta: Júlia estava pelada embaixo daquele edredom.

Ouvimos as portas dos outros quartos se fecharem, e em seguida, silêncio.

Eu não tinha coragem de fazer nenhum tipo de movimento. Júlia, por sua vez, parecia tranquilíssima, como se ser flagrada nua fosse algo corriqueiro. Surpreendendo um total de zero pessoas, ela ficava linda com o cabelo bagunçado logo depois de acordar.

— Desculpa ter invadido seu quarto — balbuciei. — Eu não sabia que você... Que você tava...

— Pelada? — disse Júlia, achando graça. — É mais confortável pra dormir.

Então ela jogou o edredom em direção ao pé da cama e se levantou em toda sua glória. Eu tentei desviar o olhar, juro, mas não deu tempo. Vi todas as curvas dela como se filmasse em *close-up*: os contornos das costas, as ondas do cabelo, a curva da cintura, a expansão do quadril...

Fechei os olhos antes que descesse ainda mais. Ouvi os passos de Júlia se afastando da cama e o som da porta do armário sendo aberta. Suspirei aliviada quando percebi que ela estava se vestindo. Como podia estar tão calma?

— Vamos almoçar juntas hoje? — ela disse. — Perto da gastronomia tem um restaurante gostoso.

Deixei o travesseiro e o edredom que tinha usado em cima da cama, tentando agir de forma minimamente normal.

— Achei que vocês cozinhassem tudo o que comem por lá — respondi.

— Rá, rá. — Ela puxou uma roupa do cabide e, em seguida, fechou um zíper. — Você por acaso só assiste a filmes que você mesma faz?

Tomei coragem e me virei para ela. Júlia vestia uma calça jeans de cintura alta que marcava bem suas curvas, especialmente a bunda.

— Infelizmente, não — respondi enquanto tentava desviar meus pensamentos. — Mas bem que eu gostaria. Eles passam muito filme chato naquela faculdade.

Júlia me olhou da cabeça aos pés, como se me medisse. Mesmo estando completamente vestida, senti o ímpeto de pegar o edredom e me cobrir.

— Toma, veste isso aqui. — Ela tirou uma camisa do cabide e jogou na minha direção. — Acho que combina com seu estilo e tem um tamanho bom.

— Obrigada, mas não precisa… Eu vou passar em casa pra me trocar. Na verdade não era nem pra eu ter dormido aqui…

— Nem se o prédio pegasse fogo você teria levantado daquele sofá. — Ela sorriu e me derreti. — Vai, deixa de besteira. Pode tomar banho aqui e usar minha camisa. Ou não achou essa roupa sapatão o bastante pra você?

Peguei a camisa e fingi analisar todos os detalhes. Não precisava ser especialista em moda para saber que era um dos uniformes universais da mulher lésbica: camisa estampada em xadrez vermelho e preto.

Vesti a camisa por cima da camiseta branca do dia anterior. Ela era bem maior que meu tamanho, mas eu gostava do estilo *oversized*. E o melhor de tudo é que vinha com o cheiro de Júlia misturado com amaciante.

— E aí, como fiquei?

Júlia se aproximou e dobrou as mangas até que ficassem na altura dos meus cotovelos. Fui pega de surpresa pela naturalidade daquela cena: nós duas no quarto dela, depois de passar uma noite (mais ou menos) juntas, nos preparando para ir à faculdade. Eu usando uma roupa dela. Ela me ajudando a ficar mais estilosa.

Eu me acostumaria fácil com isso.

— Ficou gata — ela disse.

Mais uma vez, senti aquela necessidade quase visceral de cobrir a distância entre nós. Eu devo ter me aproximado demais, porque ela deu um passo para trás e começou a arrumar a cama como se fosse sua prioridade número um.

— Pode pegar uma toalha no armário embaixo da pia — falou. — E arruma o cabelo que a gente tem uma videochamada importante pra fazer na hora do almoço.

— Videochamada?

— A gente vai ligar pra sua irmã.

Um soco no estômago teria doído menos

Cheguei antes de o professor aparecer. O fato de Júlia morar na Zona Oeste ajudava muito o deslocamento até o campus — sem falar na carona VIP no carro dela. Eu estava acostumada a fazer o trajeto da República até a faculdade de metrô e ônibus, o que era uma batalha com os transportes lotados. Eu me senti uma verdadeira patricinha quando desci do carro dela e caminhei tranquilamente até o prédio de cinema, sem a sensação de ter sido atropelada por um caminhão antes das oito da manhã.

Passei por alguns colegas que conversavam na entrada do prédio e subi as escadas até o primeiro andar, onde ficava a sala de captação de som. Era uma matéria difícil por causa dos conceitos de física (quem poderia imaginar que tinha um pouco de exatas na faculdade de cinema?!), mas eu preferia isso aos trabalhos subjetivos das outras disciplinas. Pelo menos eu não precisava fingir que tinha entendido os filmes que o professor passava.

A sala ainda estava meio vazia, por isso foi fácil encontrar Camila, Estevão, Davi e Marina Coachella. Eles conversavam animados demais para o horário, como sempre. Naquele dia eu me sentia muito mais disposta do que o normal, então me aproximei deles acenando e joguei a mochila em uma das cadeiras ali perto.

— Olha só quem caiu da cama hoje — disse Camila.

— Bom dia pra você também — respondi. — Preparados pra prova de hoje?

— Prova?!

Estevão parecia prestes a desmaiar. Os outros me olhavam com surpresa.

— A prova de física, gente — continuei, demonstrando tranquilidade. — Vocês esqueceram? Vai ser a nota mais importante do semestre.

— Vou pegar DP — disse Marina. — Não estudei nada.

— Me ferrei também.

Davi puxou o caderno de dentro da mochila e passou as páginas fervorosamente, como se esses segundos fossem suficientes para revisar toda a matéria de quase dois meses.

— É brincadeira, gente — eu disse, e soltei uma risada gostosa, mesmo que meus colegas não tenham achado tanta graça. — Tá muito cedo no semestre pra ter prova, né?

— Bem que eu falei pra nunca confiar no pessoal que gosta de comédia — resmungou Estevão.

— Tá bem-humorada hoje, hein? — disse Camila, me olhando com curiosidade.

Meu sorriso murchou. Eu sabia que ela ia fazer algum tipo de insinuação constrangedora.

— O que andou aprontando ontem à noite? — perguntou.

Todo mundo pareceu esquecer da minha piadinha besta. Eles viraram na minha direção soltando aquele "uuuhhhhhhh" bem sexta série.

— Nada — respondi de imediato.

— Sei. — Camila não parecia convencida. — Aposto que o motivo do seu sorriso é a bonitona da gastronomia.

Mais alguns "uuuhhhhhhh" ecoaram pela sala, chamando a atenção de outros colegas perto da gente.

— Como você sabe o curso dela? — perguntei, confirmando a suspeita de Camila.

Pensando bem, não era como se eu precisasse esconder meu rolo com a Júlia, já que dali a pouco se tornaria público... Fazia até sentido eu começar a dar sinal do nosso namoro para o pessoal do meu curso.

Mas eu me sentia esquisita. Aquelas pessoas pareciam legais e genuinamente interessadas em mim — especialmente Camila. Eu já estava começando nossa amizade com uma mentira. Ao mesmo tempo, sabia que não podia contar a verdade. As fofocas corriam rápido, e logo a história poderia chegar aos ouvidos da minha irmã.

— Eu conheço todas as sáficas dessa universidade, minha querida — disse Camila com um sorrisinho malandro no rosto. — Mas é ela mesmo, né?

— É, sim.

— Ela quem, gente? — Marina estava morrendo de curiosidade. — Me conta essa fofoca inteira, pelo amor de Glauber Rocha.

Era hora da verdade. Ou melhor, da mentira.

— Ela se chama Júlia — comecei. — Tá no primeiro ano de gastronomia. A gente... A gente tá ficando desde a festa lá em casa.

— A festa do último sábado? — perguntou Davi, meio incrédulo.

— Casal de mulheres tem outro ritmo, Davi — explicou Camila. — Já deu tempo de elas casarem até.

— Também não é pra tanto — expliquei. — Mas tá indo bem. A gente tem se visto todos os dias.

— Inclusive ontem à noite? — disse Camila, dando uma piscadinha.

— Inclusive ontem à noite.

Só não teve mais uma rodada de "uuuhhhhhhh" porque o professor chegou. Enquanto todos iam sentando em seus lugares, Camila passou por mim e sussurrou:

— Você é mesmo a maior come quieta dessa turma, Antônia.

Combinei de encontrar Júlia atrás da faculdade de gastronomia, onde ficava o tal do restaurante que ela tinha comentado. O lugar ficava no caminho entre nosso prédio e o restaurante central, portanto aproveitei o bonde da minha turma e caminhei junto com eles até ali.

Júlia acenou animada quando meu viu. Meu coração deu um salto e me senti a pessoa mais ridícula do planeta — mas também a mais feliz.

— Bom almoço — disse Camila quando viu Júlia. — Espero que você seja a refeição!

Ela deu uma piscadinha e sumiu antes que eu pudesse responder. Melhor assim; afinal, o que eu poderia falar diante daquele comentário? Camila tinha esse jeito expansivo, típico de quem criava intimidade rápido. Lembrava outra pessoa que eu estava começando a conhecer muito bem...

— Oi, mozão — disse Júlia quando cheguei perto dela. — Era a Camila, né?

Vi seu sorriso diminuir enquanto seu olhar acompanhava Camila se afastando com o grupo. Parecia até que ela não gostava muito da minha nova amiga. Decidi dar uma provocada:

— É, sim. Ela fez várias perguntas sobre a gente hoje. Acho que seu plano tá funcionando.

— Ah, é? — Júlia se virou para mim e se aproximou, e senti o ar ficar rarefeito. — Que bom. Só espero que ela saiba com quem está te disputando.

Por um instante, pareceu que ela ia me beijar. Eu fiquei plantada na terra feito uma palmeira, totalmente à sua mercê. No último segundo, Júlia desviou e deu uma risada, provavelmente achando graça do efeito que tinha sobre mim. Eu era mesmo patética.

Chegamos ao restaurante e deixamos nossas coisas em uma mesa mais afastada, longe das conversas barulhentas dos outros alunos. Júlia cumprimentou quase todo mundo, me lembrando das vezes que eu tinha almoçado com Tamires no campus.

Depois que pegamos a comida no self-service, voltamos para a mesa e nos sentamos para comer. A refeição estava mil vezes melhor que os pratos do restaurante central. Não que fosse muito difícil.

— Que delícia — eu disse entre garfadas. — Pena que aqui não é barato igual ao bandejão.

— Hoje é por minha conta — disse Júlia. — Eu que convidei.

— Júlia, você precisa parar de me comprar com comida.

— Mas é tão fácil.

Era mesmo.

— Você já pensou sobre o pedido de namoro? — ela disse casualmente, como se não estivesse jogando uma verdadeira bomba no meu colo.

Pedido de namoro?!

Eu nunca tinha chegado nem perto de namorar alguém, então estava completamente perdida. E outra: as pessoas ainda faziam pedidos formais de namoro? Achava que fosse coisa de héteros e de celebridades. A fila das sáficas andava tão rápido que, se todo mundo fizesse um grande gesto, não ia ter salário que sobrevivesse.

— Tônia? — chamou Júlia, me trazendo de volta à realidade. — Você me ouviu?

— Ouvi sim... — Eu descansei os talheres sobre a bandeja e limpei a boca com o guardanapo para ganhar tempo. — Não, não pensei em nada. Eu sou péssima com essas coisas.

— Jura? — ela disse de forma sarcástica.

— Também não precisa humilhar, né.

Júlia puxou a cadeira para o meu lado, invadindo meu espaço pessoal daquele jeito que só ela sabia fazer. De repente, tudo era Júlia: seu cheiro, seu calor, seu sorriso, sua pele. Demorei alguns segundos para perceber que ela me mostrava alguma coisa no celular.

— Esse pedido aqui, por exemplo — ela disse enquanto dava play em um vídeo do TikTok. — O cara finge que levou um soco, mas era tudo encenação pra surpreender a menina.

Fiquei observando o vídeo como se fosse um documentário sobre espécies raras de pássaros se reproduzindo. Enquanto a ficante assistia a uma partida de futebol, o garoto se metia em uma briga com o time rival e supostamente levava um soco. Ela saía correndo para socorrê-lo e, quando ele se levantava, mostrava um anel de compromisso.

— Você achou legal ele enganar a menina desse jeito?

Júlia assistia ao vídeo com um sorrisinho no rosto, mas, diante do meu comentário, voltou para a página de pesquisa. Vi que ela tinha colocado #pedidodenamoro no campo de busca.

— É meio hétero demais pra gente, né? — comentou, e clicou em outro vídeo. — Esse aqui é de um casal gay. Eles sempre se esforçam mais que os héteros.

O vídeo já começava embaixo d'água. Um rapaz usando equipamento de mergulho abria uma caixinha de joia no fundo do mar, em meio a corais e peixes, e ia até o futuro namorado.

— Gente, mas como ele sabia que o cara tinha dito sim embaixo d'água? — perguntei.

Júlia suspirou, começando a ficar irritada comigo.

— Eu tinha que escolher logo a pessoa menos romântica do mundo pra namorar comigo?

Senti minhas bochechas queimarem, em parte porque ela tinha deixado de lado o fato de que nosso namoro era falso, mas também porque estava sem graça de ser tão inexperiente.

— É que só tenho referências de filmes — falei. — Esses pedidos de verdade ironicamente me parecem... falsos.

Júlia deu risada e deixou o celular na mesa. Ela se virou de lado para me encarar, curiosa e achando graça.

— Me fala então uma coisa que você acha romântica. Não é porque nosso pedido vai ser falso que não quero te agradar.

De repente, nós não estávamos mais no restaurante da gastronomia, e sim em um salão de festas todo decorado com flores brancas. Dona Eumínia se levantou da mesa ao lado e bateu um talher de prata na taça de champanhe vazia.

— Oi, pessoal, tudo bem? Eu queria falar umas palavrinhas.

Ela sorriu para mim de forma maternal. Olhei ao redor sem entender nada. Centenas de figurantes usando roupas sociais, entre ternos e vestidos, assistiam ao discurso com atenção.

— É um prazer enorme poder falar no casamento das minhas queridas Antônia e Júlia...

— Não! — exclamei para a dona Eumínia na minha cabeça, encerrando a fantasia antes que ela pudesse ir ainda mais longe.

Se visse Júlia usando um vestido de noiva ao meu lado, cairia dura ali mesmo.

Eu me virei para Júlia e percebi então que não só estávamos próximas, como nossas mãos estavam entrelaçadas.

— O pedido pode ser como você quiser. Não importa o que você faça, eu vou dizer sim.

Júlia me encarou com um misto de surpresa e curiosidade. Ela abriu a boca para falar alguma coisa, mas nenhuma palavra saiu. Por mais que meu rubor descesse pelo pescoço, decidi sustentar seu olhar.

— Tônia, eu... — ela começou. — Eu queria te falar uma coisa.

— O quê? — perguntei, esperançosa.

A expressão dela me lembrou a conversa da véspera, quando ela revelou que não cursava medicina. Era o olhar de quem estava se abrindo.

— Eu...

O som de um prato quebrando ecoou pelo restaurante e nos assustou, fazendo com que cada uma fosse para um lado. Na fila do self-service, alguns garotos desajeitados riam de um menino que tinha derrubado o prato da bandeja, espalhando comida por todo lado. Uma menina gritava com ele, reclamando do molho de tomate que respingou em seu sapato.

O momento de vulnerabilidade de Júlia se quebrou com aquele prato. Quando me virei de volta, ela já tinha fechado a cara, e ajeitava o cabelo usando a câmera frontal do celular como espelho.

— Pronta pra falar com a Tamires? — perguntou.

Foi como cair em uma piscina gelada. Tirei o celular do bolso e hesitei com o polegar sobre o ícone ao lado do contato de Tamires. Seria a minha primeira vez mentindo abertamente pra minha irmã, e não apenas omitindo informações. Júlia pareceu sentir minha hesitação e colocou a mão sobre a minha.

— Vai ser tranquilo — ela disse. — É só dar um oi e falar que a gente se encontrou por acaso. Se não quiser, tudo bem também.

— Não, eu quero — respondi logo.

A conversa sobre o pedido de namoro e a minha alucinação do nosso casamento tinham me tirado do eixo. Eu precisava voltar para a realidade o mais rápido possível, e nada melhor do que ver Júlia dando mole para a minha irmã para fazer esse trabalho.

Apertei o botão da chamada de vídeo e segurei a respiração. Depois de alguns segundos, o rosto da minha irmã apareceu, todo sorridente.

— E aí, maninha — ela disse, animada. — Lembrou que eu existo?

— Te digo o mesmo. Você que nunca me liga!

— Tá a maior correria aqui. Como tão as coisas?

— Melhores do que quando você foi embora. No fim, a festa foi uma boa ideia. Fiz alguns amigos novos.

— Que notícia boa. O pessoal do seu curso parece bem legal mesmo.

— Olha só quem eu encontrei!

Virei a câmera para mostrar Júlia, que acenou, animada. Ela tinha jogado o cabelo de lado e parecia uma atriz de novela. Eu sentia sopros do seu perfume cada vez que ela se mexia.

— Júlia?!

Minha irmã pareceu surpresa com aquele encontro.

— Oi, Tami — falou Júlia na maior naturalidade. — Como tá aí no Rio?

— Uma loucura. Mas pelo menos fez sol alguns dias... Onde vocês tão?

— No restaurante perto da gastronomia — explicou Júlia. — Eu chamei a Tônia pra almoçar.

— Não sabia que vocês estavam próximas — disse Tamires, ainda sorridente.

Não sei se era paranoia minha, mas senti um leve tom de desconfiança em sua voz.

— A gente se esbarrou pelo campus algumas vezes — eu disse rápido. — Sabe como é, faculdades vizinhas...

— Sei… — Tamires não parecia muito convencida, mas também não devia estar com cabeça para pensar naquilo. — Escuta, não para de chegar e-mail aqui pra eu responder. Vamos marcar alguma coisa quando eu voltar? Nós três?

A frase foi como música para os ouvidos de Júlia. Era exatamente o próximo passo de seu plano.

— Claro — ela disse. — Vou adorar te rever.

Se ela tivesse me dado um soco no estômago, teria doído menos.

Quer namorar comigo?

— Você precisa fazer uma lista — disse Dona Eumínia lá do pôster na parede do meu quarto, comendo miojo de forma ruidosa. — De prós e contras.

Eu estava prestes a ignorá-la, até que pensei melhor na sugestão.

— Você podia ter falado isso antes de eu me meter nessa confusão — falei.

— Como que eu ia saber, criatura? Se eu só existo na sua cabeça, aprendo as coisas junto com você.

Eu sabia que Dona Eumínia estava certa. Não conseguia acreditar que éramos a mesma pessoa. Ela era tão firme, direta e decidida... Às vezes um pouco grossa. Mas tinha pulso. Eu queria ser um pouco mais assim na vida, não só através de uma criatura imaginária.

Eu me levantei da cama e fui até o quadro branco que tinha pendurado na parede entre os outros pôsteres. Pretendia usá-lo para pensar nas cenas do meu próximo roteiro — só que para ter um *próximo* eu precisava ter um *atual*, e eu nunca tinha escrito nenhum filme na vida. Escrevi no topo do quadro: "Motivos para continuar ou não tentando ficar com a Júlia":

Peguei canetas de cores diferentes e fiz uma coluna com cada:

PRÓS	CONTRAS

A coluna dos prós me pareceu mais fácil, uma vez que eu vivia exaltando as qualidades da Júlia na minha cabeça (a miniatura dela que morava lá dentro devia estar colocando lenha na fogueirinha).

PRÓS	CONTRAS
Nos damos bem	
Ela se abre comigo	
Cabelo cheiroso	
Sorriso bonito	
Sexy	
Atenciosa	
Cozinha bem	

— Credo, tudo isso? — gritou Dona Eumínia enquanto inclinava a cabeça para ler o quadro que ficava alguns centímetros abaixo do pôster dela. — Melhor parar por aí, que você já tá se humilhando.

— Eu achei que esse era o objetivo... Não me humilhar, mas colocar tudo na lista.

— Bora, pensa logo em um contra, pelo menos.

Inclinei a cabeça para o lado e analisei o quadro. Parte de mim queria dizer que era difícil pensar em coisas contra Júlia, mas outra parte queria gritar a plenos pulmões a coisa mais óbvia de todas. Finalmente, peguei uma caneta de outra cor e preenchi a tabela:

PRÓS	CONTRAS
Nos damos bem	É apaixonada pela minha irmã!!!!
Ela se abre comigo	
Cabelo cheiroso	
Sorriso bonito	
Sexy	
Atenciosa	
Cozinha bem	

Cruzei os braços e observei a tabela em silêncio. Dona Eumínia respeitou meu momento por apenas alguns segundos, até que não se aguentou mais.

— Sinceramente? — ela disse. — Eu acho que esse contra aí vale mais do que todos os prós juntos.

No fundo, eu também achava. Não importava o quão bem a gente se desse juntas, ou o quão cheiroso fosse o cabelo dela — enquanto ela gostasse da minha irmã, eu não tinha a menor chance.

— Você acha que eu devo desistir? — perguntei para Dona Eumínia.

Ela me encarou, imóvel, como se me analisasse de forma profunda. Eu sentia pena em seu olhar.

— Nós duas já sabemos a resposta, né, querida?

De repente, uma música alta começou a tocar bem embaixo da minha janela, atrapalhando meu momento de melancolia. Era "Apaixonadinha", da Marília Mendonça, na capacidade máxima de alguma caixa de som. Provavelmente algum bêbado estava muito apaixonado naquela manhã de sexta-feira.

Fui até a janela para reclamar do barulho, porque queria ficar sofrendo em paz. Meu plano era pedir uma pizza, assistir ao fim de *Casamento às cegas* (já que eu tinha dormido antes de saber o desfecho) e me entregar ao luto por um relacionamento que sequer tinha existido, como fazem as grandes guerreiras deste mundão.

Quando abri a janela e coloquei a cabeça para fora, o xingamento morreu na minha garganta.

Havia um carro de som estacionado na frente do meu prédio. Era um carro de telemensagem, daqueles que vêm com caixas de som no porta-malas e balões vermelhos pendurados nas portas. No capô, letras enormes pintavam o nome ANTÔNIA.

— Antônia! Antônia do décimo andar — disse o locutor por cima da música. — Tem uma mensagem da Júlia aqui pra você. Desce pra escutar o que ela tem pra te dizer!

Em seguida, um coro de vozes femininas eclodiu pelo microfone:

— Desce! Desce! Desce!

Apesar da distância, discerni os cabelos loiros e vestidos curtinhos de Duda e Jéssica. Elas estavam ao lado do carro de som e dividiam o microfone que tinham roubado das mãos do locutor. Um pouco atrás delas estava a silhueta mais inconfundível do mundo: Júlia.

— E essa agora?! — disse Dona Eumínia, ecoando perfeitamente meus pensamentos.

Saí do prédio meio hesitante. Duda e Jéssica deram um gritinho e foram até o portão para me puxar até a calçada. Um grupo de curiosos começava a se formar ao redor do carro de som — sem contar as pessoas que saíam nas janelas para ver o que estava acontecendo.

Júlia, que obviamente tinha arquitetado tudo, pareceu de repente tímida. Ela estava meio escondida atrás do carro de som, como se não quisesse ser vista. Quando Duda e Jéssica me levaram até o carro, ela não teve escolha a não ser sair do esconderijo e acenar para mim. Seu sorrisão de sempre estava lá, mas notei o nervosismo quando suas mãos trêmulas pegaram o microfone.

— Tônia — começou. — Eu sei que a gente se conheceu há pouco tempo, mas eu queria que você soubesse que minha vida mudou por sua causa.

Duda e Jéssica filmavam a declaração no celular, fazendo movimentos de câmera que deixariam meus colegas de faculdade mortos de inveja. Eu tentei ignorar o circo ao meu redor e me concentrar apenas em Júlia. Ela continuou:

— Eu adoro o jeito como você me faz rir. E quando você me faz sentir segura pra falar tudo o que eu tô sentindo. Como agora.

Eu sorri para ela enquanto me lembrava da minha coluna de "prós". Não tinha sido coisa da minha cabeça: ela também sentia que a gente tinha uma conexão. Ou ela era uma baita de uma atriz.

— Eu queria te pedir uma coisa — disse ela em tom mais baixo e, em seguida, tirou o microfone da boca. — Mas antes queria te perguntar outra.

Os curiosos espicharam o pescoço e ficaram na ponta dos pés tentando ver o que estava acontecendo. Sem o microfone, ninguém escutava o que ela dizia. Júlia então se aproximou de mim e me abraçou. Algumas pessoas aplaudiram e ela aproveitou para sussurrar no meu ouvido:

— Se você tiver alguma coisa pra me falar, fala agora? Antes que a gente continue com esse plano maluco.

Ela se afastou um pouco e me fitou. Eu me perdi nos olhos dela — tão sinceros, tão limpos. Ela queria, enfim, saber toda a verdade.

— Tem algum motivo pra gente não seguir em frente? — insistiu.

Um calafrio me tomou quando constatei que talvez ela soubesse de tudo. Alguma coisa no jeito que a toquei ou algo que falei tinha me entregado. Ela sabia — ou pelo menos desconfiava — que eu estava a fim dela.

— Ou então ela só quer ter certeza de que você quer seguir com o plano — disse Dona Eumínia no meu ouvido.

De repente, eu a vi vestida de vermelho com chifres de diabo. Do lado oposto estava Júlia, de vestido branco e auréola de anjo. Cada uma falava em um ouvido diferente.

— Ela quer que você confirme que vai até o fim pra enganar sua irmã — continuou Dona Eumínia, venenosa.

No rosto de Júlia eu não via isso. Eu via vulnerabilidade e talvez até uma ponta de esperança. Mas as palavras de Dona Eumínia ecoavam na minha mente como um sino de igreja que ia ficando cada vez mais alto e ensurdecedor.

Lembrei então da frase escrita em letras garrafais no quadro branco do meu quarto, ocupando toda a coluna de "contras":

É APAIXONADA PELA MINHA IRMÃ!!!!

Dei um passo para trás como se tivesse sido queimada pelo toque de Júlia. Ela me olhou com estranheza.

— Tônia?

— Eu não tenho nada pra falar — eu disse, seca. — Pode seguir com o plano.

Ela assentiu e virou as costas para mim, retornando ao posto ao lado das caixas de som. Jéssica e Duda estavam na maior expectativa, já levantando de novo os celulares.

— Tônia — disse ela no microfone. A diferença era sutil, mas senti que seu tom estava mais desanimado. — Você quer namorar comigo?

Todas as cabeças se viraram na minha direção. Eu corei.

— Quero — respondi o mais rápido que pude, ansiosa para aquilo tudo terminar.

Aquele poderia ser o momento mais feliz da minha vida, mas era só mais uma encenação ridícula que dali a pouco estaria no TikTok com a hashtag #pedidodenamoro.

Quando Júlia veio novamente na minha direção, me dei conta de que meu papel não havia terminado. Eu ainda tinha que comemorar com minha nova namorada. E a celebração só podia ser com…

— Beija, beija, beija! — cantaram Duda e Jéssica em uníssono.

Júlia focou na minha boca por um instante antes de erguer os olhos para os meus. Ela pedia meu consentimento silenciosamente. Assenti de leve e, quando dei por mim, nossas bocas tinham se encontrado.

Meu corpo todo entrou em curto-circuito.

Todos os pensamentos que viviam pipocando no meu cérebro cessaram. Nada de cena de filme, nada de fanfic, nada de Dona Eumínia. O silêncio interno contrastava com a algazarra ao nosso redor, das pessoas que aplaudiam e celebravam o novo casal. Naquele momento, me senti plena.

O beijo, praticamente um selinho, não durou nem cinco segundos. Júlia pegou minha mão, e me virou para as câmeras das amigas. Era tudo um grande show para as redes sociais, um teatrinho para causar ciúmes em Tamires.

Pela primeira vez, eu fiquei aliviada quando Júlia se afastou.

Todo mundo espera alguma coisa de um sábado à noite

Mas por essa a Tamires com certeza não estava esperando.

Eu tentei prepará-la. Eu juro que tentei.

Ok, talvez eu não tenha tentado tanto assim. Mas eu achei que tivesse.

Tamires obviamente estranhou meu convite para: 1) Ir a um bar por livre e espontânea vontade; 2) Dos mais cheios que conhecemos; 3) Num sábado à noite, o dia que eu sempre ficava em casa vendo séries.

Assim que leu a mensagem no WhatsApp, ela respondeu com um áudio cético:

— *Você* quer sair num sábado à noite? E pro bar mais bombado da região?

Ela me conhecia melhor do que ninguém. Não sei no que eu estava pensando quando marquei o encontro com Júlia no Biritão, bar frequentado por todos os meus colegas. O lugar ficava tão cheio que as pessoas bebiam de pé na calçada — meu verdadeiro cenário de filme de terror. No entanto, Júlia insistiu que nosso "chá de revelação de casal" (palavras dela) deveria ser feito em público, assim teríamos várias testemunhas. Como se estivéssemos numa série de época em que precisássemos debutar na sociedade.

— Tem mulher nessa história, não tem? — perguntou

Tamires em um segundo áudio, que veio seguido por várias figurinhas da Kristen Stewart e gifs da Ana Carolina.

— Mais ou menos — respondi. — No sábado você vai entender.

Enviei o áudio e respirei fundo, tentando acalmar a voz para a próxima mensagem que gravei:

— Ah, tudo bem se eu chamar a Júlia? Ela ficou animada pra te encontrar.

Tentei soar casual, torcendo para que minha irmã não detectasse a mentira. Bom, nesse caso não era bem uma mentira... Era mais uma distorção da verdade. A única coisa que ela não sabia era que Júlia já tinha sido convidada.

— Claro, sem problemas. Quanto mais gente, melhor — respondeu Tamires, acolhedora como sempre.

Tamires chegou de viagem quase na hora que havíamos marcado de ir para o bar. Ela estava exausta, mas fez de tudo para não demonstrar. A festa de encerramento que ela tinha produzido tinha ido até as altas horas e ela estava praticamente virada. Porém, no instante em que me viu, veio correndo me abraçar, cheia de energia.

— Você tá viva! — Tami me soltou e olhou a sala ao nosso redor. — E o apartamento tá inteiro!

— Engraçadinha.

Tamires então reparou na minha roupa. Eu estava um pouco mais arrumada do que de costume. Nada muito exagerado, até porque eu nem tinha roupas superchamativas, mas Tamires não deixava passar nada.

— Tá chique, hein, maninha? Vai encontrar a crush?

Senti o rosto queimar e desviei o olhar para o espelho que ficava perto da porta da sala. Terminei de arrumar o cabelo jogando ele para o lado e tentando moldar o topete com um pouco da mousse que Tamires sempre usava. Isso já era um grande avanço em relação ao meu estilo despojado de sempre — ou "largado", como minha irmã preferia dizer. Eu havia escolhido uma calça jeans preta e uma camiseta branca justa com uma jaqueta *oversized* por cima. Era um visual levemente inspirado nas roupas de Tamires.

Tá bom, confesso: era completamente copiado da minha irmã. Inclusive a jaqueta era dela, fato que eu esperava que ela não mencionasse.

— Chama o Uber enquanto eu me troco? — ela disse lá de dentro do quarto.

Meu estômago revirou quando o motorista confirmou a corrida. Quando Tamires estava longe, eu até acreditei que tinha uma chance com Júlia. Conseguimos nos aproximar, nos conhecer melhor, e a gente tinha várias coisas em comum. Mas, depois da volta de Tamires, eu seria de novo o que sempre havia sido: apenas uma sombra da minha irmã.

O Biritão era um bar que ficava a dois quarteirões da universidade. Claro que existiam outros bares na região, mas aquele era o favorito de todo mundo. Tinha cerveja de litrão pro pessoal de comunicação e artes, drinques chiques pro pessoal de economia e administração, destilados puros pro pessoal de exatas, e seja lá o que o pessoal da saúde bebia. Álcool etílico, provavelmente.

O espaço interno não era grande, porém as mesas ocupavam também o calçadão na frente do bar, além do estacionamento ao lado, que pertencia a um salão de beleza. À noite, quando o cabeleireiro fechava, o Biritão dominava tudo. Em véspera de feriado ou férias, o quarteirão inteiro era tomado. Às vezes até um pedaço da rua.

Por esses e outros motivos, eu sempre odiei o lugar. Se tem uma coisa que me incomoda mais do que sair à noite é sair à noite para lugares lotados. Desde que comecei a faculdade, recusei todos os convites para conhecer aquela aberração em forma de boteco. Até que Júlia me convenceu a fazer nosso grande début ali.

A desgraçada estava esperando a gente em uma das primeiras mesas na calçada. Assim que desci do Uber e a vi, todo arrependimento em relação ao plano foi embora. Mesmo de longe, dava pra ver que ela tinha caprichado na maquiagem. Seus cabelos escuros estavam mais cheios, brilhantes, volumosos. Ela usava um vestido curto que deixava as pernas à mostra, além de um decote que fez meu queixo cair.

Júlia defendia a mesa com unhas e dentes. No Biritão era assim: se desse bobeira, alguém sentava na sua mesa ou roubava suas cadeiras. Além da cadeira que Júlia ocupava, as outras duas ao seu redor estavam protegidas por sua bolsa e seu casaco.

— Júlia! — gritei ao me aproximar.

Tamires me acompanhava lentamente, atrasada pela quantidade de gente que queria cumprimentá-la. Era assim sempre que chegava em qualquer rolê.

Isso me deu a chance de chegar a Júlia primeiro. Quando nossos olhares se encontraram, senti meu corpo estremecer. Mesmo vendo Júlia todos os dias daquela semana, mesmo tendo trocado abraços, toques e até um beijo rápido, toda vez que a gente se via era como se fosse a primeira vez.

Pelo menos pra mim.

Quando terminei de analisar sua roupa e voltei ao seu rosto, vi que me fitava com curiosidade e alguma coisa a mais. Talvez eu estivesse imaginando coisas, mas ela também parecia gostar do que via. Porém, aquele momento durou menos de um segundo, pois logo desviou o olhar para a pessoa que chegava atrás de mim.

— Tami!

Júlia abriu um sorriso enorme e se levantou com aquela expressão que só fazia para sua crush. Ela abraçou Tamires e lhe deu um beijo na bochecha. De repente, era como se eu não existisse.

— Que legal te ver, Jú — disse Tamires, simpática como sempre. Tentei controlar as voltas que meu estômago deu quando ouvi o apelido. — Uau, como você tá bonita!

Eu sabia que Tamires fazia esse tipo de galanteio com frequência e que não queria dizer nada. Ainda assim, era exatamente o que Júlia queria ouvir. Quando ela olhou para Tamires como se fosse o sol e todas as estrelas do universo estivessem dançando "Macarena", eu tive vontade de atravessar a rua e pedir uma cachaça no boteco da frente, que só tocava sertanejo. Já podia me imaginar batendo na mesa enquanto cantava Marília Mendonça a plenos pulmões.

— Para com isso, garota — disse Dona Eumínia, que se levantou de uma mesa cheia de estudantes de veterinária, segurando um copo de cerveja. — Reage, bora!

— O que você quer que eu faça? É uma batalha perdida.

— Perdida tá você nesse lugar. Vai entregar a garota pra sua irmã assim, de mão beijada?

— Dona Eumínia, olha pra mim. Eu não tenho nenhuma chance de disputar uma mulher com a Tamires.

— Isso é o que a gente vai ver.

Como num passe de mágica, senti as mãos de Júlia envolverem minha cintura, me trazendo de volta à realidade. Ela deu um beijo na minha bochecha — não aqueles beijos de só encostar o rosto, mas o tipo que de fato encosta os lábios — e sorriu.

— Oi, Tônia.

Ela aproveitou que Tamires cumprimentava outra garota conhecida e abaixou o tom para falar comigo:

— Calma, vai dar tudo certo.

Júlia tirou a bolsa de uma das cadeiras e me puxou para sentar ao seu lado. Tami se juntou a nós em seguida.

— Achei superlegal que vocês ficaram amigas — disse Tamires, e olhou pra Júlia. — Você deve ser insistente, porque a Tônia é meio fechada.

— Ei — reclamei, mesmo sabendo que ela tinha razão.

— Ela deu trabalho mesmo — disse Júlia, colocando a mão na minha coxa enquanto sorria para Tamires. — Mas eu consegui quebrar essa casca dura e conhecer a verdadeira Antônia.

Eu me segurei para não olhar para baixo. Se aquilo era parte do plano, não fazia muito sentido, porque Tamires não via onde a mão de Júlia estava. Júlia pareceu se tocar e tirou a mão rápido, se afastando de mim e se inclinando na direção de Tamires.

— Engraçado como vocês são tão diferentes! — falou.

— Eu imaginei que vocês iam se dar bem. — disse Tamires, com um sorriso animado. — Tudo a ver!

Júlia pareceu um pouco chateada por Tamires não demonstrar nem uma ponta de ciúme em relação à nossa aproximação. Ela pegou a garrafa de cerveja que estava sobre a mesa e encheu um copo.

— Você deve estar cansada depois da viagem — falou.

Percebi que os dedos delas roçaram quando Júlia entregou o copo, e elas sorriram uma para a outra. Desviei o olhar e peguei outro copo para me servir sozinha.

— Tô acabada, mas feliz de estar de volta — disse Tamires, erguendo o copo. — Um brinde ao fim de semana!

Júlia e eu brindamos com ela. Eu virei a cerveja em um gole só.

— Como foi lá no Rio? — perguntou Júlia.

— Corrido. Nem consegui aproveitar a praia direito, só trabalhei feito uma camela.

Júlia deu risada e colocou a mão no braço de Tamires, dando em cima dela abertamente. Senti o sangue ferver e enchi meu copo mais uma vez.

— Tami, eu e a Júlia temos uma coisa pra te contar — eu disse sem cerimônia, só pra estragar o momento.

Júlia se virou para mim com os olhos arregalados. Tive vontade de falar "ah, agora você lembra que eu existo?", mas precisei me conter, já que a minha irmã também me olhava, esperando pela grande revelação.

— Eu e a Júlia… — comecei, com a voz trêmula. — A gente meio que tá juntas.

Tamires franziu as sobrancelhas. Ela olhou de mim para Júlia e depois de volta para mim. Era como se estivesse tentando decifrar uma equação que não fazia sentido. Júlia deve ter gostado da reação, pois logo colocou a mão sobre a minha e apertou com força. Tive que me segurar para não gritar de dor.

— Namorando — ela se apressou em dizer. — Nós estamos namorando.

Tamires ficou em silêncio. Sua expressão não denunciava nenhum sentimento, para o bem ou para o mal.

Era a hora da verdade. Eu sentia Júlia ao meu lado torcendo para que Tamires ficasse chateada. "Por favor, tenha ciúmes, goste de mim!"

— Como assim, namorando? — Tamires enfim disse, incrédula. — Vocês mal se conhecem.

Aquilo era ruim. Era péssimo.

Júlia se ajeitou na cadeira casualmente, mas percebi que puxou o vestido pra baixo, aumentando o decote. Tive que me segurar para não revirar os olhos. O plano dela estava a todo vapor.

— Pois é, Tami, essas coisas são assim mesmo — ela disse. — Você falou tanto que sua irmã era incrível, e tinha toda razão. Ela é perfeita.

Júlia voltou-se para mim e sorriu. Por um segundo, me deixei acreditar que ela estava falando sério.

— Vou pegar mais uma cerveja — disse Tamires, bruscamente.

Reparei que a garrafa ainda estava na metade.

— Tami, peraí — eu disse.

Era tarde demais. Ela já tinha desaparecido entre a multidão do bar.

— Meu Deus, foi exatamente como eu planejei! — comemorou Júlia, em êxtase. — Você arrasou, Tônia. Arrancou o band-aid rapidinho, sem perder tempo!

— Eu não sei se quero continuar com isso. Ela ficou chateada.

Júlia apertou minha mão em cima da mesa, dessa vez sem a intenção de quebrar todos os meus ossos.

— Ela só tá surpresa. Sua irmã quer o melhor pra você, ela não vai impedir seu namoro com alguém que você gosta.

— É exatamente esse o problema. Estou enganando a minha irmã, e sei que ela jamais faria isso comigo.

Júlia arrastou a cadeira para mais perto da minha e começou a mexer nos fios do meu cabelo ao redor da orelha. Seu rosto estava a centímetros do meu e eu sentia sua respiração.

— Você quer mesmo parar agora?

Molhei os lábios com a língua e olhei para a boca entreaberta dela. Júlia acompanhou a direção do meu olhar e se inclinou levemente na minha direção…

— Voltei — disse Tamires disse ao reaparecer com uma cerveja na mão.

Ela parecia mais calma, recomposta. Sentou-se ao nosso lado e forçou um sorriso, conforme Júlia havia previsto.

— Desculpa, gente. Eu fiquei em choque! É a primeira vez que minha irmãzinha namora.

Tamires riu e eu relaxei. Era isso, então.

Quando percebi, a cadeira de Júlia estava novamente sendo arrastada para perto da minha irmã.

Como já era de esperar, minha irmã passou boa parte da noite fazendo um enorme interrogatório: como a gente tinha se aproximado, como foram nossos encontros, quem tomou a iniciativa, como foi o primeiro beijo. Deixei Júlia responder praticamente tudo — ela era uma atriz nata e estava adorando aquilo. No fundo, eu sabia que ela estava calculando as respostas só para provocar Tamires, mas o álcool dentro de mim foi me deixando mais relaxada. Se era esse o jogo de Júlia, problema dela. Eu estava ali para curtir o momento e ficar de olho nas reações da minha irmã. Sabia que ainda teria a segunda parte do interrogatório quando a gente chegasse em casa.

E foi assim que minha mão foi parar na coxa de Júlia enquanto eu contava a história do pedido de namoro que ela havia feito no dia anterior. Para minha surpresa, Júlia passou o braço pelas minhas costas e começou a fazer carinho na minha nuca. Nessa hora, eu quase perdi a linha de raciocínio. Apertei involuntariamente a coxa dela e Júlia me olhou com uma sobrancelha arqueada, como se me desafiasse a continuar.

— Eu vou ao banheiro, já volto — disse Tamires.

Descolei meu olhar do de Júlia relutantemente. O álcool servia de condutor para a eletricidade entre nós, e estava cada vez mais difícil de controlar. Imaginei que Tamires tivesse ficado um pouco constrangida vendo a cena. Ela mal tinha levantado da cadeira quando Júlia fez o mesmo.

— Eu também preciso ir. Você fica de olho nas coisas, mozão?

Júlia me deu uma piscadela e seguiu Tamires para dentro do bar, claramente arranjando uma desculpa para ficar sozinha com a crush.

Eu me encostei na cadeira e tomei um longo gole de cerveja. Seria difícil esquecer dos toques de Júlia depois daquela noite. O cheiro dela estava impregnado na minha jaqueta. O que seria de mim depois que a gente terminasse o "namoro" e ela fosse parar de volta na cama da minha irmã?

— Oi, Tônia — disse uma voz conhecida que me tirou dos meus pensamentos.

Era Camila. Ela estava bonita em seu estilo rebelde: lápis nos olhos, jaqueta de couro e coturno. Nada muito diferente do que vestia para ir à aula.

— Camila? O que você tá fazendo aqui?

— Todo mundo vem aqui — respondeu ela, como se fosse a coisa mais óbvia do mundo, e ocupou a cadeira vaga ao meu lado. — Posso sentar com você?

— É que eu tô com minha irmã e...

— E com a sua namorada. Eu sei, vi vocês de longe.

— Ela não é minha... — parei antes de completar a frase porque, para o resto do mundo, Júlia era sim minha namorada. — É tudo muito novo ainda.

Camila assentiu e não disse nada. Ficamos as duas ali sentadas, bebendo cerveja e olhando o movimento.

— De longe parecia que vocês eram um casal — insistiu Camila.

— É complicado.

— Complicado como?

Estava ficando cada vez mais difícil carregar tanta coisa dentro de mim sem ter com quem falar. Camila parecia confiável, talvez até uma amiga, e eu precisava muito de alguém para desabafar. Geralmente falaria com Tamires, mas era impossível dessa vez.

— Ela é meio que a ex da minha irmã — revelei.

Camila tomou um gole de cerveja. Nada no mundo abalava aquela garota.

— Complicado mesmo. E sua irmã tá de boa com vocês namorando?

— A gente contou pra ela hoje. Ela tá se acostumando.

— Ela já viu o vídeo do pedido de namoro?

— Quê? — exclamei, surpresa. — Como você sabe disso?

Camila desbloqueou o celular e me mostrou o perfil de Júlia no TikTok. O vídeo havia sido postado dois minutos antes e já tinha uma enxurrada de curtidas e comentários.

— Eu não acredito que ela já postou — eu disse enquanto tentava encontrar Júlia entre a multidão dentro do bar. — A gente *acabou* de contar pra Tamires.

— Eu achei fofo — disse Camila, obviamente de forma sarcástica. — Bem hétero top da parte dela.

Fiquei meio sem graça. Imaginei o que Camila diria quando descobrisse que, além de tudo, o pedido tinha sido uma mentira.

— A intenção é o que vale — respondi.

— Deve ter sido um encontro de almas mesmo — continuou, ainda vendo o vídeo gravado por Jéssica e Duda. — Pra em uma semana vocês se apaixonarem desse jeito...

Por um segundo, pensei que estivesse desconfiada. Será que ela sabia do plano? Não, não era possível. Não tinha nenhum motivo para Camila achar que meu namoro não era de verdade.

Procurei por Júlia mais uma vez e a vi perto do bar, conversando com alguém. Ela soltou uma de suas gargalhadas, jogando a cabeça para trás, e eu sorri feito uma idiota. Até que percebi quem era sua interlocutora: Tamires, claro. Senti uma pontada no peito quando vi Júlia se inclinar para falar algo em seu ouvido.

Camila acompanhou meu olhar e fez uma careta quando viu a cena.

— Bom, parece que vocês têm aí um belo *Casos de família* pra resolver.

Voltei a olhá-la, surpresa. Camila não conseguiu segurar o riso. Eu ainda estava chateada, mas a companhia dela me deixava mais tranquila. Não me sentia mais tão sozinha.

— Olha, Antônia, vou ser sincera com você. Eu te achei gata, gostei do seu jeito, curti sua vibe. Tenho uma queda por garotas certinhas. É alguma questão mal resolvida que tenho com a minha mãe…

— Eu não sou certinha! — respondi, ofendida, ainda que soubesse que era verdade.

— Você pode até ficar doidona quando bebe, mas eu conheço seu tipo. Prefere ficar trancada no quarto vendo série e fazendo fanfic da própria vida.

Meu Deus, ela é uma espiã?

Eu não tinha resposta. Camila estava acertando em cheio. Apenas dei de ombros e bebi mais um gole de cerveja. Pelo menos eu finalmente sabia que ela estava mesmo interessada em mim, e não tinha sido só coisa da minha cabeça.

— Mas eu não vou me meter no namoro de ninguém — continuou. — Se você quiser, a gente pode ser amigas. Parece que você tá precisando de alguém pra conversar de vez em quando.

— Você nem imagina.

Camila e eu trocamos um sorriso discreto. Era bom saber que eu tinha com quem contar.

— E você também — continuei. — Posso não ter muita experiência pra dar conselhos, mas sou uma boa ouvinte.

De repente, um par de mãos pousou nos meus ombros de forma possessiva. Pela cara que Camila fez quando ergueu os olhos, eu sabia que só podia ser Júlia. E estava bem claro que Camila não gostava nada da minha namorada de mentira.

— Sentiu saudades, *mozão*? — perguntou Júlia, melosa.

Eu forcei um sorriso e dei uns tapinhas em suas mãos, mas ela estava muito ocupada encarando Camila, como se a desafiasse.

Tamires assistia à cena com uma expressão curiosa, esperando uma briga começar a qualquer momento.

— Claro, *amor* — respondi, entre dentes. — Essa aqui é a Camila, minha colega da faculdade.

— Oi, Camila — disse Tamires, tentando quebrar o climão. — Eu lembro de você na festa lá em casa. Gostei da jaqueta.

Eu então presenciei algo que jamais imaginei ver enquanto caminhasse sobre a Terra: Camila não se derreteu por Tamires. Não sorriu feito boba. Não flertou com ela, não tentou passar seu número, não se ofereceu para ficar na nossa mesa. Ela simplesmente alisou a jaqueta e se levantou.

— Obrigada. — Em seguida, virou-se para mim. — Só passei pra dar um oi mesmo. Te vejo na aula, Antônia.

Júlia fuzilou Camila com os olhos enquanto ela se afastava. Vi que Tamires me olhava e dei de ombros. Ela abriu um sorriso orgulhoso.

— Você é mais parecida comigo do que eu pensava, maninha.

A bênção

Deixamos Júlia na porta do prédio dela e seguimos de Uber para o Centro. Como Tamires estava quase cochilando no banco da frente, não tivemos que fazer drama na despedida para impressioná-la. Acabei dando apenas um beijo no rosto de Júlia e agradecendo pela noite. Ela respondeu com uma piscadela cúmplice.

Tamires despertou quando Júlia bateu a porta do carro e resolveu completar a viagem no banco de trás para conversar comigo.

— Desculpa por ter reagido meio mal quando você contou do namoro — ela disse quando o motorista deu a partida novamente. — Fui pega de surpresa.

Engoli em seco. Tinha chegado o momento que eu mais temia: eu precisava saber se ela ainda sentia alguma coisa pela Júlia, mesmo depois de tê-la rejeitado. Se ela respondesse que sim, que ainda nutria qualquer tipo de sentimento por ela… Que se danasse o plano; eu ia parar de falar com a Júlia imediatamente. Minha irmã era a pessoa mais importante da minha vida.

— Tami — eu disse, olhando para ela com seriedade. — Eu sei que foi tudo muito rápido e não deu tempo de a gente conversar, mas se você e a Júlia…

— Não — interrompeu, decidida. — Nem precisa se preocupar com isso.

— Eu sei que deveria ter falado com você primeiro.

— A gente gosta de quem a gente gosta, maninha. Eu entendo. Além do mais, eu e a Júlia tivemos um lance casual, e já tinha terminado.

— Mas se for um problema pra você, ou se te incomodar...

— Para com isso, Tônia. Eu tô feliz por você, de verdade. E eu *sabia* que você era da Categoria Emocionada, aquelas que casam depois de um encontro.

Revirei os olhos, mas sorri. Tamires sorriu de volta e continuou:

— Aliás, o fato de você se interessar por alguém que eu já beijei só mostra que você herdou meu bom gosto pra mulheres.

Tamires sorriu, mas fiquei desconfortável com o rumo que a conversa estava tendo.

— Não foi só um beijo, né...

Eu ainda me lembrava de Júlia perambulando pela casa usando apenas uma camiseta velha de Tamires no dia seguinte à festa.

— Hã? — perguntou Tamires, confusa. — Claro que foi.

— Tami, não precisa aliviar a história por minha causa. Eu lembro muito bem da Júlia tomando café da manhã com a gente.

Tamires caiu na gargalhada. Eu fiquei olhando pra ela sem entender nada.

— Ela dormiu comigo, sim — ela disse, e eu quase abri a janela do carro para vomitar. — Só dormiu mesmo. Ela encheu a cara e tinha ido de carro, então eu coloquei ela na minha cama pra se recuperar. Mas não rolou nada entre a gente, foi só um beijo bêbado no meio da festa mesmo.

Foi como se alguém tivesse me colocado em um foguete e eu estivesse sendo expelida da Terra, observando tudo lá do alto. Uma nova perspectiva se abateu sobre mim: Júlia não tinha transado com a minha irmã. Elas sequer tinham ficado juntas a noite toda. Tinha sido só um beijo. Um beijo bêbado, igual ao que eu dei no Téo.

Não significava nada.

Pelo menos não para Tamires.

Então por que Júlia tinha ficado tão obcecada por ela?

Acordei com o som de dezenas de notificações pipocando no meu celular.

Depois de compartilhar o pedido de namoro no TikTok, Júlia não havia esperado nem vinte e quatro horas para postar nossa primeira foto juntas no Instagram. Tirei o celular do carregador e desbloqueei a tela. Júlia havia me marcado na foto, o que por si só já tinha me garantido dezenas de novos seguidores. Era um carrossel com duas imagens feitas na porta da hamburgueria: na primeira, nos olhávamos intensamente. Na segunda, Júlia dava risada enquanto eu ria da reação dela. Era mais natural. Parecia que a gente se encaixava perfeitamente.

A enxurrada de comentários embaixo da foto confirmava minha impressão: "mds que lindas!!!", "perfeitas", "que casal maravilhoso", "é a irmã da @taminotgretchen?".

O comentário da minha irmã era o que mais tinha likes: "bem-vinda à família, @juliadayal!".

Àquela altura, podíamos dizer com toda certeza que o plano estava sendo um sucesso.

Reparei que tinha uma DM nova e abri para ver de quem era. Era uma resposta privada sobre a foto que Júlia tinha postado.

Aproveitei a pausa na conversa para entrar no perfil de Camila. Assim como eu, ela não tinha muitas fotos. Nesse sentido, nós éramos o oposto de Júlia, que passava o dia inteiro nas redes sociais. O feed de Camila era meio artístico, com fotos cheias de sombras e contrastes.

Uma das imagens mostrava um close dela soltando fumaça pela boca enquanto olhava fixamente para a câmera. Eu era péssima com aquelas coisas — nunca sabia se era tabaco ou maconha. Imaginei que fosse um baseado, já que ninguém mais acha descolado fumar cigarro “normal”.

Ela era inegavelmente bonita. Tinha maçãs do rosto altas e um nariz marcante. Ao contrário de Júlia, que era bem curvilínea, ela era esguia — dava para ver os ossos marcando a pele perto dos ombros. Como duas mulheres tão diferentes podiam ser tão bonitas, cada uma do seu jeito?

Bloqueei a tela do celular e joguei ele na cama. Senti que estava fazendo algo de errado ao apreciar Camila. Era como se estivesse traindo Júlia, o que não fazia o menor sentido. Eu tinha certeza de que Júlia passava metade do dia babando em cima das fotos da Tamires; por que eu não podia fazer o mesmo com outras garotas?

A verdade é que eu não deveria, e sabia bem disso. Pelo menos não com Camila. Não era justo envolvê-la na confusão que era minha vida amorosa, ainda mais depois de termos estabelecido uma amizade. Eu precisava de uma confidente, não de outra crush.

Levantei da cama e saí do quarto. Tamires já estava acordada e tomava café enquanto assistia a um reality show de reformas na TV da sala.

— Bom dia, pegadora da família — disse Tamires.

Eu revirei os olhos e me joguei ao lado dela no sofá.

— Você dormiu pouco pra quem tava virada do trabalho — eu disse.

— Acho que caguei meu relógio biológico. — Tamires pegou o celular e mostrou a minha foto com Júlia no feed dela. — Gostei da foto. É naquela hamburgueria aqui perto?

— É, sim.

Tamires abriu um sorrisinho maroto. Eu não entendi nada.

— O que foi?

— Você sabe que pode chamar ela aqui quando quiser, né? Pra dormir e tal.

Meu rosto ficou tão quente que poderia ter fritado um ovo nele.

— Tamires!

— Que foi? Eu sei que vocês devem ter passado a semana inteira juntas. Lua de mel, coisa e tal, transando e comendo hambúrguer.

Senti uma vontade louca de enfiar a cabeça no buraco no estofado do sofá e, aos poucos, empurrar meu corpo inteiro até desaparecer.

— Não foi bem assim.

— Tônia — disse Tamires enquanto se ajeitava para me olhar melhor. Eu senti que vinha aí uma Palestra de Irmã Mais Velha não requisitada. — Eu sei que você é reservada com esses assuntos, mas pode conversar comigo se quiser, tá bom?

Ironicamente, achei que a verdade seria o melhor caminho. Se eu respondesse que estava transando loucamente com minha namorada, com certeza minha irmã ia pedir todos os detalhes da minha primeira vez. E aí nem a mais criativa roteirista do mundo seria capaz de inventar o que ela jamais chegou perto de fazer na vida.

— Não tem nada pra conversar. Você sabe que eu sou virgem.

Tamires tentou disfarçar a surpresa.

— Eu sei, mas achei que vocês...

— É, pois é. Mas ainda não rolou.

— Tem alguma coisa que você... Alguma dúvida, ou...?

— Sei lá — respondi dando de ombros. — Ainda não apareceu uma oportunidade.

— Em uma semana inteira de namoro? Com a casa vazia?

Eu me senti uma idiota. Daquele jeito, parecia que eu não sabia mesmo conquistar uma mulher. O que era estranhíssimo, considerando que, na teoria, Júlia já havia sido conquistada. Minha vontade era responder a verdade logo de uma vez: *a gente não transou porque minha namorada quer mesmo é transar com você, Tamires.*

— É complicado — respondi com sinceridade. — Talvez eu não esteja pronta.

Tamires assentiu, compreensiva.

— Eu posso te dar algumas dicas, se você quiser.

— Obrigada, mas não precisa. Tudo no seu devido tempo.

Entrei no quarto, fechei a porta e escrevi uma mensagem para Júlia: *SOCORRO!*

Eu deveria ter desconfiado que Júlia ia rir da minha cara quando descobrisse o motivo do meu pânico.

A gente se encontrou na segunda-feira à noite em um café perto da faculdade. Domingo não nos vimos porque ela precisava correr atrás de alguns trabalhos atrasados ("vai fazer uma torta ou um macarrão?", perguntei, e ela não achou graça nenhuma). Depois de tanto planejamento e dates diários, não era surpresa nenhuma que ela estivesse cheia de pendências acumuladas.

— Minha faculdade não é várzea como a sua — ela disse assim que nos encontramos no café.

Nem me dei ao trabalho de fingir que estava ofendida. Apenas dei de ombros e concordei.

— Mas falando sério — tentei retomar o assunto que havia me levado a marcar aquele encontro. — A Tamires vai ficar desconfiada se eu não contar nada pra ela da...

— Nossa primeira vez?

E a minha também, pensei.

— Por que você não inventou qualquer coisa na hora? Não precisa entrar em detalhes.

— Você não conhece a Tamires — eu disse. — Ela não ia me deixar em paz até que soubesse os detalhes.

— Eu achei que vocês falassem disso o tempo todo.

— *Ela* fala.

— Você, não? Até parece — continuou. — Eu sei que tem um monte de garota atrás de você, Antônia.

Aquela imagem era tão surreal que fui obrigada a dar risada.

— Que garotas, Júlia? Não tem garota nenhuma interessada em mim.

— Claro que tem! — ela disse, agitada. Em seguida, se recompôs e continuou: — A Camila tá toda em cima de você.

Eu me lembrei da conversa que havia tido com ela no sábado e assenti. Júlia ficou meio ofendida e deu um tapinha no meu braço.

— Nem pra negar? — ela disse. — Olha o abuso com a sua namorada, hein?

— Ela sabe que a gente namora — respondi. — *Todo* mundo sabe. Até pessoas que nem moram no Brasil tão sabendo.

Júlia sorriu, toda orgulhosa.

— O vídeo viralizou mesmo, né?

— Eu ganhei mil seguidores em dois dias.

— De nada — ela disse, satisfeita.

Eu nem queria ter seguidores, mas decidi não questioná-la. Além disso, ela ficava muito linda quando estava orgulhosa do trabalho.

— A gente pode pensar juntas — disse Júlia, retomando o assunto anterior. — Em como foi nossa primeira vez.

A voz dela tinha ficado um pouco mais grave e só então percebi que ela tinha se aproximado. O café não estava cheio — nós duas estávamos em uma mesa no canto, garantindo certa privacidade. Notei então que os olhos de Júlia estavam mais escuros do que de costume e me encaravam com intensidade.

— Tipo... — comecei. — Tipo como?

— Eu acho que você seria meio insegura no começo —

ela falou com a voz aveludada. — Meio tímida. Eu teria que te seduzir.

Engasguei um pouco quando tentei engolir. Minha boca estava completamente seca. Parecia que o roteirista da minha vida tinha *finalmente* atendido meus pedidos!

— Primeiro eu ia fazer um jantar pra você, igual àquele dia na minha casa — continuou. — A gente ia tomar uma garrafa de vinho. Aos poucos, você ia ficar mais desinibida. Eu ia arranjar alguma desculpa pra te tocar durante todo o jantar, só pra ir te provocando.

Fechei os olhos por um instante, imaginando aquela cena. Eu sentia o calor do vinho percorrendo as veias enquanto Júlia tocava meu braço e sorria.

— Depois da sobremesa, a gente ia se beijar. Devagar, no começo... — Ela fez uma pausa, como se também entregue ao devaneio. — Depois com mais intensidade. Eu ia afastar sua cadeira e me sentar no seu colo. Você começaria a passar as mãos pelas minhas costas, depois por dentro da minha blusa...

Eu já nem conseguia mais disfarçar como aquilo estava me afetando. Meu rosto estava vermelho, minha respiração começava a ficar mais pesada. Mas Júlia não ia me deixar em paz enquanto não terminasse.

— Eu ia levantar e puxar a gente pro meu quarto. Ou melhor... — Sua respiração pausou por um momento, ofegante. — Eu ia pedir pra gente continuar ali mesmo, porque não consigo esperar nem mais um segundo.

Quando o silêncio pesou entre nós, ergui a cabeça e abri os olhos. Júlia me olhava com a boca entreaberta e as pupilas dilatadas. Eu sentia o calor que emanava da pele dela. De repente ficou muito claro que nossos braços estavam encostados, assim como nossas pernas embaixo da mesa.

— Eu acho... — Minha voz saiu como um sussurro. — Acho que pode funcionar.

Júlia ergueu uma sobrancelha, satisfeita com o efeito que tinha sobre mim. Eu me afastei um pouco, tentando salvar o que restava da minha compostura.

— Com a Tamires, quer dizer. Ela vai acreditar.

Peguei a mochila e me levantei sem pensar duas vezes. Eu estava sufocando — precisava sair de perto dela o mais rápido possível, senão ia implodir. Ou pior: ia acabar fazendo algo que comprometeria pra sempre o nosso plano.

— Tenho que ir pra casa estudar — soltei. — Tchau!

Júlia não tentou me impedir, nem questionou minha saída repentina. Lancei um último olhar para ela e percebi sua expressão confusa.

O melhor para nós duas seria passar um tempo afastadas. O problema é que nosso plano previa justamente o contrário.

A família da minha crush

O resto da semana transcorreu sem novos quase ataques do coração. Eu e Júlia não precisávamos mais manter a rotina insana de dates para criar conteúdo, uma vez que ela já tinha material suficiente para postar até o fim do mês. O foco no momento era esfregar nosso relacionamento na cara de Tamires o máximo possível — o que só podia acontecer se minha irmã tivesse algum tempo livre.

Mas a agenda de Tamires era caótica. Além de equilibrar trabalho e faculdade, ainda tinha todas as meninas com quem ela saía. Por mais que Júlia sorrisse, tocasse seu braço, falasse alguma coisa interessante ou cozinhasse pra ela, Tamires não dava nenhum sinal de que a via como mais do que uma amiga.

Já eu era um caso perdido.

Os toques de Júlia foram se tornando cada vez mais naturais conforme a farsa transcorria. No restaurante da universidade, na minha casa durante o jantar, na fila do cinema com Jéssica e Duda. Ela fingia que estávamos juntas com tanta naturalidade que às vezes eu mesma esquecia que tudo era encenação.

— Ainda bem que eu tô aqui pra te lembrar — gritou Dona Eumínia dentro da minha cabeça, quase me fazendo dar de cara na porta do prédio de cinema.

Era uma sexta-feira do começo de abril e as aulas finalmente estavam ficando sérias. A gente já tinha até um trabalho valendo nota: filmar uma história sem som em apenas três cenas. Era sobre isso que eu, Camila, Estevão, Davi e Marina conversávamos na saída das aulas da tarde.

— Impossível — disse Estevão pela milésima vez desde que deixamos a sala de aula. — Não tem como fazer um filme com três cenas. É uma tirinha, não cinema!

— Ai, garoto, para de reclamar — disse Camila. — No começo da história do cinema os filmes não tinham nem um minuto de duração.

— Eram experimentos, não filmes de verdade — rebateu Davi.

— Você que pensa — disse Marina Coachella. — O pessoal acreditava tanto naquelas cenas que até saía correndo do cinema quando o trem vinha na direção da plateia. Quase um 4-D!

— Outros tempos — resmungou Estevão.

— Pra mim a pior parte é ter que atuar — falei. — Odeio aparecer na câmera.

Todos concordaram em uníssono. Se tinha uma coisa que estudantes de cinema abominavam era ir para a frente das câmeras. Pra isso tinha o pessoal de artes cênicas, que adorava aparecer (você precisa ver eles nas festas!), mas o professor da disciplina disse que só poderíamos usar atores de verdade a partir do ano seguinte.

— E se a gente atuasse cada um no filme do outro? — sugeriu Davi, empolgado.

— Eu prefiro passar a vida inteira vendo o segundo *Avatar* a aparecer num desses seus curtas em preto e branco — disse Camila.

Eu caí na gargalhada. Marina me acompanhou e até Estevão riu junto.

— O jeito vai ser arranjar alguém de fora — disse Marina, resignada. — Vocês têm alguém em mente? Algum amigo mais desinibido que tope passar essa vergonha?

Eu sabia exatamente quem chamar e, coincidentemente, essa pessoa estava me devendo um favor. Ou um milhão deles.

— Então quer dizer que eu sou sua musa?

Júlia aguardava pacientemente no meio da cozinha do seu apartamento enquanto eu ajustava o celular em um tripé. Ela vestia um jaleco emprestado de Duda e carregava um estetoscópio ao redor do pescoço.

Parei minha tarefa momentaneamente para respondê-la, exasperada:

— Não foi isso que eu disse. Eu só precisava de alguém pra atuar no meu filme, e você me deve uma.

— Pois eu acho que sou sua grande musa inspiradora — ela continuou, ajeitando o cabelo. — Você até baseou o roteiro na minha história de vida.

Respirei fundo, tentando ajustar o enquadramento sem me deixar abalar pelas palavras dela. Júlia já gostava de aparecer; meu pedido para que ela atuasse só tinha a transformado em um monstro. Tipo uma ex-BBB.

— Não sabia que você cozinhava com carne humana — falei, áspera, citando uma passagem do roteiro.

Júlia sorriu e reaplicou o batom diante do espelho que estava sobre o balcão da cozinha.

— Tem tanta coisa que você ainda não sabe sobre mim, Antônia…

Odiava admitir que ela estava certa. Eu tinha mesmo me inspirado nela para escrever o roteiro. A trama era sobre uma médica que perdia um paciente na mesa de cirurgia (eu interpretaria o defunto, claro). Em seguida, ficava tão triste que não conseguia mais voltar a operar, até que redescobria a paixão pela vida lendo livros de culinária. Na última cena, ela está superfeliz vendendo marmitas no balcão do hospital... Só que a carne que ela usou é parte do defunto da mesa de cirurgia.

A filmagem correu perfeitamente. Júlia era muito carismática e se dava bem com a câmera. Para completar, todos os seus ângulos eram lindos. Parecia uma atriz de verdade, mas eu nunca confessaria isso a ela.

Estávamos finalizando a última cena quando a campainha tocou. Era sábado de manhã e as *roommates* dela estavam em uma aula extra na faculdade de odonto. Júlia estranhou aquela intromissão sem anúncio do porteiro e foi até a porta atender.

Quando ela abriu, toda a cor fugiu de seu rosto.

— Hanisha! — disse uma mulher alta e esguia que usava um blazer elegante.

Seus cabelos eram escuros, tão brilhantes quanto os de Júlia, e impecavelmente alinhados.

— Viemos passar a manhã na cidade e decidimos fazer uma surpresa, *mera beti* — completou o homem ao seu lado, um senhor mais baixo e simpático, que também exalava dinheiro por todos os poros.

— Que legal — disse Júlia com um sorriso forçado. — Eu *adoro* surpresas.

— Você tava na faculdade? — perguntou a mulher, examinando o jaleco de Júlia. — Ainda no primeiro ano já tão te fazendo estudar de sábado?

— Não, eu...

Ela gesticulou para dentro da sala, na direção da cozinha... onde eu estava.

De repente, três pares de olhos pretos idênticos se voltaram para mim. Eu estava coberta de sangue cênico, vestígio da atuação de defunto, e segurava o tripé de forma desajeitada.

— Pai, mãe — disse Júlia, dando um passo na minha direção. — Essa é a Antônia, minha namorada.

Foi assim que eu fui parar em um dos restaurantes mais chiques de São Paulo, nos Jardins, sentada entre os pais da minha falsa namorada.

A princípio, Júlia tentou me poupar, explicando para meus supostos sogros que eu estava ocupada com trabalhos da faculdade e não poderia acompanhá-los. Mas os pais de Júlia ficaram tão animados para me conhecer melhor que fizeram questão de me levar. Quando a discussão chegou a um beco sem saída, ficou claro que quem ditava as regras por ali era Sonali, a mãe de Júlia. Pradev, o pai, era mais na dele — mas seguia direitinho todas as vontades da esposa.

— Eu não acredito que a gente teve que conhecer sua namorada assim, Hanisha — disse Sonali assim que pediu uma bebida. — Poderíamos ter marcado um encontro mais formal.

— Esse restaurante não é formal o bastante pra você? — provocou Júlia.

Sonali ergueu uma sobrancelha e encarou a filha com frieza. Júlia sustentou seu olhar. Era como se tivessem uma discussão silenciosa que não cabia em um lugar chique como aquele.

Quando Sonali se virou em direção ao marido para discutir o cardápio, eu puxei Júlia para perto.

— Por que ela te chama de Hanisha? — perguntei.

— É o meu segundo nome — ela explicou. — Minha mãe queria que fosse só Hanisha, mas meu pai insistiu em também me dar um nome que não fosse indiano.

— Ele te chamou de outra coisa lá na sua casa.

— *Mera beti* — explicou Júlia. — Quer dizer "minha filha".

Um garçom mostrou o rótulo de uma garrafa de vinho para Pradev. Em seguida, serviu um pouco da bebida na taça que estava diante do único homem da mesa. Pradev experimentou o vinho e, depois de alguns segundos de tensão, assentiu para o garçom, permitindo que ele servisse a bebida para todos.

Eu só tinha visto aquela cena em filmes. Jamais poderia imaginar que as pessoas fizessem aquilo na vida real.

— Nós vimos o vídeo do pedido de namoro que Júlia fez pra você — disse Sonali antes de tomar um gole do vinho. Em seguida, lançou um olhar de reprovação para a filha. — Podia ter sido mais *refinado*, não acha?

— Mãe...

Júlia, que era sempre tão alegre e leve, estava abatida. Ela já parecia exausta, como se lidar com os pais demandasse toda sua energia.

— Você podia ter levado ela à casa de praia — continuou Sonali. — Poderia ter escolhido um anel bonito, feito o pedido ao pôr do sol... Eu tenho que te dar o contato da joalheira que fez as alianças de casamento da sua prima.

— Mãe — repetiu Júlia, um pouco mais alto. — Era só um pedido de namoro, não uma festa de noivado. Eu e a Antônia nos conhecemos há pouco tempo.

— Eu gostei do pedido — falei pela primeira vez na conversa.

Sonali não parecia convencida, mas decidiu mudar o rumo da conversa:

— Conta mais de você, Antônia. O que você estuda?

— Cinema.

Sonali ergueu as sobrancelhas, e trocou um olhar rápido com o marido.

— Cinema? — indagou Pradev. — Não sabia que esse curso existia.

— Desde os anos 1960 — respondi.

— Parece mais um hobby do que uma profissão, não acha? — disse Sonali.

Eu me afundei um pouco na cadeira. Já tinha ouvido comentários de pessoas surpresas com minha escolha de faculdade, mas nunca com tanto tom de julgamento. Minha própria mãe havia me apoiado desde o início.

— Mãe, por favor…

Júlia estava envergonhada. Ao mesmo tempo, parecia acostumada com aquele tipo de situação.

— Não é por mal que eu digo isso — continuou Sonali. — Hanisha, por exemplo, sempre gostou de cozinhar. Mas ela sabe que não é uma carreira de verdade, por isso decidiu fazer medicina.

Eu vi o pânico tomando conta de Júlia. Era a maior mentira de sua vida, muito maior do que fingir um namoro comigo para provocar minha irmã. Ela estava enganando toda a família em relação ao seu futuro.

Conhecendo Sonali, entendia um pouco melhor sua decisão.

— Eu sempre disse a ela que era importante escolher não só o que é bom, mas sim o *melhor* — continuou minha sogra postiça. — O caminho mais árduo te leva aonde mais ninguém chegou.

As palavras de Sonali foram se encaixando dentro da minha cabeça como um quebra-cabeças. Aos poucos, um pensamento tomou forma: Júlia sempre vai atrás do que é mais difícil para provar que é capaz. Onde eu já tinha visto aquilo antes?

— Ela realmente cozinha muito bem — eu disse, tentando quebrar o climão. — Júlia seria uma ótima chef.

Júlia arregalou os olhos e fez um "não" sutil com a cabeça. Eu a ignorei e sorri para sua mãe, que me fitava como se eu fosse uma alienígena.

— É um trabalho muito braçal — disse Sonali com desprezo.

— E ser médico não é? — respondi, sustentando seu olhar.

Eu pude jurar que Pradev soltou uma risada, mas logo disfarçou com uma tosse forçada. Júlia continuava tensa, só observando a troca entre sua mãe e eu.

Finalmente, Sonali se deu por vencida e pegou o cardápio.

— Estou pronta para pedir o prato principal — anunciou, solene.

Abri um sorriso discreto para Júlia. Não era muita coisa, mas senti que tinha vencido uma pequena batalha. Júlia me observava com certa admiração, o que me deu forças para aguentar a refeição até o fim.

Sonali e Pradev se despediram de nós na porta do restaurante. Não ofereceram sequer uma carona de volta para a casa de Júlia — eles pareciam apressados para retornar ao interior. Pradev explicou que não gostavam muito da capital, e que só apareciam por lá quando precisavam resolver algum assunto importante. Como já tinham resolvido tudo pela manhã, não havia mais necessidade de ficar. Nem mesmo pela filha.

O clima estava meio desanimado depois da visita-surpresa, ainda mais com tudo o que Sonali havia dito. Eu não tinha ficado ofendida, afinal não esperava nada deles, mas Júlia estava claramente chateada.

Em vez de voltar para a casa, decidi ficar mais um pouco com ela. Propus que a gente desse uma volta em um parque perto do restaurante, que tinha uma vista bonita da cidade. Era meio de tarde e a temperatura estava amena, perfeita para uma caminhada tranquila depois do almoço.

— Eu sempre achei que ser irmã da Tamires era difícil — falei. — Mas agora tô achando que ser filha única é ainda pior.

Júlia sorriu, mesmo que ainda estivesse triste.

— Eles têm um milhão de expectativas a respeito de mim — ela disse. — E eu tenho certeza de que não vou conseguir atingir todas elas. Como se não bastasse ser bissexual, eu ainda tinha que fazer um curso que eles reprovam.

— Foi difícil quando você saiu do armário?

— Foi horrível. — Júlia ficou em silêncio por alguns instantes, recuperando a lembrança triste. — Meu pai ficou meses sem falar comigo. Por incrível que pareça, minha mãe mediou nossa relação até que tudo se normalizasse. Só que, depois disso, as cobranças em outras áreas da minha vida aumentaram.

Eu escutei em silêncio. Sabia que era extremamente sortuda por ter sido aceita pelos meus pais e entendia que a maioria das pessoas não tinha essa mesma sorte. Júlia continuou:

— Se eu tivesse uma irmã ou irmão, pelo menos teria com quem dividir o fardo de ser a filha perfeita.

Pensei em todas as vezes que havia seguido os passos da minha irmã. O fato de Tamires desbravar tantas coisas primeiro contribuiu para que eu fosse tão apegada à minha zona de conforto. Eu não tive medo de me assumir lésbica porque Tamires se assumiu antes, nem senti a pressão de passar em uma faculdade pública porque minha irmã já havia passado. Por mais que essas coisas gerassem cobranças internas, elas também tiravam de mim o peso de representar a família. Pela primeira vez em muito tempo, vi de forma positiva o fato de eu me comparar a ela a todo momento.

— Tem razão — falei. — Agora entendi por que você mentiu sobre o curso. Deve ser uma conversa complicada com seus pais.

— Eu nem sei se um dia vou conseguir conversar.

— Bom, uma hora eles vão ficar sabendo. Mesmo que seja na sua formatura.

— Espero que até lá eu já tenha um emprego e consiga me sustentar sozinha. Não quero dever nada a eles quando descobrirem.

Assenti em silêncio e continuamos a caminhada. Crianças passavam correndo na nossa frente, assim como ciclistas e atletas com seus cachorros.

— Aquilo que sua mãe disse... — comecei de novo, tentativamente. — Sobre ir atrás das conquistas mais difíceis. Você acha que, de alguma forma, está reproduzindo isso com a Tamires?

Júlia parou de repente e me olhou, confusa.

— Quê? Como assim?

— Sei lá... — Já estava arrependida de ter puxado aquele assunto, mas a dúvida me corroía desde que tinha ouvido as palavras de Sonali. — Tive a impressão de que sua mãe repetiu isso muitas vezes pra você. Fiquei pesando se a vontade de conquistar Tamires veio justamente do fato de ela ser a pessoa mais difícil de namorar.

Júlia sacudiu a cabeça, irritada.

— Que ideia ridícula.

Em seguida, olhou para o horizonte, fitando os prédios que compunham nossa cidade. Eu aguardei ao seu lado, tensa.

— Eu quero conquistar a Tamires porque gosto dela — disse Júlia, enfim. — É só isso.

Date duplo

Depois da aparição dos pais, Júlia se fechou em seu mundo por alguns dias. Eu dei o espaço dela. Não sabia o que era não ter aprovação familiar, mas sabia bem o que era tentar corresponder a expectativas totalmente fora da realidade. Para mim, Júlia era perfeita, mas ela não achava isso. E a mãe dela também não percebia a filha incrível e talentosa que tinha.

No terceiro dia de silêncio, tanto no WhatsApp quanto nas redes sociais, não me aguentei e mandei uma mensagem para ela.

oi! tá tudo bem?

eu sei que foi difícil com seus pais, mas, se quiser conversar... tô por aqui :)

oie

obg

tá td bem. tô melhor agora

quer fazer alguma coisa hj?

Estranhei a pergunta. Em geral, Júlia só me convidava para ir a lugares que sabia que Tamires estaria — ou então vinha em casa para tentar seduzir minha irmã descaradamente.

hj eu combinei de beber com o pessoal da faculdade

que tal amanhã?

vc se importa se eu for com vcs hoje?

eu ainda não conheço seus amigos

só a Camila

os outros tb são apaixonados por vc?

kkkkk

Dei risada. Só mesmo uma otária como eu se apaixonaria por alguém que acabou de conhecer.

claro, tá convidada

vai ser em um barzinho meio cult

já te mando o endereço

Nós nos encontramos às sete em um bar de Pinheiros onde todos os drinques custavam mais que uma garrafa de bebida pura. A decoração era toda temática de cinema, o que atraía cinéfilos, profissionais da área e estudantes como nós. Quando eu digo cinema, não quero dizer os grandes sucessos de bilheteria como os filmes da Marvel ou *Titanic*, mas sim produções cult que só meus colegas e os clientes do bar gostavam. Filmes que eu já tinha visto em cartaz no Belas Artes, mas nunca no Cinemark, que eu sempre frequentava.

Estevão reservou um lugar para a gente: uma mesinha de centro diante de um sofá de veludo e duas poltronas antigas, ao lado de uma prateleira cheia de máquinas de escrever decorativas. Tudo ali tinha cara de cenário. Eu me sentia em um *escape room*. Era como se uma armadilha pudesse aparecer a qualquer momento — provavelmente mais perguntas cinéfilas voando na minha direção.

Marina Coachella e Camila chegaram logo depois e se sentaram ao redor da mesinha. Camila ficou ao meu lado no sofá. Elas pediram drinques com nomes tipo Corlenegroni ou Gin-luc Godard. Eu fiquei só na cerveja mesmo.

Falamos um pouco das aulas do dia e dos trabalhos que estavam por vir. Júlia apareceu um pouco depois das sete e vinte, meio esbaforida, o cabelo preso em um coque que já começava a ceder. Eu sempre a achava linda, mas nesses dias que ela vinha direto da faculdade, sem grandes produções, eu a achava maravilhosa. Notei que ela só se deixava ser vista assim quando Tami não estava por perto.

Mesmo sabendo que era um ponto negativo para mim, me senti privilegiada. Comigo ela se sentia confortável o bastante para ser ela mesma.

— Oi, oi, tudo bem? — ela disse quando se aproximou

da nossa mesa. — Desculpa o atraso. Eu queimei minha tarte tatin e tive que fazer tudo de novo.

— Sem problemas — respondi, abrindo espaço no sofá para ela ao meu lado. — A gente acabou de chegar.

— É, só faz meia hora — disse Camila, áspera.

Dei uma cotovelada nela enquanto Júlia sentava ao meu lado, sorrindo para todos ao nosso redor.

— Tudo bem, gente? — ela disse. — A Tônia fala muito de vocês. Não via a hora de conhecer todo mundo! Bom, a Camila eu já conheço.

As duas trocaram um olhar intenso. Júlia se virou para Marina, Estevão e Davi e se apresentou:

— Eu sou a Júlia.

Estevão e Davi ficaram claramente impressionados com a beleza dela, o que eu já esperava. Os dois estufaram o peito feito pavões. Quase revirei os olhos.

— Prazer te conhecer, Júlia — disse Davi. — Posso te sugerir um drinque?

— Eu vou olhar o cardápio, obrigada — ela respondeu, simpática, mas sem dar muita abertura.

— A comida aqui também é ótima — disse Estevão. — Você que é gourmet vai gostar.

— Eu só sou cozinheira mesmo. Como qualquer coisa.

— Ai, eu também — disse Marina, simpática. — Já gostei de você!

Júlia passou o braço pelas minhas costas e me trouxe para mais perto de si. Tive que me segurar para não afundar o nariz no pescoço dela.

— Legal te rever, Camila — disse Júlia, sorrindo com falsidade. — E as namoradinhas?

Camila sustentou seu olhar enquanto tomava a bebida por um canudo de metal. Não parecia incomodada com a pergunta.

— Pra eu querer namorar, tem que ser alguém bem especial, e não a primeira pessoa que eu encontrar em uma festa.

Eu me sentia cada vez mais encolhida no meio daquela batalha velada. Estevão, Davi e Marina não pareciam notar. Eles acompanhavam a conversa sem muito interesse, analisando o cardápio no celular.

— É difícil, né — disse Júlia. — As garotas especiais já estão todas comprometidas.

Em seguida, virou meu rosto e me deu um selinho. Eu estava começando a me acostumar com o contato físico entre nós, mas sempre ficava meio boba quando ela me beijava, ainda que nunca fossem beijos pra valer.

— Vamos escolher uma entrada pra dividir? — falei, me inclinando na direção dos demais.

Eu já estava vermelha e suada, como se tivesse corrido na esteira. Realmente, não sei como Tamires consegue. Se eu já fico assim entre duas garotas, imagina ela, que tem todas a seus pés.

Depois das alfinetadas do começo do rolê, Júlia e Camila se acalmaram e conseguiram participar das conversas sem maiores discussões. Júlia tinha uma capacidade incrível para se integrar em qualquer ambiente, então no final da noite era como se fizesse parte do grupo. Eu tinha demorado quase quatro meses para chegar ao estágio a que ela chegou em quatro horas.

Nós nos despedimos na porta do bar enquanto todos esperavam o Uber. Como sabia que ia beber, Júlia não tinha vindo de carro. Ela sussurrou no meu ouvido:

— É melhor eu ir com você. Pra eles não desconfiarem de nada.

Eu assenti e coloquei o endereço da minha casa no aplicativo, já habituada aos esquemas de Júlia.

Quando ficamos a sós dentro do carro, ela se virou para mim e sorriu.

— Você nunca disse que seus amigos eram tão gente boa.

— Sério? — perguntei, realmente surpresa. — Você achou?

— Claro. Uns fofos. Até a Camila tem seus momentos, quando não tá tentando te impressionar.

Decidi ignorar o comentário sobre Camila e continuei:

— Você não achou eles muito cult?

— Eles gostam de cinema. O que é que tem? Você também gosta.

Neguei com a cabeça. Era completamente diferente!

— Eles não gostam de nada que eu gosto.

— E daí? Ninguém tá te atacando porque você gosta de comédia ou romance. Eles respeitam seu gosto, só não sabem falar do assunto. Tenho certeza de que vocês têm outras coisas em comum.

Refleti sobre as palavras dela. Colocando dessa forma, até que fazia sentido. No fim das contas, o importante era que a gente gostasse da companhia uns dos outros. E eu estava gostando de sair com eles. Aos poucos, começávamos a encontrar assuntos em comum.

— Nunca tinha pensado por esse lado — concedi.

Júlia me deu a mão.

— Você é incrível — ela disse. — Tem um monte de gente querendo se aproximar. Você só precisa deixar que essas pessoas entrem na sua vida.

Ficamos nos olhando por alguns instantes, até que ela desviou para a janela. Eu continuei a corrida até minha casa sentindo um quentinho no coração que provavelmente não era efeito da bebida.

Não me surpreendi quando Júlia desceu do Uber comigo e entrou no prédio atrás de mim. Ela já nem perguntava mais se podia dormir em casa; apenas aparecia de vez em quando para esfregar na cara de Tamires nosso relacionamento. Eu dormia na casa dela com menos frequência, mas já tinha até uma escova de dentes por lá (cortesia de Jéssica e Duda).

O ritual era sempre o mesmo: eu deixava ela se trocar primeiro, depois botava uma camiseta larga e me deitava o mais longe possível dela. Na casa de Júlia era mais fácil, porque a cama dela era *king-size*, mas na minha a situação era complicada — minha cama de viúva mal dava para nós duas. Certa manhã, acordei com as mãos dela enlaçando minha cintura e demorei alguns minutos para me mexer, só para aproveitar aquela sensação. Talvez tenha cheirado o travesseiro que ela usou no dia seguinte. Só talvez.

Júlia bocejou enquanto eu destrancava a porta, exausta depois do longo dia nas cozinhas da faculdade. Eu também estava louca para cair na cama. Qual não foi nossa surpresa quando nos deparamos com Tamires aos beijos com uma garota seminua no sofá.

— Tônia? — exclamou enquanto tentava cobrir os seios da moça e puxar sua própria calça de volta para a cintura. — Eu achei que você ia dormir na Júlia.

Olhei para Júlia, que estava boquiaberta. Devia ser uma cena difícil para ela. Quanto mais achava que estava se aproximando de Tamires, mais seu plano ruía.

Já eu não consegui controlar meu sorriso.

— Fica tranquila, maninha — disse rápido, enquanto puxava Júlia pela mão rumo ao meu quarto. — Fiquem à vontade, nós já vamos dormir.

— Desculpa mesmo — disse Tamires quando passamos por ela e sua mais nova conquista.

Eu sabia muito bem o que Tamires fazia entre quatro paredes, mas nunca tinha pegado minha irmã no flagra desse jeito. Tami era cuidadosa, e o fato de sempre termos quartos separados ajudava. Depois que comecei a passar as noites na casa de Júlia, porém, ela deve ter se sentido à vontade para *explorar* outros ambientes. Não fiquei chateada, muito pelo contrário — só significava que ela não pensava mesmo na Júlia.

— Não tá funcionando. Vamos ter que ser mais agressivas — disse Júlia assim que fechou a porta do meu quarto.

Eu me sentei na cama e fiquei observando minha falsa namorada andar de um lado para o outro, arquitetando o próximo passo.

— A Tami não dá nenhum sinal de que está incomodada com nosso namoro — Júlia continuou, pensativa. — Mas também, a gente nunca faz nada na frente dela.

— Nem pelas costas dela — respondi.

— Talvez seja a hora de mudar isso.

Júlia se sentou diante de mim na cama e olhou profundamente nos meus olhos. Eu segurei a respiração para não sentir seu perfume. Sendo sincera, eu ainda não tinha lavado aquela jaqueta que usei no Biritão porque tinha ficado com o cheiro dela. Tampouco pretendia devolver a camisa que ela tinha me emprestado.

— A gente precisa levar sua irmã até o limite — disse Júlia com os olhos arregalados, parecendo uma cientista maluca de filme dos anos 1980. — E misturar com álcool. É isso!

Ela se levantou novamente, animada demais para ficar parada.

— Vamos dar uma festa aqui. Igual àquele dia. Pra ver se isso desperta certas memórias nela…

Eu desviei o olhar quando Júlia abriu um sorrisinho de quem definitivamente não havia esquecido tais memórias.

— A gente precisa ser mais física, Tônia. Mostrar pra Tamires o que ela tá perdendo.

Minhas sobrancelhas se juntaram no alto da testa.

— Como assim, *física*?

— A gente precisa dar uns beijos durante a festa, só isso. Uns amassos mais pesados. Ela vai acabar vendo.

Uns amassos mais pesados. Um tremor percorreu minha espinha quando meu olhar pousou involuntariamente na boca de Júlia.

— Bebida vai, bebida vem… Aí nós vamos brigar — continuou.

— Vamos?

— Vamos. Você fez alguma coisa que eu não gostei.

— Por que tem que ser eu?!

— Porque eu tenho que sair de boazinha nessa história toda, né? Se eu partir seu coração, sua irmã nunca vai me querer.

Júlia, tenho uma notícia pra você.

— Já sei! Chama a Camila.

— A Camila?

— Ela sempre dá em cima de você na minha frente.

Era impressão minha ou tinha uma ponta de ciúme no comentário de Júlia?

— Ela é perfeita pro plano — continuou. — Você dá em cima dela, ela dá em cima de você, e tá feito o estrago. Vou chorar no ombro da Tamires, ela vai me consolar, vamos passar a noite juntas e viver felizes para sempre.

Apesar do cenário devastador, não consegui conter uma risada. Só a Júlia mesmo para ter uma imaginação tão fértil — e otimista!

Júlia estendeu a mão na minha direção, a oferecendo para que eu apertasse.

— Estamos combinadas?

Apertei a mão dela, ciente de que eu estava me envolvendo em uma encrenca maior ainda.

Plano B

Não foi nada difícil convencer minha irmã a dar outra festa em casa. Ela ficou tão animada com a minha iniciativa que resolveu ajudar com todos os preparativos. Dessa vez, eu fiquei responsável pela lista de convidados — Júlia queria ter certeza de que nenhuma peguete atual da Tamires fosse aparecer para estragar seus planos. Camila também confirmou presença. Eu ainda não estava cem por cento convencida daquela parte do plano, porque não queria usá-la. Não achava certo envolver alguém que não tinha nada a ver com aquela história maluca, ainda mais uma amiga.

Na sexta à noite, os convidados foram chegando carregados das bebidas mais absurdas que você pode imaginar. Eu já sabia que precisaria de um toque de coragem líquida para me guiar pelo que estava por vir, então estoquei a geladeira com a cerveja de que eu gosto e escondi uma garrafa de vodca no quarto. Desde a viagem para o Rio, Tamires estava em uma fase de tomar uísque, e começou a noite com uma dose caprichada, recheada de pedras de gelo.

Júlia havia passado a tarde na minha casa para "ajudar a organizar a festa", ou seja, ficar dando risada de toda e qualquer coisa que minha irmã falava enquanto eu fazia o trabalho duro. Felizmente, não precisei assistir àquilo por muito tempo, porque ela preferiu voltar para a casa dela para se arrumar. O problema é que, com isso, eu fiquei sozinha no começo da festa, já que Tamires estava rodeada de fãs.

Caminhei por entre aquele monte de desconhecidos em busca de um rosto familiar. Logo encontrei uma rodinha de colegas da faculdade graças ao chapéu Fedora do Davi. Ninguém pode dizer que ele não se destacava. Ele estava com os amigos de sempre: Estevão e Marina Coachella, que falavam animadamente de algum filme que eu com certeza nunca tinha visto.

— Ela podia ter feito melhor, mas é isso, pelo menos temos mais uma mulher na direção.

— E aí, tudo bem? — disse enquanto me aproximava deles. Os três me cumprimentaram sem muito entusiasmo, o que não levei pro pessoal. Eles eram bem blasé mesmo. — De quem vocês tão falando?

— Da Maggie Gyllenhaal, que dirigiu *A filha perdida.*

— A moça que ficou com o cachecol da Taylor Swift?

Camila apareceu bem nessa hora pra me salvar do ridículo. Ela abriu a longneck e a ergueu para me cumprimentar.

— Bela festa, hein? Podemos esperar uma performance sua essa noite?

Eu sorri envergonhada. Camila riu do meu constrangimento e me abraçou de lado. Ela estava mais solta. Provavelmente tinha começado a beber antes de chegar, em algum barzinho descolado com roda de chorinho e cadeiras de praia.

— Tô zoando. Vou ficar de olho em você hoje, prometo.

Ergui a cabeça para encará-la. Ela era bem mais alta que eu, e acho que nunca estivemos tão próximas. O cheiro de couro da sua jaqueta se misturava com algo mais adocicado, talvez chiclete? Era um cheiro bom. Como era possível essas garotas terem perfumes tão maravilhosos? Na hora me lembrei do pobre do Juan, que exalava Axe por todos os poros. Realmente, é um mistério pra mim como alguém pode se sentir atraída por homens.

Antes que pudesse falar alguma coisa, vi que a porta de entrada abriu. E minha atenção ficou completamente monopolizada pela chegada de Júlia.

Ela tinha uma energia magnética que estava sobretudo forte naquela noite. Circulava pela multidão com facilidade, como se conhecesse todo mundo. Ela e Tamires tinham essa habilidade em comum — que me faltava.

É claro que Júlia não me notou. Tentei não ficar chateada, mas era óbvio que não era eu quem ela estava procurando em meio à multidão. Quando chegou em Tamires, partiu para o ataque: jogou o cabelo para o lado e abriu um sorrisão, de vez em quando encostando no ombro da minha irmã enquanto ria das piadas dela. Eu já tinha visto Júlia fazer isso tantas vezes que conhecia de cor seu flerte padrão.

Camila acompanhou meu olhar e deu um passo para trás, percebendo que eu não estava mais na mesma órbita que ela. Pude jurar que ela bufou, um pouco irritada.

— Elas são próximas, né? — ela disse, indicando Tamires e Júlia com a cabeça.

Havia um leve tom de desafio na voz dela, como se estivesse tentando me alfinetar. Ou me alertar para alguma coisa. Amigas fazem isso, certo?

Tomei um longo gole de cerveja para clarear meus pensamentos. Havia alguma coisa em Camila que me fazia sentir compelida a falar a verdade. Ela era tão transparente, tão autêntica... Sempre falava exatamente o que estava pensando. Ou seja, era meu total oposto.

— Você sabe que é uma história complicada — respondi, sincera.

Camila deu de ombros.

— Eu tenho uma única teoria na vida: se machuca, não tem graça. Serve pra tudo. Exceto BDSM.

Eu me virei para Camila e comecei a rir. Ela me acompanhou.

— Não conhecia esse seu senso de humor — eu disse.

— Chama Corote sabor *blueberry*.

— Muito fina.

Ficamos em silêncio observando as pessoas dançarem e conversarem ao nosso redor. Camila participava de vez em quando dos debates cinematográficos dos nossos colegas, mas eu não conseguia prestar atenção. Não tirava os olhos de Júlia. Ela ainda conversava com Tamires, como se eu não existisse.

No mundo dela, eu de fato não existia.

E isso estava começando a me cansar.

— Quer dançar?

As palavras saíram da minha boca antes que pudesse filtrá-las no cérebro. Camila me olhou com a sobrancelha erguida, estranhando o convite.

— Você? Querendo dançar?

— Que que tem?

— Nada. — Camila deu de ombros. — Só achei meio fora do personagem.

— Se não quiser, não tem problema — falei rápido, um pouco constrangida.

— Não, não é isso! Eu quero sim. — Camila sorriu e virou o resto da bebida, largando a cerveja em uma das mesas de canto. — Sua namorada não vai se importar?

Lancei um último olhar para Júlia, que continuava envolvida com Tamires. Isso me deu coragem para dar o último passo até Camila.

— Eu não ligo — eu disse, desafiadora.

Camila deve ter gostado dessa nova Antônia, muito mais rebelde e independente do que antes. De repente me lembrei da minha imagem no pôster usando os bobes de Dona Hermínia, me tornando mais corajosa, como ela. Bom, os bobes eu dispensava.

Eu me esforcei para aquietar todos os pensamentos sobre Júlia e me concentrar apenas em Camila. Não foi tão difícil; afinal, ela também tinha um apelo forte sobre mim. E eu estava perdendo a chance de ficar com uma pessoa legal, bonita, inteligente e que me tratava bem... para namorar de mentirinha uma garota que só me esnobava.

Puxei Camila para o centro da sala. Tamires e eu havíamos afastado os móveis para criar uma espécie de pista de dança, já que na última festa nosso sofá e mesa ficaram cobertos por marcas de sapato dos dançarinos mais animados (incluindo eu). Júlia ficou responsável por fazer a playlist e eu deveria ter desconfiado quando ela assumiu essa função — todas as músicas tinham uma batida sensual, como se a gente estivesse no começo de um filme pornô.

Afastei mais uma vez a imagem de Júlia para as profundezas dos meus pensamentos, no mesmo lugar onde ficavam os traumas de infância e as questões mal resolvidas. Chega. Eu não ia mais ficar me prendendo a alguém que não queria nada comigo. Se ela podia passar a festa inteira dando em cima da Tamires, eu podia dançar com a Camila. Podia apreciar a companhia de outra mulher. Podia tentar, por um segundo, ser feliz. Ser livre.

Dei um passo para a frente e levei as mãos à cintura de Camila. Ela se surpreendeu com a proximidade repentina, mas aceitou sem resistência. Começamos a nos mexer no ritmo da música, entendendo a sintonia de nossos corpos. Camila me olhava por baixo dos cílios, tentando entender as minhas intenções. Em seguida, se aproximou um pouco mais e passou os braços sobre meus ombros.

Camila nunca mentiu sobre sua atração por mim. Ela mesma disse que eu fazia o tipo dela. Com Camila, era tudo às claras, todas as cartas na mesa. E, mesmo sabendo que eu estava com outra pessoa, ela não teve medo de parecer vulnerável diante da rejeição. Camila estava ali, a centímetros de distância, por livre e espontânea vontade, sem missões secretas ou planos mirabolantes.

Toquei seu rosto e ela se encostou na minha mão, fechando os olhos.

— Antônia… — sussurrou.

Não consegui nem ouvir o que dizia, apenas ler meu nome em seus lábios.

Eu me aproximei lentamente da sua boca. Já sentia seu calor pelo meu corpo inteiro…

— Por favor… — murmurou, e dessa vez ouvi com clareza.

Só não entendi se era uma súplica para que eu a beijasse ou um pedido para que parasse.

Eu sabia que era errado. Comigo, com ela, e até mesmo com Júlia, que, para todas as pessoas presentes, ainda era minha namorada. Mesmo assim, não parei de me aproximar. Eu queria saber como era beijar uma mulher que me queria. Como era me sentir desejada sem ter que me esforçar o tempo inteiro.

Estava prestes a beijar Camila quando um par de mãos firmes chegou por trás de mim e envolveu minha cintura, me arrastando para longe dela.

Eu me virei para trás, pronta para reclamar da intrusão, porém os olhos furiosos de Júlia me calaram antes que eu pudesse dizer qualquer coisa. Ela estava visivelmente brava e me puxou com força para perto de si. Nossos corpos colidiram em uma explosão de energia que estava sendo reprimida havia semanas, com tantos toques, olhares e sorrisos que não levavam a lugar nenhum.

Até então.

Sem dizer uma palavra, Júlia me pegou pela nuca e me beijou.

Pausa para apreciação

Quando nossas bocas se encontraram, eu me lembrei de todos os beijos que já tinha dado na vida.

O Marcos, na festa de quinze anos, que enfiou a língua na minha boca como uma britadeira.

O Juan, fofíssimo, que me beijou com toda a delicadeza do mundo e, mesmo assim, não me fez sentir nada.

O Téo, que mais parecia lamber o céu da minha boca do que de fato me seduzir com seu beijo.

Nenhum desses poderia sequer ser chamado de beijo comparado ao que eu estava experimentando com Júlia.

O encaixe foi perfeito. Não teve constrangimento, nem aquela pausa para ajustar os ritmos. Simplesmente fluiu. A língua dela explorava minha boca numa mistura de curiosidade e sedução, suave e feroz ao mesmo tempo. Eu dei uma mordida leve no seu lábio e senti sua respiração ficar mais pesada. Júlia enterrou os dedos no meu cabelo e me puxou para mais perto, enquanto eu segurava forte na sua cintura.

De repente, eu tive muitas primeiras vezes:

Meu primeiro beijo *de verdade* com uma garota;

A primeira vez que eu ficava excitada durante um beijo;

A primeira vez que eu ficava excitada beijando uma garota em público.

Um puxão mais forte no meu cabelo me fez voltar para a realidade, e interrompi o beijo para recuperar o fôlego. Júlia me olhava com os lábios entreabertos, arfando intensamente. Era como se ela procurasse em meus olhos a resposta para o que tinha acabado de acontecer. Será que ela tinha sentido tudo o que eu acabara de sentir?

Sua próxima ação respondeu minha pergunta: ela me puxou de volta e me beijou de novo.

Enquanto nossos membros se envolviam numa confusão de braços, pernas e línguas, eu esqueci tudo ao meu redor. Não existia mais festa, colegas, Camila, Tamires. Éramos só eu e Júlia, e nada mais importava. Era tudo o que eu sempre quis. E parecia, finalmente, ser verdade.

Uma coisa era fingir que estava beijando alguém. Outra coisa era o que Júlia fazia comigo. Certas coisas não se simulam, e a boca dela deixando beijos molhados pelo meu pescoço definitivamente era uma delas.

Fomos trombando entre pessoas e móveis até o corredor que levava aos quartos. Decidi tomar uma atitude e mostrar que eu não era uma estrela-do-mar, como já tinha ouvido Tamires se referir a mulheres que não faziam nada na cama. Empurrei Júlia contra a parede e ergui uma de suas coxas contra meu corpo. Me encaixei entre suas pernas enquanto a beijava. Ela gemeu, completamente entregue. Seus olhos fechados deixavam muito claro que ela não procurava por Tamires, não pretendia fazer show para ninguém. Aquele momento era nosso.

Acho que o sexo é uma daquelas coisas que ninguém pode ensinar. Não importa quantas cenas de sexo você tenha visto em filmes e séries: quando é pra valer, tudo o que importa é quem está ali com você. Quando a química toma o controle, não tem como errar. Talvez seja por isso que eu sabia exatamente o que fazer quando Júlia começou a rebolar contra minha coxa, soltando pequenos gemidos de prazer.

Abri a porta do meu quarto e entrei com ela no nosso próprio mundo, deixando todo o resto do lado de fora.

O despertar de um sonho

Acordei com o sol batendo no rosto através da janela. Eu sempre fechava as cortinas antes de dormir justamente para que aquilo não acontecesse.

Mas, na noite anterior, não tive tempo nem para isso.

Logo me lembrei do que havia acontecido. Olhei para o lado e vi o cabelo preto de Júlia espalhado pela fronha do travesseiro extra que eu nunca usava. Ela dormia ao meu lado de forma serena. O lençol cobria um pouco seus seios, começando a revelar perigosamente a lateral de um deles...

Desviei o olhar como se estivesse violando a privacidade dela. O que não fazia sentido depois da véspera. Agora eu entendia por que Tamires gostava tanto de viver suas aventuras. Sexo de fato podia ser maravilhoso. Ou será que só o sexo com a Júlia era assim?

Eu não tinha outros parâmetros para comparar. Pra ser bem sincera, nem queria ter. Ficaria feliz em transar apenas com ela pelo resto da vida.

— Ah, não. Lá vem a sapatão emocionada.

Suspirei profundamente. Dona Eumínia estava de volta, dessa vez falando de dentro do pôster na parede.

— Oi, Dona Eumínia. Quanto tempo. A senhora tá boa?

— Eu tô boa, mas quem deve estar ótima é você, né?

Dei de ombros com um sorrisinho no rosto.

— Agora você acalma sua chavasca — continuou Dona Eumínia — que depois da primeira vez a pessoa sempre fica assim, meio mole das ideias. Não é porque ela te deu um belo chá que você vai ficar toda idiota atrás dessa garota.

— Você precisa mesmo usar *esses* termos?

— Você deu sorte que era tcheca com tcheca, que meus sinônimos pra pau são horríveis.

Júlia se mexeu na cama, começando a despertar. Olhei com urgência para Dona Eumínia.

— Shhh! Ela tá acordando.

— Você sabe que ela não me ouve, né? Eu moro na sua cabeça.

— Bom dia — Júlia disse, meio grogue.

A voz dela estava um pouco rouca. Eu achei a coisa mais linda do mundo.

— Bom dia — respondi.

Eu me retraí um pouco no canto da cama, me cobrindo com o lençol. Não sabia nada do protocolo da Manhã Seguinte. Eu deveria abraçá-la? Beijá-la antes de escovar os dentes? Agradecer pela noite? Iniciar outra rodada de sexo seguindo exatamente os passos descritos na música "Café da manhã" da Ludmilla feat. Luiza Sonza?

— Ai, não.

Júlia decidiu por nós quando cobriu o rosto com as mãos, e pareceu completamente arrependida.

— Eu não acredito que fiz isso — continuou. — Definitivamente não era parte do plano.

Fiquei meio sem jeito, encolhida na minha metade da cama.

— Você... Você não gostou?

Júlia se sentou para me encarar de frente. O lençol caiu um pouco e revelou seus seios, mas ela não pareceu se importar.

— Não é isso, Tônia. Desculpa. — Ela soava mais calma, ou pelo menos tentava colocar as ideias no lugar. — Eu queria, você queria, e acabou rolando. Era só questão de tempo, né? Sempre teve alguma coisa entre nós.

Meu coração se encheu de esperança. Senti que ia flutuar. Seria aquele famoso frio na barriga?

— Pelo menos agora a gente já sabe o que era — completou, rindo.

Eu ri junto com ela. Ficamos nos olhando por um instante, até que Júlia pareceu lembrar que estava pelada embaixo do lençol. Ela pegou a camiseta perdida no chão e a vestiu. Em seguida, pigarreou. Senti o clima esfriar.

— Foi bom ter tirado essa tensão sexual da frente. Mas agora eu preciso pensar num jeito de botar o plano de volta nos eixos.

Plano? Ela ainda estava pensando naquele maldito plano?! Na minha fanfic, Júlia acordaria totalmente mudada, como a Bela Adormecida depois do beijo do príncipe. Princesa, no caso. Ela perceberia que era por mim que estava apaixonada esse tempo todo e viveríamos felizes para sempre. Nossa primeira filha se chamaria Tamires.

É claro que não foi assim que aconteceu. Naquela manhã, eu aprendi que amor e sexo são coisas completamente diferentes.

— A Tamires viu a gente, pelo menos? — perguntou.

Ah, não. Não podia ser. Era como aquele filme *Feitiço do tempo*, em que o protagonista acorda todos os dias preso no pior dia de sua vida. Eu não aguentava mais viver aquele inferno de "a Tamires percebeu?", "a Tamires tá olhando pra cá?", "será que a Tamires se importa comigo?". Era degradante. Não dava mais pra suportar.

Ter me entregado para Júlia tinha tirado uma rolha emocional de dentro de mim. Eu não tinha transado com ela por desejo puro, mas porque queria explorar nossa conexão. Eu queria acordar todos os dias ao lado dela. Cheirar seu cabelo. Traçar as curvas do seu corpo marcadas pelo lençol. Tomar café da manhã junto com ela. Conversar sobre seu dia. Passar o resto da manhã trocando memes pelo celular. Encontrar com ela na fila do bandejão no fim do dia, reclamar das pessoas, contar as fofocas dos nossos colegas. Dividir uma vida.

Eu me levantei de supetão, sem me importar com meu estado de nudez completa. Comecei a procurar roupas pelo chão e vesti as primeiras peças que encontrei pelo caminho.

— O que você tá fazendo? — perguntou Júlia.

— Chega, Júlia. Eu não aguento mais.

Terminei de me vestir e caminhei até o outro lado do quarto. Júlia me olhava com a testa franzida.

— Tônia, o que tá acontecendo?

— Não é justo fazer isso. Eu...

Eu me segurei para não falar a verdade. Não podia ficar ainda mais vulnerável na frente dela.

— *Alguém* vai acabar se machucando — concluí.

Segurei a maçaneta da porta e olhei para ela, tentando lutar contra as lágrimas que ameaçavam cair.

— A gente não namora mais. O plano acabou.

E bati a porta, deixando ela sozinha na cama.

Passei o dia evitando tanto Júlia quanto Tamires, que tentavam incessantemente falar comigo pelo WhatsApp. Deduzi que Júlia tinha contado para Tamires sobre nosso término quando saí de casa sem dar satisfação. Eu precisava de um tempo; tinha que criar alguma distância entre mim e aquela confusão toda.

Eram muitas coisas pra pensar. Em menos de vinte e quatro horas eu havia perdido minha virgindade, transado com a garota de que eu gostava e, para completar, terminado com ela. Mesmo que o namoro não tenha sido de verdade, o término era bem real pra mim.

A verdade é que eu estava com vergonha de mim mesma. Como pude ter sido tão idiota? Os sinais estavam lá desde o começo: Júlia sempre deixou claro que não gostava de mim, que queria minha irmã, que estava me usando. E eu deixei que me usasse. Na esperança de que ela sentisse alguma coisa por mim, me entreguei por inteiro. Acreditei que ela poderia se apaixonar por mim se me conhecesse de verdade. Só mesmo uma completa imbecil acharia que é possível competir com Tamires.

Tamires. O motivo pelo qual tudo começou. E também pelo qual tinha terminado.

Eu me esforçava ao máximo para não sentir raiva dela, mas a verdade é que eu estava exausta de ser a sombra da irmã bonita e popular. Até algumas semanas antes, isso não afetava minha vida diretamente. Até Júlia entrar na equação. Não dava pra passar o resto dos meus dias me sentindo insegura, achando que qualquer mulher que me conhecesse ia desistir de mim quando fosse apresentada à minha irmã.

Eu sabia que precisava falar com Tami. Queria contar toda a verdade, inclusive do plano, mas temia que ela não me perdoasse. Ao mesmo tempo que tinha raiva da perfeição dela, também me culpava por tê-la enganado.

Pelo menos agora tudo estava terminado entre mim e Júlia, então eu podia sofrer em paz pelo fim do namoro e todo mundo seguiria em frente como se nada tivesse acontecido. Era só questão de tempo até Júlia colocar em prática a segunda parte do plano.

Voltei para casa quando já estava começando a anoitecer. Como eu esperava, Tamires estava sentada no sofá aguardando meu retorno. Ela digitava no celular, tensa. Sua expressão ficou mais tranquila quando me viu.

— Antônia! Caramba, você não sabe o susto que me deu.

Ela veio correndo me abraçar e eu retribuí, exausta. Deixei que as lágrimas corressem livres pelo meu rosto, encharcando a camisa dela. Tamires me segurou ali, imóvel, me oferecendo tudo o que eu precisava naquele momento.

— Eu fiquei preocupada — ela disse.

— Eu sei. Desculpa.

— Tudo bem. O importante é que você tá aqui. Eu tava a um passo de ligar pra mamãe.

Eu me afastei dela e limpei as lágrimas.

— Cheguei na hora certa, então. Se tivesse ligado, a polícia já estaria no meu encalço.

Eu me joguei no sofá de forma dramática. Tamires mal havia encostado a bunda no lugar ao meu lado quando disparou:

— A Júlia contou o que aconteceu. Como você tá?

— Um lixo.

— Reciclável, espero — ela disse, dando uns tapinhas na minha perna. — O que aconteceu? Uma hora eu vi vocês se pegando loucamente, depois as duas sumiram, e na manhã seguinte a Júlia vem me contar que vocês brigaram e o namoro acabou. Fiquei sem entender nada.

— Ela disse isso?

— Disse. Ela tava mal, Tônia. Os olhos vermelhos de tanto chorar.

Senti uma pontada no peito. Queria dizer que o término não tinha sido fácil pra ela também? Ou ela só tinha chorado para fazer Tamires sentir pena? Eu estava tão desconfiada das intenções de Júlia que não sabia mais o que era verdade ou mentira.

— O que mais ela falou? — perguntei.

— Eu quero ouvir sua versão primeiro.

— E eu quero saber o que ela disse.

Tamires se ajeitou no sofá, claramente desconfortável. Era difícil ser amiga de um casal que terminou porque você ia ter que fazer algum tipo de leva e traz, é inevitável.

— Ela disse que não gostou de ver você com a Camila. Mas também, *que porra foi aquela*?! Parecia que você ia beijar a garota! Todo mundo viu!

Assenti em silêncio. Tudo estava indo de acordo com o plano da Júlia. Eu ia sair de vilã e ela seria a coitadinha.

— Eu vacilei. A Camila não merecia isso.

— Nem a Júlia.

Segurei meu comentário bem guardado dentro da boca. Ela merecia muito, muito pior.

— Na hora que tudo aconteceu, eu tentei segurar a Júlia — continuou. — Ela tava indo na direção de vocês e parecia que ia bater na Camila. Ou em você, sei lá. Tipo a música "50 reais".

— Ela só me beijou.

— Pois é. Não entendi nada.

— Nem eu.

Tamires soltou uma risada. Eu acompanhei. Era uma situação meio maluca mesmo.

— A Júlia tem dessas — ela disse.

— Sei bem como ela é.

— É, lógico — Tami se corrigiu. — Você conhece ela muito melhor do que eu.

Desviei o olhar por um instante. Meu primeiro instinto era discordar, mas, depois de tudo o que vivemos juntas, eu diria que conhecia Júlia muito bem. Eu sabia do que ela gostava, do que odiava, do que a fazia rir. Sabia que tipo de filmes ela curtia. As cobranças dos seus pais. As mentiras. Que roupas ela usava pra ir para a faculdade, o que vestia para sair à noite. Que aulas eram suas favoritas. Os planos que tinha para o futuro. Eu sabia como ela gostava de ser beijada e como preferia ser tocada.

— E que beijão, hein? — Tamires me trouxe de volta para a realidade. Ela soava orgulhosa. — Todo mundo na festa parou pra ver. Só fiquei com dó da Camila.

— Qual foi a reação da Camila quando a Júlia me beijou?

— Ela vazou logo em seguida. Foda também, né, Tônia? Não dá pra tratar as minas desse jeito.

— Eu sei. — Abaixei a cabeça sentindo a culpa me invadir. — Não sei o que me deu. Não posso nem culpar a bebida. Eu tava sóbria.

— Tem alguma coisa rolando entre você e a Camila? Sem julgamento, tá? Só quero saber mesmo.

— Ela disse que tinha gostado de mim quando a gente se conheceu. Disse que me achava atraente.

Tami assentiu. Eu continuei:

— Desde o começo ela sabia da Júlia. Do nosso namoro.

— E mesmo assim ela continuou investindo em você?

— Não, pelo contrário, ela foi supercompreensiva. Deixou claro que queria ser só minha amiga.

— E você foi uma mina lixo com ela.

Revirei os olhos, mesmo sabendo que minha irmã estava certa.

— Não vou negar que também sinto alguma coisa por ela.

— Claro, ela é uma gata.

— Você acha?

— Óbvio.

Essa informação era nova. Desde quando minha irmã achava Camila bonita?

— Mas eu acho várias garotas bonitas — continuou. — Por isso que eu não namoro.

— Ai, essa doeu.

Tamires riu. Eu esbocei um sorriso. Era bom poder conversar com ela pela primeira vez desde que tinha começado a loucura de fingir ser namorada da Júlia. Era libertador falar abertamente de (quase) tudo o que estava acontecendo.

— Eu achei que a Júlia não estivesse mais interessada em mim — confessei.

— De onde você tirou isso?

— Sei lá... Ela nem me olhou direito. Nem me cumprimentou quando chegou. Ficou circulando por aí, falando com outras pessoas.

Falando com você.

— Isso não quer dizer nada. Ela tava socializando.

— É, mas eu sou a namorada dela. Quer dizer, era.

— E sua reação ao ver ela conversando com outras pessoas foi beijar outra menina na frente de todo mundo?

— Eu não beijei! Não aconteceu nada.

— Porque a Júlia chegou bem na hora!

Dei de ombros, vencida. Não tinha como fazer aquela situação parecer razoável para o meu lado. Júlia havia arquitetado muito bem o plano. Exceto por uma parte...

— A única coisa que eu não entendi foi o beijo — continuou Tamires, pensativa. — Ela viu você quase beijando outra garota e, em vez de brigar, te beijou. E depois...

Meu rosto começou a queimar e eu sabia que estava vermelha feito um pimentão. Mais cedo ou mais tarde, sabia que essa parte da conversa ia chegar.

— Depois a gente foi pro meu quarto. O resto você sabe.

— Não sei de nada! Conta tudo! Você não quis me contar da sua primeira vez, mas quero saber como foi ontem!

Eu abaixei a cabeça, culpada. Tamires conseguiu ler minha expressão.

— *Essa* foi sua primeira vez?

— Foi.

Eu estava cansada de mentir, então achei melhor ser o mais sincera possível.

— Depois desse tempo todo?! — Tamires sorriu, tentando parecer mais acolhedora. — Quer dizer, desculpa, você que sabe seu tempo. Isso explica a tensão sexual gigante entre vocês, então.

Flashes da noite anterior passaram diante dos meus olhos. Júlia me puxando por entre a multidão. Eu jogando ela contra a parede e me encaixando entre suas pernas. Nós duas no quarto, ela tirando minha blusa. Eu puxando a calcinha dela. Fechei os olhos tentando espantar aqueles pensamentos.

Tami ficou na expectativa de detalhes mais interessantes, mas eu não estava disposta a compartilhá-los. O que tinha acontecido pertencia só a mim e a Júlia. Era a única coisa entre nós que tinha sido de verdade.

— Foi perfeito — eu disse. — Até hoje de manhã.

— O que aconteceu?

Essa era a parte que eu teria que improvisar. Tentei concatenar algumas ideias para dar uma explicação.

— A gente começou a conversar sobre o negócio da Camila e, de repente, virou uma briga. Entendemos que, por mais que a gente tenha uma conexão física, a gente não tá no melhor momento emocional pra namorar.

Fiquei surpresa com as palavras que saíram da minha boca. Parecia uma boa justificativa. Madura, até. Tamires me escutou em silêncio sem esboçar nenhuma reação.

— Que besteira — respondeu, finalmente. — Tá na cara que vocês se gostam.

Senti as lágrimas brotarem de novo nos meus olhos. Dessa vez, decidi que não choraria. Respirei fundo e mantive a calma.

— Não, Tami. Ela gosta de outra pessoa.

— Quê? De quem?

De todos os dias que menti, de todas as semanas que precisei guardar segredo da minha irmã, aquele era o momento mais difícil. Ela estava me dando a oportunidade perfeita de revelar tudo, contar do plano, acabar com as chances de Júlia ficar com ela. Se Tamires soubesse do plano, ia ficar furiosa comigo, mas com certeza nunca mais ia querer falar com Júlia. No entanto, eu não consegui. Travei. Lá no fundo, temi que a própria Júlia nunca mais olhasse na minha cara se eu entregasse a história toda.

— Não sei. Ela disse que tava confusa.

— Que filha da puta.

— Mas foi assim desde o começo — adicionei. — Quando a gente começou a namorar, eu já sabia que ela estava confusa. E eu também não estava completamente envolvida. Acho que a gente se deixou levar.

Talvez tivesse sido meu recorde de mentiras em menos de dez segundos.

— Poxa, eu podia jurar que vocês tavam totalmente apaixonadas. Ela não parecia interessada em nada que não fosse você. Me mandava mensagem todo dia perguntando das coisas que você gosta, das comidas favoritas, das séries que você assiste.

Meu coração disparou e fiz de tudo para que ele voltasse o normal. Não era hora de criar falsas esperanças. Eu já tinha apanhado o suficiente pra uma vida inteira. Se Júlia falava com Tamires de mim, com certeza era pra tentar causar ciúmes nela. E também para puxar assunto sem parecer que estava dando em cima. Tudo o que Júlia fazia era extremamente calculado.

— A gente vai continuar sendo amigas — eu disse. *Assim que eu conseguir tirar a faca que ela enfiou dentro do meu coração.* — Acho que sou nova demais pra namorar. Tenho que viver mais coisas ainda.

— Você acha que não tem volta?

Olhei para minha irmã, que me encarava cheia de expectativa. Lembrei do dia que contei para ela que estava namorando Júlia. O jeito como ela ficou. Talvez ela estivesse disfarçando esse tempo todo que estava interessada na Júlia para não me magoar.

Engoli em seco e coloquei a mão sobre o ombro dela. Era a hora de me redimir com quem sempre tinha me feito bem.

— Acabou de vez, pode ter certeza.

Biruta no Biritão

Três semanas se passaram até que eu visse Júlia de novo.

Não sem um grande esforço da minha parte, claro. O que começou com algumas mensagens não lidas no WhatsApp acabou virando uma chuva de bloqueios em todas as redes sociais. As ligações vieram em seguida, todas recusadas. Eu sabia que ela também estava tentando me contactar através de Tamires, mas minha irmã foi firme quando eu disse que precisava de espaço. Mudei meus horários de almoço e jantar no refeitório da faculdade para não cruzar com ela. A única coisa que ela não fez foi me procurar no prédio de cinema. Fiquei grata por isso. Até Júlia tinha seus limites da insanidade.

— Não tem discussão, Tônia — disse Camila pela décima sétima vez naquela sexta-feira. — Hoje você vai beber com a gente.

— Não quero — respondi, seca. — Não tô a fim.

— Você me deve essa.

Camila me lançou um olhar significativo. Suspirei. Desde que praticamente eu tinha a transformado no pivô do término do meu relacionamento na frente de todo mundo, Camila estava uma fera comigo.

— O que me deixou puta foi a posição em que você me colocou, Tônia — ela disse na segunda-feira logo depois da festa, quando nos encontramos na faculdade. — Se a gente combinou de ser amigas, não vou ser sua amante. Não tenho culpa se você se meteu em um relacionamento todo cagado e mal resolvido. Se um dia você quiser dar uns beijos, não vou achar ruim, mas você vai ter que estar solteira, para começo de conversa.

Eu tinha ouvido tudo calada. Contra fatos, não há argumentos. Como sempre, Camila estava sendo um poço de sensatez. Ela era firme, porém justa e compreensiva. Não achei certo continuar mentindo pra ela.

— O namoro não era de verdade — acabara confessando, mas Camila tinha me olhado como se eu estivesse em profunda negação.

Depois disso, Camila me impediu de voltar para a aula (não que eu quisesse muito continuar assistindo ao documentário mudo que o professor exibia) e me fez contar toda a história. Falei do dia em que tinha conhecido Júlia, o rolo dela com a Tamires, o plano dela na semana seguinte, o tempo que passamos combinando tudo. Não deixei de fora nem o fato de que eu tinha me apaixonado por Júlia na primeira vez em que a vi. Foi libertador contar toda a verdade, por fim.

Como boa estudante de cinema, Camila tinha adorado a história, acompanhando animada todas as viradas dramáticas. Eu, por outro lado, me sentia cada vez mais idiota conforme fui contando sobre o plano e seus desdobramentos. Enfim, Camila concordou comigo — eu tinha sido mesmo *muito* trouxa, mas pelo menos finalmente tinha parado de enganar minha irmã. Júlia também não havia sido nada legal comigo, sobretudo na parte do sexo.

— Ainda que tenha sido consensual, ela deveria ter conversado melhor com você sobre o que sentia — ela concluiu.

Camila também teria se dado bem no curso de psicologia.

Desde então, ela insistia para que eu fizesse alguma coisa além de sofrer pelo término do meu namoro de mentira. A proposta de sair para beber com ela, Davi, Estevão e Marina Coachella surgia todo fim de semana, mas eu sempre recusava. Havia passado os últimos sábados maratonando séries, e os domingos, dormindo. Nas primeiras duas semanas ela me deixou em paz, porém, aparentemente, três era o limite.

— Tá bom — concordei, relutante. — Mas só *uma* cerveja.

— Pra começar, sim — ela disse, rindo.

Quando chegamos ao Biritão, o bar já estava lotado. Os alunos de outros cursos não tinham aula de história do cinema brasileiro no último período de sexta-feira e, portanto, puderam garantir seus lugares nas poucas mesas da calçada. Pegamos algumas cervejas e ficamos encostados no bar. Enquanto Davi, Estevão, Marina Coachella e Camila discutiam o filme que vimos na aula, eu olhei ao redor, tentando reconhecer as pessoas ali. Tá bom, quem estou querendo enganar? Eu estava morrendo de medo de a Júlia aparecer.

— Relaxa — disse Camila, percebendo meu sufoco. — Mesmo se ela aparecer, duvido que tenha coragem de vir falar com você.

— Nem tem nada pra falar.

— Exatamente. Vamos beber!

Brindamos com a cerveja e bebi como se fosse água.

— Tônia?!

Eu reconheceria aquela voz em qualquer lugar do mundo, apesar do barulho das vozes e das garrafas ao redor. Afinal, tinha convivido com ela durante mais de dezoito anos.

— Oi, Tami.

Minha irmã abriu caminho por entre as pessoas que esperavam na fila do bar. Ela expressava uma mistura de surpresa e satisfação ao me ver ali.

— Esse é o último lugar no mundo onde eu esperava te encontrar.

— Pois é, eu também nunca ia me procurar aqui.

Tami reparou em Camila ao meu lado e sorriu pra ela.

— Foi você que operou esse milagre?

— Foi superfácil — respondeu Camila. — Só tive que insistir por três semanas inteiras, durante três turnos, inclusive domingos e feriados.

Eu e Tamires rimos do comentário, mas percebi que minha irmã exagerou um pouco. Ela jogou o cabelo para o lado, como se... paquerasse? Camila não deu a mínima. Achei aquela cena tão perturbadora que puxei Tamires na minha direção, fazendo ela ficar de costas para Camila.

— Desculpa não ter te avisado que eu vinha — eu disse. — Foi de última hora mesmo.

— Olha, Tônia — disse Tami, se aproximando de mim para não ser ouvida. — Já que você tá aqui, preciso te falar uma coisa...

— Tami, pegou a cerveja?

Meus ossos gelaram do crânio até o mindinho. Aquela era outra voz que eu conhecia muito bem. Eu sabia o tom que ela usava quando fazia um plano ou tirava sarro de algo que eu falei. O jeito sonhador que usava para falar da minha irmã. O grave que fazia quando sussurrava meu nome no meu ouvido.

— Júlia, peraí — disse Tamires, tensa. — Depois a gente conversa, pode ser?

— Vocês estão aqui *juntas*? — disparei.

Mesmo tentando controlar meu tom de acusação, não consegui falar de outra maneira. Júlia me olhava com os olhos arregalados e a boca entreaberta. Ela também não fazia ideia de que iria me encontrar ali.

— Não é bem isso — começou Tamires, mas Júlia se adiantou na minha direção.

— Tônia — ela disse com a voz suave. — Eu tô tentando falar com você há semanas.

Respirei fundo para me acalmar. A última coisa que eu queria era fazer um escândalo bem quando resolvi sair para me divertir, depois de passar dias sofrendo. Vi Camila erguer os ombros enquanto encarava Júlia, pronta para a briga — ou, possivelmente, para me defender. Do outro lado, minha irmã olhava de mim para Júlia, sem saber se nos separava ou nos deixava acertar as contas. Era como se todas assistissem a uma faísca voando na direção de uma montanha de dinamite.

De repente, a cena congelou ao meu redor. Júlia me fitava com seus olhos grandes suplicantes. Uma pessoa atrás dela parou com a garrafa de cerveja a meio caminho da boca. O som do ambiente se dissipou.

Dona Eumínia surgiu entre Júlia e Tamires.

— Tá uma palhaçada isso aqui, hein, garota?

Dessa vez, não resisti à aparição. Sabia que era uma forma de a minha mente lidar com situações difíceis. Dei de ombros e tomei um gole da cerveja.

— Bom te ver, dona Eumínia. Fazia tempo que você não aparecia.

— E olha só no que deu. Escuta aqui, Antônia, eu vim porque senti que esse é um momento decisivo pra você. E só Deus sabe como você precisa de ajuda nessa vida.

Eu não aguentava mais viver daquele jeito. Queria me livrar de todo aquele drama, mas não conseguia. Tamires vivia perguntando se eu estava bem. Camila queria me animar a qualquer custo. Até mesmo Júlia, o motivo da minha fossa, tentava falar comigo sem parar.

— A Júlia é o motivo da sua fossa? — disse Dona Eumínia sem vergonha nenhuma de ter lido meus pensamentos. — Tem certeza?

Olhei para Júlia, estudando seus traços, suas roupas, suas curvas. Era inegável o efeito que ela tinha sobre mim, mesmo depois de tantos dias afastada. Em seguida, encarei minha irmã. Pobre Tamires. Ela era inocente nessa história toda. Reparei que estava com o olhar fixo em Júlia. O jeito que ela a olhava... Talvez a segunda parte do plano de Júlia estivesse mesmo funcionando.

— Não! — falei com firmeza. — *Eu* sou o motivo da minha própria fossa. Eu e minha burrice, minha ingenuidade, minha esperança. A Júlia nem sabe que gosto dela. Eu nunca tive coragem de contar.

— Por que você não fala, então?

Encarei o rosto de Tamires e suspirei. As coisas ficavam cada vez mais claras na minha mente.

— Desde o começo do plano eu prometi pra mim mesma que não ia continuar se machucasse a Tamires. Ela está sentindo alguma coisa pela Júlia, isso tá na cara. Eu vou consertar tudo. Sou eu que tô sobrando aqui.

Dona Eumínia me olhou em silêncio. Pela primeira vez, percebi que ela estava com... pena? Essa era nova.

— Não sabia que você tinha essa nobreza toda dentro de você — disse.

— Nem eu.

Dona Eumínia se aproximou e colocou a mão no meu rosto, carinhosa.

— Sai por cima, minha filha.

E, assim como tinha aparecido, sumiu num passe de mágica.

O ambiente descongelou e tudo voltou ao normal. Júlia e Tamires continuavam esperando minha resposta.

— Eu não queria conversar — respondi, olhando para Júlia. — Precisava de um tempo. Mas agora tô melhor.

Meu tom saiu suave e controlado, e me parabenizei mentalmente. Parecia uma adulta equilibrada e sensata, e não uma garota que ia armar um barraco em um bar universitário — ainda que, às vezes, eu de fato quisesse ser essa pessoa.

Júlia arregalou os olhos, surpresa com o que ouviu. Até Tami não parecia esperar aquela reação. Pela minha visão periférica, eu sabia que Camila também estava incrédula.

— Fiquei feliz que vocês estão aqui juntas — completei. Era a cereja do bolo. — Acho que podemos ser todas amigas daqui pra frente.

O rosto da minha irmã se iluminou. Ela deu um passo à frente e me abraçou. Pouco antes de ser esmagada pelo abraço, percebi que Júlia estava com as sobrancelhas franzidas, ainda sem entender o que tinha acabado de acontecer.

— Muito bom ouvir isso, maninha. Eu e a Júlia conversamos bastante nas últimas semanas. A gente tava preocupada com você.

Senti um gosto amargo na boca. Elas estavam conversando esse tempo todo, claro. Júlia não perdia tempo. Forcei um sorriso.

— Eu tô bem melhor agora, sério. E não se preocupa comigo, Tami. — Me aproximei do ouvido dela para que só ela me ouvisse. — Se rolar algo entre você e a Júlia, não vou ficar chateada.

Tami me olhou com estranheza. Ela parecia incrédula, como se não reconhecesse a própria irmã. Estava prestes a falar alguma coisa quando senti a mão de Júlia me puxando para perto. Ela se aproximou de braços abertos, hesitante.

— Posso te dar um abraço?

Pode. Pode me abraçar, me beijar, fazer o que quiser comigo. Quer minha vida? Eu te dou.

— Pra quê, Júlia?

— Porque eu senti saudades.

Não tinha mais forças — usei toda minha energia para fingir que estava bem com aquela situação. No momento em que assenti, Júlia enlaçou minha cintura e, quando percebi, eu estava com o rosto encaixado em seu pescoço. Tentei barrar qualquer impressão, qualquer sentimento, mas seu cheiro inundou minhas narinas e tomou conta do meu cérebro. Eu estava rodeada de *Júlia*. A melhor sensação do mundo. Um vício que eu precisava cortar pela raiz.

Dei um passo para trás e forcei um sorriso, fingindo que não tinha me abalado com aquele abraço. Ela também pareceu diferente. Não mostrava a confiança de sempre. Parecia prestes a falar alguma coisa quando Camila me puxou para longe dela.

— Vamos precisar da Tônia aqui pra uma conversa, tá? — disse ela. — É um debate sobre um filme que a gente viu hoje na faculdade. Vocês não devem conhecer.

A fala deixou claro que Camila estava encerrando a visita delas ao nosso canto do bar. Júlia também entendeu o recado e olhou curiosa entre mim e Camila, a mão dela no meu braço de forma íntima e insistente.

— Claro, vamos deixar vocês à vontade — respondeu Tamires, simpática como sempre. — Muito bom te ver, Camila.

Camila apenas assentiu. Eu já sabia que ela não suportava Júlia, mas o desgosto pela minha irmã era novidade.

Júlia acenou para mim em despedida e eu acenei de volta. Queria ter virado as costas um segundo antes, a tempo de não ver sua mão nas costas da minha irmã quando elas desapareceram entre a multidão.

Cerca de quatro horas e infinitas cervejas depois do meu encontro com Júlia e Tamires, eu estava ótima. Cem por cento. Era como se nada tivesse acontecido. Aliás, eu estava tão bem que proferi as seguintes palavras:

— Galeraaaaaaaaaaa, vamo no karaoke?!?!

Marina Coachella, Davi e Estevão concordaram, entusiasmados. Todo mundo já estava bêbado e o Biritão fecharia em cerca de vinte minutos. Camila parecia um pouco mais sóbria, ou melhor, menos trôpega. Seu riso estava solto e ela me tocava mais do que o normal.

— O que que te deu, hein? — perguntou, me olhando divertida.

— Vontade de me divertir com meus amigos, ué.

— Que animada — ela zoou.

Me aproximei dela com um ar de desafio. Nossas bocas estavam a milímetros de distância.

— Você não faz ideia.

Nos encaramos por alguns instantes enquanto Camila olhava para minha boca. Eu chegava a sentir o turbilhão de pensamentos dentro dela. Felizmente, eu estava plena. Não pensava em mais nada. Naquela noite, eu só queria sentir.

— Chegou o Uber! — berrou Marina Coachella, quebrando o clima.

Quinze minutos depois, nós cinco estávamos sentados em um banco apertado de um karaoke lotado escolhendo qual seria nossa primeira música.

— Quem curte Strokes? — perguntou Davi enquanto ajeitava o chapéu.

— Ninguém com menos de trinta anos — Camila respondeu.

— Vamos cantar uma da Dua Lipa? Ou da Lana del Rey! — sugeriu Marina Coachella, honrando o apelido que eu tinha criado.

— Por que você quer acabar com a festa, Marina? — disse Estevão, fazendo Camila cuspir um pouco da cerveja ao dar risada.

— Olha quem fala — rebateu Marina. — Você tem a maior cara de que vai botar Legião Urbana e derrubar o rolê.

— A Legião Urbana de hoje em dia *é* a Lana del Rey.

— Não é! É a Taylor Swift, que tem aquela música de dez minutos.

Antes que a discussão terminasse, os primeiros acordes de "Esqueça-me se for capaz" soaram no alto-falante do karaoke. Um grupo de garotas animadíssimas cantava dividindo os microfones.

A letra me pegou em cheio, como as músicas sertanejas costumam fazer com a gente. Esse sucesso da Maiara e Maraisa com a Marília Mendonça falava exatamente sobre uma pessoa que tinha passado por uma desilusão, tinha sido rejeitada, porém sabia que a outra pessoa ainda pensava nela.

Só essa parte não era verdade. Eu tinha certeza de que Júlia não estava nem aí pra mim. Ela devia inclusive estar curtindo uma noite incrível com a minha irmã, do jeito que era pra ter sido desde o início.

— Ei... — A voz de Camila me despertou dos pensamentos induzidos pela sofrência. — No que você tá pensando?

Seu olhar fulminante deixava claro que não aceitaria "Júlia" como resposta. Antes que Camila começasse um sermão sobre eu ter que superar aquela garota, tentei sorrir de forma sedutora, como tinha visto minha irmã fazer tantas vezes.

— Em você — disse, confiante. — Em como seria te beijar.

Camila me olhou séria por alguns instantes, até que explodiu em uma gargalhada. Estevão, Davi e Marina Coachella pararam de cantar e olharam para nós sem entender nada.

Senti meu rosto queimar. Valeu a tentativa, mas eu definitivamente estava a anos-luz de Tamires no quesito sedução.

— Piada interna — disse Camila para nossos colegas, que logo retomaram a cantoria. Em seguida, ela se voltou para mim, ainda rindo. — O que é que te deu, Antônia?

— Sei lá. É tão absurdo assim?

— Depois de tudo que você fez? É um pouco, sim.

— Sem compromisso — insisti. — Eu tô bêbada, você tá bêbada, e eu tô na fossa. A solução perfeita é a gente ficar.

— Pra você, né? — rebateu. — O que eu ganho com isso?

Encarei Camila com a boca meio aberta. Depois fechei e, em seguida, abri de novo. Não tinha nenhum argumento bom para oferecer. Eu não sabia se era boa de beijo. Não sabia se era boa na cama. A única pessoa que tinha testado meus encantos tinha escolhido ficar com a minha irmã, o que não era muito animador.

— Nada, eu acho — respondi, me encolhendo. — Você tem razão, foi uma ideia idiota.

Camila deve ter sentido pena de mim, porque me impediu de ir pro lado oposto do sofá, o mais longe possível dela.

— Sem sentimento envolvido? — perguntou. — Você sabe que eu não quero drama.

Eu assenti. Camila se levantou rápido e se sentou no meu colo. Davi, Estevão e Marina Coachella berravam tão alto o refrão da música que não perceberam nada. Além disso, o sofá era apertado, então estávamos todos quase sentados um em cima do outro.

Camila passou sensualmente os braços por cima dos meus ombros. Aquele lado dela eu não conhecia. Ela sempre tinha se controlado perto de mim, respeitado meu espaço. Mas era o momento dela.

Nós nos olhamos por alguns instantes sem dizer nada,

sem fazer nenhum movimento. A música continuava martelando na minha cabeça: *Beijar outras bocas depois que termina é fácil demais... Fazer sexo por fazer todo mundo faz, mas esqueça--me se for capaz...*

— Não é porque seu cérebro tá ocupado pensando na pessoa errada — disse Camila, sensual — que seu corpo não pode curtir com a pessoa certa.

Fechei os olhos e beijei Camila pela primeira vez, com a intimidade de quem já tinha feito aquilo antes. Essa era a vantagem de beijar amigas — não tinha constrangimento nem expectativas irreais para esse tipo de situação. Éramos apenas duas pessoas curtindo um momento que daqui a pouco ia passar.

E assim ficamos ao longo da noite, voltando a nos beijar nos intervalos entre músicas e goles de cerveja.

Explosão nuclear

Pela primeira vez em semanas — ou talvez na vida inteira —, cheguei em casa depois que minha irmã já tinha ido dormir. A porta do quarto dela estava entreaberta, o que de cara me deu um grande alívio. Significava que não tinha nenhuma garota com ela.

Isso não queria dizer que ela não tinha transado com Júlia. Havia vários lugares onde poderiam ter ficado a sós. Casa da Júlia, motel, carro, terreno baldio. Sacudi a cabeça para espantar os pensamentos. Não era um caminho que eu queria percorrer.

Espiei pela fresta da porta e vi Tamires dormindo profundamente. Ao contrário de mim, que roncava e babava a noite inteira, ela dormia como uma princesa da Disney. Até nisso minha irmã era perfeita. Mesmo assim, não pude conter o calorzinho que senti no peito quando a vi descansando. Tamires sempre me protegeu de tudo e de todos; era bom poder retribuir fazendo ela se sentir bem. Mesmo de coração despedaçado.

Segui para o meu quarto, onde tudo era mil vezes mais caótico e bagunçado que no quarto dela. Ao contrário da minha irmã, eu não trabalhava, então não tinha dinheiro pra comprar mobília descolada nem decoração bonita. Tentei lembrar se Júlia havia comentado alguma coisa do ambiente no dia que dormimos juntas. Antes que a enxurrada de memórias começasse, subi a barreira imaginária no meu cérebro e me joguei na cama.

Dona Eumínia me aguardava sentada na cadeira de sempre, dentro do pôster na parede.

— E aí, como foi a noitada? Foram pra boate?

— Ninguém mais fala boate, Dona Eumínia.

— Ai, que saco, tem que ler um dicionário pra andar com o jovem de hoje. Desembucha, criatura.

Sentei na cama para conversar de frente para ela. Se eu ia ter uma conversa imaginária comigo mesma interpretando uma personagem fictícia, tinha que ser o mais realista possível.

— Eu beijei a Camila. Quer dizer, ela me beijou. Ou melhor, foi de comum acordo.

— Foi um beijo ou um contrato jurídico?

— Eu prometi que não teria nenhum sentimento envolvido. E ela sabe o que sinto em relação à Júlia.

— Ela sabe que você é uma sapatão emocionada?

Assenti, sem forças para discutir.

— Então por que você tá com essa cara de pastel murcho? Não foi bom?

Tentei organizar os pensamentos em meio ao álcool que ainda dominava meu cérebro. Desde que saí do karaoke e me despedi de Camila, vinha tentando entender o que tinha rolado entre a gente. Passamos a noite inteira meio que de casal, ainda que não fôssemos nada uma da outra. Tinha sido bom. Eu me senti querida, desejada, uma boa companhia. Mas...

— Foi bom, sim — eu disse. — Um bom diferente.

— Diferente do quê?

— Quando eu beijei a Camila, senti água corrente.

— Ahhh, safadinha — comemorou Dona Eumínia, os bobes sacudindo de um lado pro outro.

— Não, não desse jeito — me apressei a corrigi-la. — Sabe uma coisa que a gente estudou na escola e aí, quando se depara na vida, já sabe o que esperar? Tudo exatamente do jeito que deve acontecer, sem surpresas. Foi bom.

— Não tô entendendo nada — disse Dona Eumínia. — O que a água tem a ver com isso?

— Com o tempo, o movimento da água vai gerando energia... Mas demora um bom tempo pra virar eletricidade.

Dona Eumínia me encarou, finalmente em silêncio. Quase comemorei que tinha conseguido calar aquela falastrona pela primeira vez na vida. Assim que se recuperou, ela disse:

— Eu não sei como foi que eu entrei numa fofoca e saí numa aula de física.

— Não foi como beijar a Júlia — concluí, decidindo tirar aquilo da frente para sempre.

Se meu subconsciente estava me perturbando para falar sobre aquilo, era porque ali tinha coisa.

Dona Eumínia revirou os olhos e suspirou, irritada. Ela acendeu um cigarro e ajeitou a bolsa no ombro. Tenho certeza de que, se ela estivesse fora do pôster, teria me dado uma bela bolsada.

— E como é beijar a *abençoada* da Júlia? — perguntou.

— É tipo uma explosão. Energia nuclear — respondi. Aos poucos, um sorriso foi tomando meus lábios. — Átomos soltos colidindo o tempo inteiro. Na hora que a gente se beijou pra valer pela primeira vez, foi como se minha vida tivesse finalmente começado, e tudo o que aconteceu antes fosse só um ensaio.

Assim que terminei de falar, percebi que estava fazendo papel de trouxa mais uma vez. Dona Eumínia deve ter se compadecido porque não me xingou. Ela apenas deu uma baforada no cigarro e disse:

— Numa coisa eu vou ter que concordar... Essa menina é mesmo uma cria de Tchernóbil.

Acordei na manhã seguinte com um cheiro delicioso de bacon. Não criei esperanças porque imaginei que fosse do vizinho, mas, para minha alegria, estava vindo da cozinha de casa mesmo.

Tamires estava fazendo um café da manhã de hotel. Bacon, ovos (fritos *e* mexidos), panquecas, tapioca, café daquele chique que é mais caro, frios, frutas cortadas. Sentei no balcão que separava a sala da cozinha e observei minha irmã terminar de espremer algumas laranjas para fazer suco.

— Não sabia que o café da manhã estava incluído na diária — brinquei.

Tamires quase derrubou a jarra quando me ouviu. Ela se virou com um sorriso nervoso no rosto.

— Bom dia, Tônia. Nem vi que você tinha levantado.

Eu deveria ter desconfiado que algo estava errado — minha irmã só cozinhava de forma compulsiva quando estava com problemas. E, como a vida dela era praticamente perfeita, isso não acontecia com frequência.

— Tá tudo bem? — perguntei.

Tamires logo assentiu e colocou a jarra e um copo na minha frente.

— Quer suco? Pão? Vou fazer torrada também.

Segurei seu braço antes que ela começasse a caçar mais coisas para cozinhar.

— Acho que já tem coisa o suficiente aqui. Vamos comer antes que esfrie.

Ela hesitou por alguns segundos, mas se sentou no banco do lado oposto do balcão. Nós nos servimos em silêncio até que nossos pratos e bocas estavam cheios.

— Tem algum motivo pra isso tudo? — perguntei, tentando ser discreta.

Não queria ir direto ao ponto: *você enlouqueceu completamente?*

— Tava pensando em algumas coisas — respondeu de forma vaga. Terminou de engolir um pedaço de panqueca e, então, pareceu lembrar de uma coisa muito importante. — Aliás, você tem um tempinho hoje? A gente precisa resolver as coisas da viagem.

— *Viagem?!*

Tami me olhou com um sorriso no canto da boca, parecendo esquecer dos problemas que a afligiam.

— Tá chegando o feriado, maninha.

Ela indicou o calendário preso na porta da geladeira. Já estávamos no mês de maio e eu mal tinha percebido o semestre passar. Desde que eu havia conhecido Júlia, os dias tinham se tornado um grande borrão na minha mente.

Existia uma tradição na família desde antes do nascimento da minha irmã. Quando meus pais se casaram, compraram um terreno no interior que aos poucos transformaram numa chácara. A casa era simples, porém aconchegante, e a área externa tinha piscina e churrasqueira. Como eles amavam festa junina, decidiram fazer um evento todo feriado de Corpus Christi e chamar os amigos para passar uns dias na chácara.

Eu e Tamires amávamos aquele feriado com todas as forças. Os amigos dos meus pais também tinham filhos, ou seja, era uma ótima oportunidade para brincar com outras crianças. Mais tarde, quando chegamos na adolescência, Tamires provavelmente foi o primeiro beijo da maioria das garotas naquelas viagens. Talvez mais tarde tenha sido a primeira a fazer outras coisas com elas também. Mesmo sem participar *desse* tipo de atividade, eu adorava a paz de estar quatro dias longe da cidade.

Passava o feriado lendo na frente da piscina, comendo quitutes juninos e dando risada das histórias da minha irmã.

Depois que meu pai se foi, eu e Tamires decidimos manter a tradição para honrar sua memória. Minha mãe não quis mais visitar a chácara — era muito doloroso para ela —, então passamos a convidar nossos amigos mais próximos para a festa junina. Eu às vezes levava uma ou outra colega da escola; já Tamires tinha que fretar um ônibus para todas convidadas. Já chegamos a receber mais de trinta pessoas de uma vez. Onde elas dormiam ainda é um mistério para mim.

— A gente precisa fechar a lista de convidados pra poder comprar as coisas — disse Tamires, me trazendo de volta para a realidade. — Já sabe quem você vai chamar?

— Acho que o pessoal da faculdade — falei sem pensar muito. Eu não tinha tanta gente assim para convidar. — Camila, Davi, Estevão e Marina Coachella.

Tamires abriu o bloco de notas do celular e foi anotando os nomes. Quando parei de falar, ela ficou esperando com os dedos a postos para digitar, como se viesse muito mais gente em seguida.

— Pode ir falando.

— Só esses mesmo — completei.

Dei uma espiada no bloco de notas e a lista que ela tinha feito tinha uns cinquenta nomes.

— Tamires! — Peguei o celular das mãos dela e comecei a olhar os convidados. — Não tem como tudo isso de gente dormir na chácara! Só tem três quartos!

Ela tomou o celular de volta e o enfiou no bolso da calça. Não parecia nem um pouco preocupada com as acomodações.

— Já falei com algumas pessoas. Vamos montar um camping no quintal.

Fiz uma careta de nojo. Acampar estava na minha lista de coisas mais absurdas do mundo, junto com trilhas na mata e tomar banho gelado.

— Sério? As pessoas *querem* fazer isso?

— Que que tem? É da hora acampar.

— Desde que não seja no meu quarto, tudo bem.

— Claro, maninha. Nossos quartos ficam pra gente. O terceiro quarto é pros nossos amigos mais próximos. O resto da galera dorme onde tiver espaço.

Não me parecia a coisa mais sensata do mundo, mas tinha funcionado até então. Fazia três anos que Tamires organizava essas viagens e nada muito ruim tinha acontecido — tipo, ninguém tinha morrido.

— Eu queria te perguntar uma coisa — começou.

Seu semblante ficou carregado como estava quando a encontrei cozinhando.

— Fala.

— Você se importaria se eu convidasse a Júlia?

Um raio caindo na minha cabeça seria menos doloroso.

Enfiei uma panqueca inteira dentro da boca e tentei forçar um sorriso. A verdade é que eu queria vomitar.

— Eu sei que o término de vocês é recente — continuou, preocupada. — Mas eu acho que vai te fazer bem. Você precisa superar essa garota, Tônia. Eu dou rolê com todas as minhas ex e elas viram minhas amigas rapidinho.

Ao contrário de mim, minha irmã definitivamente não era uma sapatão emocionada. Às vezes eu achava que Tamires ficava esperando eu desabrochar para virar uma pessoa igual a ela. Como se fosse o único caminho possível. Como eu poderia fazê-la entender que éramos diferentes?

Mas essa era uma discussão que eu não estava pronta para ter. No fundo, eu sabia que ela só queria meu bem. E talvez… Passar tempo com Júlia.

— Claroporquenão — falei com a boca cheia. Tamires não entendeu nada. Engoli a maçaroca e limpei a garganta. — Claro, por que não? Ela é sua amiga, né?

Uma pontada de culpa passou pelo rosto de Tamires. Eu senti o golpe, mas também tinha falado aquilo de propósito. No fundo, eu queria que minha irmã confessasse que tinha algo a mais com Júlia. Talvez assim eu finalmente me livrasse da responsabilidade de tê-la enganado.

— É, sim — respondeu. — Vai ter bastante gente lá. Vocês nem precisam conversar nem nada.

— Tranquilo — eu disse enquanto recolhia meu prato e ia até a pia para não ter que continuar aquela conversa. — Pode deixar os pratos aí que eu lavo tudo, já que você cozinhou.

Mesmo de costas para ela, eu sabia que Tamires me encarava em silêncio. Enfim, ela deixou o prato sobre a pia e saiu.

Eu esfreguei aquele prato com tanta força que as dobras dos meus dedos ficaram brancas.

Pé na estrada

Quatro semanas se passaram até a quarta-feira em que partiríamos para a chácara, na véspera do feriado de Corpus Christi. Meus convidados adoraram a ideia e toparam de imediato. Afinal de contas, que universitário ia recusar a oportunidade de ficar quatro dias curtindo numa chácara no feriado? E com uma festa junina incluída, ainda por cima. A gente cobrava um valor de cada um para comprar comidas e bebidas, mas a estadia era de graça para todo mundo.

As coisas estavam indo bem entre mim e Camila. Nossos beijos em festas e barzinhos depois da faculdade se tornaram comuns. Ela sempre reforçava que não tinha sentimento envolvido, que eram só beijos entre amigas, principalmente quando o pessoal zoava nossa pegação constante. Camila não gostava quando perguntavam se eu ia assumi-la.

— Não tem o que assumir — dizia. — A gente só tá curtindo o momento. Vários deles.

A verdade é que eu gostava do conforto de ficar com ela. Era previsível, óbvio e natural. A gente tinha muitas coisas em comum, nosso beijo encaixava, nossas piadas tinham o mesmo humor. Era como beijar a melhor amiga. Quer dizer, era *literalmente* beijar minha melhor amiga.

Porém, a energia elétrica não aparecia. A água continuava correndo e, de vez em quando, no meio de uma pegação mais forte, até vinha uma faísca. O suficiente para acender uma lâmpada. Não era nem de perto a potência gerada por uma usina nuclear. E eu sabia muito bem que só tinha um lugar onde poderia encontrar aquela energia.

Por mais que eu tentasse esquecer Júlia, ela aparecia na minha mente pelo menos uma vez por dia. Em um meme engraçado que me lembrava algo que ela falou. Em uma foto que ela postou no Instagram. Em um roteiro que eu começava e parava de escrever em seguida. Tamires evitava falar sobre ela, mas eu sabia que estavam conversando o tempo todo, talvez até se vendo. Mais do que isso: elas podiam estar ficando. E eu não tinha nada com isso. Dei minha bênção e deixei o caminho livre para minha irmã e a nova crush dela.

Porém, eu teria que passar quatro dias morando na mesma casa que Júlia, o que tornava bastante difícil não pensar nela.

Eu e Tamires fomos para a chácara antes de todo mundo para acomodar as compras e preparar a casa. Por mais que a gente tentasse usufruir daquele lugar, nós duas tínhamos vidas corridas na faculdade (ela bem mais que eu) e não conseguíamos ir muito lá. Quando chegamos, a casa estava com um leve cheiro de mofo e os móveis tinham uma bela cobertura de pó.

Abrimos todas as portas e janelas e ligamos a geladeira e o freezer. Despejamos mais de duzentas latas de cerveja ali dentro, fora as carnes e os ingredientes para comidas juninas.

Depois de descarregar o carro e limpar os quartos e banheiros, tiramos do armário da sala uma caixa antiga e amassada. Era a decoração da festa. Esse momento sempre vinha com uma onda de nostalgia de todos os invernos que passamos naquela casa, rodeadas por nossa família e amigos. Era impossível não sentir um aperto no peito quando eu pensava no meu pai. Como eu queria que ele estivesse ali com a gente.

— Olha isso — disse Tamires enquanto afastava algumas bandeirinhas e tirava uma foto antiga do fundo da caixa.

Era uma fotografia meio amarelada e amassada, tirada ali mesmo na chácara mais de quinze anos antes. Meu pai posava no meio do quintal, de frente para a churrasqueira, segurando as mãos das filhas pequenas. Tami vestia uma camisa xadrez e um chapéu de palha. Ela posava e sorria para a foto como se fosse uma modelo mirim. Já eu usava um vestido de babados cor-de-rosa — provavelmente ainda não tinha estilo próprio e deixava minha mãe escolher minhas roupas — e tranças nos cabelos.

A coisa pela qual meu pai mais prezava era a união entre suas filhas. Ele sempre dizia: "tudo é passageiro, menos a família. Vocês sempre vão ter uma à outra, mesmo depois que eu e sua mãe não estivermos mais aqui".

Olhei para Tamires sentindo meu coração apertar. Ela também segurava as lágrimas. Nos abraçamos sem dizer nada.

O primeiro carro chegou pouco depois que o sol se pôs. Claro que eram as pessoas mais à toa da lista de convidados: Camila, Davi, Estevão e Marina Coachella. Pouquíssimos alunos conseguiam trabalhar durante o curso de cinema, principalmente nos primeiros anos, que eram integrais. Para completar, quase não existiam estágios remunerados na área, o que atrasava a entrada dos alunos no mercado de trabalho.

Foi Camila quem sugeriu matar a aula da tarde na quarta-feira para que eles pudessem chegar à chácara antes de todo mundo. Tínhamos combinado que eu os hospedaria no único quarto disponível para que não precisassem acampar do lado de fora.

— Deus me livre ter que brigar por cama como se fosse o BBB — Camila disse quando eu contei sobre a situação das acomodações.

Assim que Davi estacionou o carro caindo aos pedaços, Camila desceu correndo e entrou na casa carregando sua mala.

— Onde fica o quarto? — perguntou apressada.

— Oi pra você também — respondi. — Fez boa viagem?

— Bora, Antônia, desembucha!

Fiquei assustada com o quanto ela parecia a Dona Eumínia naquele momento.

— Primeira porta à direita.

Ela saiu desembestada pelo corredor ao mesmo tempo que Tamires vinha lá de dentro carregando uma pilha de toalhas e roupas de cama. As duas quase se trombaram, mas Camila conseguiu desviar a tempo e entrou no quarto correto.

— Essa Camila é uma figura — comentou Tamires, achando graça.

— Tenta conviver com ela cinco dias por semana — respondi.

A verdade é que eu não achava nem um pouco ruim a companhia dela. Camila era leve, divertida, sarcástica e irônica na medida certa. A gente odiava as mesmas matérias e professores, e ambas amávamos história do cinema brasileiro. O sonho dela era ser diretora. Ela dizia que, se mais mulheres dirigissem, os filmes refletiriam melhor a realidade das pessoas que viviam em nosso país — especialmente mulheres negras como ela.

Meu negócio, por outro lado, era me trancar em um quarto sozinha e contar histórias. Eu queria ser roteirista. Se ninguém me notasse, melhor ainda. Por isso foi tão estranho perceber que eu era a protagonista da história maluca que estava vivendo com Júlia. Eu achava que o papel principal sempre ficava com pessoas como Júlia e Tamires, jamais como eu.

— Você acha isso porque nunca viu uma protagonista como você em lugar nenhum — Camila me disse em alguma conversa de bar. — Por isso é tão importante que a gente assuma as narrativas e conte nossas histórias.

Na chácara, meus outros colegas passaram por mim carregando suas respectivas malas e eu os segui para mostrar o quarto que dividiriam. Era um cômodo pequeno com dois beliches, um de cada lado da parede, um armário embutido e uma TV de tubo que provavelmente não funcionava mais. Camila já estava sentada na cama do alto de um dos beliches, arrumando o lençol para garantir seu lugar. Só faltou colocar arame farpado e cerca elétrica ao redor da escada pra impedir que outra pessoa se aproximasse.

— Tem lençol e toalha no armário — eu disse enquanto os demais se acomodavam. — Podem ficar à vontade. Talvez uma ou duas pessoas durmam aqui no chão, nos colchonetes.

— Ah, não — reclamou Camila enquanto descia as escadas. — Não quero dividir quarto com gente estranha. Fora que não vai ter espaço pra mais ninguém se o Davi e a Marina tiverem trazido todos os chapéus deles.

Davi e Marina Coachella se encolheram, ajeitando sutilmente seus chapéus.

— Eu avisei que não era um hotel cinco estrelas — respondi, dando de ombros.

— Você vai estar tão bêbada que não vai nem perceber onde dormiu — disse Estevão.

— E você vai ficar onde? — perguntou Camila pra mim.

— No meu quarto.

— Você tem um quarto *só* pra você?

— Vantagens de ser a dona da casa.

Camila atravessou o cômodo rumo ao corredor, passando por nós como se fosse um furacão. Nós a seguimos pelo corredor até que ela chegou na porta do meu quarto e entrou sem pedir licença.

— Caramba, dá pra dormir dez pessoas aqui!

Revirei os olhos. Todos os quartos da casa eram iguais, exceto pelo dos meus pais, que tinha um banheiro anexo. Quando minha mãe deixou de vir, minha irmã passou a ficar na suíte, e o antigo quarto dela virou o de hóspedes, com os beliches. O meu continuou a mesma coisa: cama de casal caindo aos pedaços, armário cheio de ácaro e uma janela que dava para o quintal.

Camila se virou para mim e segurou meus ombros, séria.

— Antônia, eu vou dormir aqui.

— Oi?

— Esse é um dos benefícios de ser sua amiga colorida — disse enquanto atravessava o quarto de volta para o corredor. — Ganhei um upgrade na acomodação.

— Não é justo! — bufou Marina. — Se é só dar uns beijos na Antônia, também quero meu upgrade!

Ela veio na minha direção fazendo beicinho. Desviei no último segundo e segui pelo corredor atrás de Camila.

— Também não é assim — eu disse, tentando defender minha honra.

Camila saiu do quarto de hóspedes carregando a mala e a roupa de cama que havia acabado de deixar no colchão do beliche. Ela jogou tudo em cima da cama de casal do meu quarto e se sentou ali para demarcar território.

— Pode ficar tranquila que não vou tentar *tirar sua honra* — ela disse, sarcástica. — É só pra dormir mesmo.

Sem opção, assenti, mas não sem notar o frio na barriga. Eu nunca tinha transado com Camila. Nunca fomos além daquelas pegações mais quentes, mas, dividindo o quarto, a *cama*...

Será que a faísca entre nós enfim se tornará uma corrente de alta-tensão?

Desde que eu e Tamires assumimos a organização da festa, o evento passou a se chamar Arraial das Irmãs. Um nome simples, bonito, que significava exatamente o que era. No âmbito informal, no entanto, outro nome começou a circular: *Arraial da Sapatão de Sítio*. Nenhuma de nós duas chegava perto de ser da Categoria Fazendeira: nós amávamos morar na capital, éramos cheias de frescuras e não entendíamos nada da vida rural. Mas eu não tinha nada contra o apelido e sei que Tamires secretamente adorava, então acabou pegando.

Não demorou para que os primeiros convidados da minha irmã começassem a chegar. Na verdade, *todos* os convidados que chegassem dali em diante eram dela. Sendo assim, deixei Tamires responsável por receber e acomodar todo mundo e fui com meus amigos organizar a festa de abertura do arraial. O evento aconteceria no dia seguinte, mas precisava adiantar a decoração.

Foi gostoso passar esse tempo com eles. Nunca tive muitos amigos. Eu não era o tipo de pessoa que andava em grupo. Pela primeira vez, era parte de alguma coisa e me sentia bem com isso. Davi, Estevão e Marina Coachella não eram superparecidos comigo, mas eram divertidos e gostavam tanto de cinema quanto eu. No Ensino Médio eu não tinha com quem conversar sobre filmes e diretores favoritos. Por mais que eles tivessem um gosto mais artístico, a gente sempre conseguia levantar debates interessantes sobre lançamentos e tendências.

À noite, Tamires preparou um churrasco com os dez ou doze amigos dela que tinham chegado, e me aproximei do grupo meio tensa. Não queria me sentir assim, porém era inegável que eu estava nervosa para reencontrar Júlia. Camila percebeu a mudança no meu comportamento e fez questão de ir na frente para conferir quem estava lá. Foi só quando ela fez um sinal de positivo que deixei a casa e me juntei aos demais no quintal.

Não interagimos muito com os amigos de Tamires. Em sua maioria eram mulheres e, como sempre, todas orbitavam ao redor dela. Torci para que ela ficasse com alguma delas — ou com todas. Minha lógica era simples: se Tamires ficasse com outras pessoas, isso significava que ela não estava tão envolvida com Júlia.

— Garota, você já ouviu falar em relacionamentos não monogâmicos? — exclamou Dona Eumínia na minha cabeça.

— Você não foi convidada pra essa viagem, Dona Eumínia. Fica quieta!

Quando bocejei pela terceira vez, Camila anunciou que era hora de a gente ir para a cama. A festa começaria logo depois do almoço do dia seguinte e iria até de manhã, então precisávamos descansar enquanto ainda era tempo.

Agradeci Camila com o olhar quando nos levantamos e começamos a caminhar de volta para a casa. Em seguida gelei, pois lembrei que estávamos prestes a dividir uma cama de casal. Não tínhamos nos beijado naquela noite, mas isso não queria dizer que não poderia rolar. Será que Camila tinha planejado aquilo? Será que ela estava esperando que eu tomasse alguma atitude?

Assim que fechou a porta do quarto, Camila se aproximou de mim. Em vez de me beijar, ela me segurou pelos ombros e me sacudiu.

— Para de pensar tanto, Antônia! Dá pra sentir sua ansiedade daqui. Isso não faz bem antes de dormir.

Ela atravessou o quarto casualmente e abriu a mala, que estava em cima da cama. Em seguida, tirou a camiseta e ficou só de sutiã. Era uma peça branca simples, mas, em contraste com sua pele, ficava linda.

— Não vai rolar nada — disse ela, como se ouvisse meus pensamentos. — Pelo menos não hoje. Fica tranquila.

— Não quis insinuar que você...

— Eu sei. Mas também sei que você é meio paranoica. — Ela tirou o sutiã de costas para mim e vestiu uma camiseta larga que servia como pijama. Em seguida, se virou de volta para continuar a conversa. — Quando a gente se beija em uma festa, é coisa de momento. Fora esses momentos, a gente é só amiga. Você não precisa ficar tensa o tempo todo, achando que deve agir de alguma forma específica.

Camila tirou a calça jeans e guardou na mala. Em seguida, tirou a mala da cama e se deitou. Para ela aquilo claramente não era nada de mais.

— Tem certeza? — perguntei. — Certeza absoluta? Eu não quero fazer nada que vai te magoar.

Camila já estava começando a adormecer. Ela tinha essa habilidade durante as aulas, que dirá deitada em uma cama.

— Tenho, Tônia. Se um dia a gente estiver se pegando e quiser vir pra cá transar, que ótimo, já tô com roupa de ir. Mas aí vai ter que ser dito e concordado. E definitivamente não vai ser hoje, que eu já tô caindo de sono. Agora apaga essa luz.

Apaguei a luz e me deitei ao lado de Camila, tentando afastar os pensamentos ansiosos da minha cabeça.

Arraial da Sapatão de Sítio

Ao longo da quinta-feira, a casa foi enchendo. As cinquenta pessoas que Tamires havia convidado logo se tornaram mais de cem. Tinha tanta gente quanto nas festas do apartamento — um número igualmente inapropriado para o tamanho do espaço.

O dia passou rápido com tantas coisas para organizar. Quando percebi, a churrasqueira já estava acesa e a mesa de quitutes juninos montada. Corri para o quarto para vestir minha roupa junina: calça jeans com alguns remendos costurados, regata branca e camisa xadrez aberta por cima.

No momento em que abri minha mala para separar as roupas, quase tive um ataque do coração. A camisa xadrez que eu havia trazido não era a que eu sempre usava na festa junina, mas sim a que Júlia tinha me emprestado quando dormi na casa dela.

Eu me sentei na cama, desolada, segurando o tecido xadrez entre os dedos. Me senti uma idiota. Como que eu não percebi que era a camisa errada na hora de fazer a mala?! Para piorar a situação, fui inundada pela lembrança daquele dia.

— E aí, como fiquei?

Júlia se aproximou e dobrou as mangas até que ficassem na altura dos meus cotovelos. Fui pega de surpresa pela naturalidade daquela cena: nós duas no quarto dela, depois de passar uma noite (mais ou menos) juntas, nos preparando para ir à faculdade. Eu usando uma roupa dela. Ela me ajudando a ficar mais estilosa.

Eu me acostumaria fácil com isso.

— Ficou gata — ela disse.

As lágrimas já caíam pelas minhas bochechas antes que eu me desse conta. Não tive chance de pará-las. Pela primeira vez na vida, desejei que Dona Eumínia aparecesse para me falar alguma coisa, me chacoalhar, me dar um choque de realidade. Mas ela não surgiu. Ninguém apareceu.

Eu estava sozinha, segurando um pedaço do passado que não ia mais voltar.

Reparei então em outro item do meu figurino para a festa: o chapéu de couro preto que foi do meu pai. Peguei a peça em meio a mais lágrimas, mais lembranças, mais dor. Apesar de todo aquele sofrimento, eu sabia que, de alguma forma, ele sempre estaria ali comigo.

E Júlia também. As coisas que ela me fez enxergar sobre mim mesma eu carregaria eternamente. A dor, por outro lado, era passageira.

Enfim, vesti a camisa xadrez e o chapéu e parti para a festa.

Tamires, claro, tinha produzido todo um figurino. Em meio às aulas da faculdade, estágio, viagens e crushes, eu não fazia ideia de quando ela tinha tempo para inventar aquelas coisas. Fato é que minha irmã estava usando uma roupa completa de caubói, com direito a cinto com fivela de rodeio, colete de couro e até coldre — no qual encaixou uma arma de plástico cheia de bebida alcoólica. As amigas dela a rodeavam como abelhas em volta do mel. Tami claramente adorava a atenção, mas, até onde eu tinha visto, não havia beijado ninguém ainda.

Ela está deixando as possibilidades abertas para a festa, meu lado otimista pensou. *Não quer queimar a largada antes de todo mundo chegar.*

O meu outro lado, bem mais deprê, respondeu: *Ela está esperando a Júlia.*

— Antônia?

Fazer a voz de Júlia na minha cabeça é golpe baixo.

— Tônia?

A mão no meu ombro confirmou que a voz não era obra da minha imaginação, mas sim a Júlia de verdade, que tinha acabado de chegar.

Eu me virei para ela e meu coração deu um pulo. Fazia tempo que a gente não se via. Cada vez que a gente se encontrava, eu sabia que sofreria com a crise de abstinência mais tarde, mas ainda assim compensava. Valia a pena cada segundo que eu pudesse me perder nos olhos dela, sentir seu perfume, ouvir sua risada.

Júlia sorriu hesitante, como se estivesse se aproximando de um cachorrinho que acabou de conhecer na rua antes de fazer carinho nele.

— Tudo bem com você?

Eu pisquei algumas vezes, tentando recobrar meus sentidos e fingir que era uma pessoa normal.

— Tudo, tudo, sim. Fez boa viagem?

— A gente saiu às sete da manhã e só chegou agora. Mais de seis pessoas socadas num Uno. Mas, considerando que cheguei viva, não tenho do que reclamar.

Ela riu e eu a acompanhei. Isso era bom — poder estar perto dela sem me tornar uma bolota de ódio ou uma maçaroca de emoções.

— O que aconteceu com o seu carro?

Júlia mordeu o lábio, tensa. Eu lutei com todas as minhas forças para não descer o olhar até a boca dela, mas falhei no último instante. Por sorte, consegui me recuperar antes que ela percebesse.

— É uma longa história. — Então, notou minha camisa e sorriu. — Camisa bonita.

Um silêncio estranho pairou entre nós. Aquele comentário vinha cheio de significados, quase uma conversa paralela:

Você ainda tem essa camisa?

Você ainda pensa em mim?

— Desculpa, eu… — comecei, desajeitada. — Eu fiz a mala correndo e peguei a camisa errada. Mas, se quiser, te devolvo agora.

Comecei a tirar a camisa e Júlia segurou meu braço, me impedindo de continuar. Estávamos próximas como há tempos não ficávamos. Eu me assustei quando senti o choque elétrico — a corrente ainda estava ali, mais forte do que nunca.

Júlia também pareceu se surpreender. Ela deu um passo para trás e me soltou.

— Imagina, Antônia. Pode ficar com ela. Fica muito melhor em você mesmo.

Ficou gata. As palavras dela ecoaram na minha cabeça. Desviei o olhar, ávida por uma desculpa para sair dali.

Reparei nas pessoas dançando, bebendo e comendo ao redor. Em seguida, notei que Júlia ainda carregava a mochila nas costas. Tamires estava do outro lado do quintal, terminando de montar uma barraca de camping com ajuda de duas garotas — essas, sim, sapatonas fazendeiras.

Franzi o cenho. Júlia não tinha falado com Tamires ainda? Ela decidiu vir me cumprimentar primeiro?

Ela te viu primeiro e a Tami estava ocupada, disse a voz pessimista da minha cabeça. O tom dela era perigosamente parecido com o da Tristeza do filme *Divertida mente*. Senti saudades da Dona Eumínia.

Chega, respondi mentalmente. *Não tem espaço aqui para mais uma personagem fictícia falando sem parar.*

— Você quer ajuda pra deixar suas coisas? — perguntei.

O rosto de Júlia se iluminou. Acho que ela não estava preparada para ser bem recebida por mim.

— Só queria saber onde vou ficar pra poder deixar essa mochila — ela disse.

— Você não trouxe barraca?

Júlia deu de ombros.

— Tami disse que não precisava. Ela falou de um quarto de hóspedes?

Claro que ela falou. Busquei uma barraca livre com o olhar. A maioria dos convidados já estava acomodada e tudo parecia lotado de gente. Lembrava aqueles documentários do festival de Woodstock, mas as roupas eram do Coachella. Marina devia estar se sentindo em casa.

Me dando por vencida, indiquei a casa com a cabeça e comecei a andar.

— Vem comigo — disse.

Passamos pela sala, já repleta de malas no sofá e colchões espalhados pelo chão, e seguimos pelo corredor que levava aos quartos. Abri a primeira porta à direita, onde meus colegas de faculdade estavam hospedados, e deixei que Júlia entrasse na minha frente, lutando com todas minhas forças para não cheirá-la quando passou por mim.

— O pessoal da minha faculdade tá aqui nesse quarto. Davi, Estevão e Marina.

Fui apontando para as camas de cada um. Finalmente, indiquei a cama no alto de um dos beliches, que estava livre.

— Você pode ficar com aquela ali.

Júlia observou as camas mais uma vez. Parecia estar fazendo uma conta mental, estilo Nazaré Confusa.

— E a Camila? Ela não veio?

— Veio, sim, mas ela vai dormir no meu…

Parei no meio da frase e arregalei os olhos quando percebi o que e para quem eu estava falando. Nem precisei terminar a frase para que Júlia entendesse o que eu queria dizer. Não tinha como explicar que Camila estava dormindo comigo como amiga. Sinceramente, nem precisava. Júlia e eu não tínhamos nada uma com a outra — nunca tivemos — e, para completar, era bem possível que ela estivesse saindo com a minha irmã. Eu não devia satisfações a ela.

— Ah — Júlia disse, seca. — Entendi.

Ela pareceu incomodada, o que me deixou confusa e um pouco irritada. Que direito ela tinha de ficar brava por eu estar ficando com alguém que me queria? Ainda mais depois de me usar para conseguir o que *ela* queria. Eu não tinha mais nenhuma utilidade para Júlia; era justo ela me deixar viver a vida em paz.

Júlia deve ter se tocado disso e logo forçou um sorriso, abrindo seu semblante. Ela jogou a mochila na cama de cima do beliche.

— Tá ótimo. Obrigada, Tônia.

Ficamos em silêncio, evitando nos encarar. Percebi, então, que era a primeira vez que ficávamos sozinhas desde a noite que passamos juntas. Desde a manhã em que Júlia partiu meu coração.

— Melhor a gente voltar pra festa — ela disse.

Eu assenti. Era melhor assim mesmo. Não tinha mais nada a ser dito ali.

Exceto, talvez, que eu ainda era apaixonada por ela.

* * *

Quando a noite caiu, acendemos uma grande fogueira no meio do quintal, e Tamires ignorou meus alertas sobre um possível incêndio nas barracas ao redor. Enquanto eu sempre pensava nas piores possibilidades de qualquer situação, minha irmã era uma otimista incorrigível. Era fácil ter boas perspectivas quando nada de ruim jamais acontecia com ela.

Lá pelas oito, Tamires abaixou a música e reuniu todo mundo no quintal para organizar a quadrilha.

— Mulheres com mulheres e homens com homens! — gritou. — Abaixo a heteronormatividade!

Várias pessoas emitiram sons de concordância e ergueram suas bebidas para brindar às palavras dela. Eu não me lembrava com clareza, mas tinha quase certeza de que, na época dos meus pais, a quadrilha era mais tradicional. Dei risada quando Davi e Estevão, nossos amigos héteros, ficaram confusos sem saber quem guiaria quem. Marina Coachella parecia ser um pouco mais desconstruída e não teve problemas em fazer par com uma das amigas da minha irmã.

Camila me puxou pela mão até a fila de casais. Ela não me perguntou se eu queria fazer par com ela. Estava implícito. Tentando disfarçar, procurei por Júlia na fila, mas não tive tempo de encontrá-la.

A música de quadrilha começou e os casais ensaiaram alguns passos. Era aquela mesma gravação antiga das quadrilhas da escola, que tocava repetidamente nas lojas de departamentos no mês de junho. Será que ninguém nunca pensou em fazer uma versão nova? Um remix?

Quando a fila começou a andar e Camila me deu o braço, avistei Júlia perto da churrasqueira, ao lado de Tamires. Ela assistia à dança com outras pessoas que não quiseram participar. Minha irmã usava o microfone do aparelho de som para guiar a quadrilha, função que exercia todos os anos e que eu dava graças a Deus por não ter que assumir.

— Olha a cobra! — disse Tamires. Alguns casais de homens gays soltaram gritos animados. — Calma, meninos, é mentira. Ou não... A noite é uma criança.

— Essa versão eu nunca tinha ouvido — disse Camila em meu ouvido enquanto atravessávamos o quintal de braços dados. — Na minha escola de freira não era assim.

Ri e concordei com a cabeça.

— Eu acho que em *nenhuma* escola é assim.

— É por isso que a juventude tá perdida.

— A ponte quebrou! — gritou Tamires. — Um de vocês vai ter que carregar a outra pessoa pra atravessar o rio.

Eu estava começando a me inclinar para pegar Camila no colo quando ela passou as mãos pelas minhas pernas e me ergueu com facilidade. Eu devo ter soltado um gritinho um pouco ridículo porque ela começou a dar risada.

— Você achou que ia me carregar, né? Doce ilusão.

— Caramba, como você é forte desse jeito? Você se alimenta de cerveja e Doritos.

— Eu faço crossfit.

Olhei incrédula para ela. Camila gargalhou ainda mais.

— Claro que não, né, Tônia. Mas eu vou na academia de vez em quando. E você não é muito grande.

Ela me colocou de volta no chão e deu alguns tapinhas no topo da minha cabeça para indicar minha altura. Camila devia medir uns vinte centímetros a mais do que eu.

— Meu tamanho é padrão entre brasileiras da minha idade. Eu vi no Google. Você que é alta demais.

— Vamos fazer o túnel! — continuou Tamires.

Eu e Camila passamos por ela bem nessa hora e dei de

cara com Júlia ao seu lado. Ela me olhava com uma expressão indecifrável. Quando percebeu que eu a olhava de volta, virou o rosto e enrubesceu. Era uma atitude muito estranha para Júlia. Era algo que *eu* fazia quando estava perto dela.

Não tive tempo de pensar muito porque logo era nossa vez de passar pelo túnel, a parte de que eu menos gostava na quadrilha. Achava meio claustrofóbico me esgueirar pelo meio de várias pessoas desconhecidas. Camila me puxou rápido e a travessia durou menos de dez segundos, para meu alívio.

— Agora é a hora da grande roda. Uma pessoa do par pra dentro, outra pessoa pra fora.

Soltei o braço que estava envolvido em Camila e fui para a roda de dentro enquanto ela ficou na de fora. Enquanto uma roda girava para um lado, a outra girava para o outro. Devia ser uma dança bonita pra quem olhava de longe. Pra mim, nada daquilo fazia sentido. Tem horas na vida que o melhor a fazer é seguir comandos sem pensar muito no que estamos fazendo.

— E o grande final... Vamos dar adeus à nossa plateia!

Encontrei Camila no meio dos casais e enlacei meu braço no dela. Atravessamos o quintal novamente na fila dos pares, acenando para o pessoal que assistia da churrasqueira. Percebi que Júlia evitou me olhar dessa vez.

A música chegou ao fim e todos se separaram, aplaudindo a performance. Camila ria, se divertindo com o absurdo daquela situação.

— Só você mesmo pra me fazer dançar quadrilha depois de velha — ela disse.

— Foi você que me arrastou pra ser meu par — respondi, brincalhona.

Camila se aproximou de mim com uma promessa no olhar que eu já conhecia muito bem.

— Eu sempre vou atrás do que eu quero — declarou, e me beijou.

Correspondi o beijo com entusiasmo, puxando a cintura dela para mais perto. Ela entrelaçou as mãos no meu cabelo e arrancou meu chapéu. Senti o resquício de um sorriso em seus lábios. Gostei da sensação. Eu sempre me sentia em casa quando beijava Camila, como um porto seguro. Puxei as lapelas da jaqueta de couro e aprofundei o beijo.

Quando nos separamos, sorrimos. A gente sabia o que compartilhava e estávamos felizes com aquilo. Era uma forma de nos sentirmos mais próximas.

Um som de microfonia chamou minha atenção e voltei o olhar para a churrasqueira, onde ficava o equipamento de som.

— Festa junina sem casamento não vale, né, pessoal? — disse Júlia, segurando o microfone. — Quem aí quer um casório?

Várias pessoas se manifestaram a favor do casamento. Era uma tradição que ia e voltava no Arraial da Sapatão de Sítio. Na época dos meus pais, sempre tinha algum casal fazendo papel de noiva e noivo. Lembro do meu pai vestido de padre em algumas ocasiões. Depois que eu e Tamires assumimos a festa, algumas pessoas foram contra porque não concordavam com a "falida instituição do casamento no mundo contemporâneo". Outras vezes, fizemos uma cerimônia para algum casal de mulheres emocionadas.

O que eu não esperava era ver Júlia defendendo essa ideia na frente de todo mundo.

— Será que ela tá bêbada? — perguntou Camila de forma sarcástica.

Era óbvio que Júlia estava bêbada. Que pessoa sóbria ia querer organizar um casamento de festa junina?

— Bora então — continuou Júlia quando percebeu que a ideia tinha certa aprovação. — Quem aí quer ser o padre? Ou melhor, o juiz de paz, que essa festa é laica!

— Eu posso — disse Estevão, para nossa surpresa. Camila e eu começamos a rir quando ele se aproximou de Júlia. — Eu fiz um semestre de direito antes de mudar pra cinema.

— Ótimo. Fica ali então, querido. Agora eu preciso de um véu.

— Aqui! — gritou Marina Coachella.

Ela e a garota com quem dançou tiraram as comidas de cima da mesa da churrasqueira e arrancaram a toalha de mesa branca e rendada. Ela entregou a toalha para Júlia, que a colocou sobre a cabeça.

— Agora só falta a outra noiva — disse Júlia com um sorriso arteiro no rosto.

Um sorriso que eu conhecia muito bem.

Ela cravou os olhos em mim. Prendi a respiração durante os segundos em que ela me olhou sem falar nada. Ao nosso redor, todo mundo estava em silêncio, na expectativa do que ia acontecer.

Quando algumas cabeças começaram a virar na minha direção, a mão de Camila encontrou a minha e apertou forte. Eu não precisava nem ver para saber que ela estava fuzilando Júlia com o olhar.

Por fim, Júlia desviou o rosto e apontou certeira para Tamires.

— Você!

Uivos e assobios ecoaram pelo quintal. Tamires parecia surpresa. Ela apontou para si mesma e deu risada. Algumas garotas perto dela pareceram decepcionadas.

— É, você, Tamires! Se não for pra casar com a dona da festa, eu nem saio de casa!

Em meio a aplausos e gritos de apoio, Tamires foi empurrada na direção de Júlia. Ela até tentou desconversar, mas não teve jeito: logo estavam as duas diante de Estevão. Júlia enlaçou o braço de Tamires e ajeitou o véu improvisado sobre a cabeça.

— Pode começar, seu juiz — ela disse, decidida.

— A gente não precisa assistir — sussurrou Camila em meu ouvido.

— Não, tudo bem — respondi. — Eu quero ver.

Meu maxilar estava travado enquanto eu olhava fixamente para minha irmã e Júlia. Aquela era a última prova de que eu precisava para saber o que estava acontecendo entre elas. Depois disso, poderia enfim seguir adiante.

Mas parte de mim torcia pelo contrário. No fundo, eu queria que Júlia não casasse com Tamires. Queria que ela deixasse a noiva no altar e corresse na minha direção, se jogasse nos meus braços, dissesse que não poderia ser feliz sem mim.

Eu queria que ela dissesse que escolheu a irmã errada.

— Você pode falar que tem algo contra o casamento — insistiu Camila. — Na hora do "fale agora ou cale-se para sempre".

Respirei fundo e não disse nada. Mesmo sabendo que Camila estava certa, jamais faria isso. Eu era medrosa e tinha perdido a chance de revelar meus sentimentos. Agora, estava tudo nas mãos de Júlia.

— Irmãos, irmãs e irmês — começou Estevão, entrando no papel. — Estamos aqui reunidos para celebrar a união entre Tamires, sócia-proprietária do Arraial da Sapatão de Sítio, e Júlia, sua futura primeira-dama.

Júlia e Tamires deram risada. As pessoas ao redor estavam se divertindo. As únicas sérias eram eu e Camila, que assistia minha reação em vez de o casamento em si.

— Ela não sabe, Tônia — cochichou Camila. — Eu não suporto essa garota pelo que ela fez com você, mas também não acho certo você nem se dar a chance de saber o que ela sente. Você precisa falar que gosta dela.

— Não.

Pra mim, não tinha segunda chance. Eu já tinha quebrado a cara sem namorar de verdade, imagina se revelasse meus verdadeiros sentimentos!

— Júlia, você aceita ser a esposa de Tamires na saúde e na doença, na riqueza e na pobreza, até que a morte as separe ou o Arraial termine? O que vier primeiro.

— Sim, óbvio! — respondeu Júlia, animada.

— Tamires, você aceita ser a esposa de Júlia na saúde e na doença, na riqueza e na pobreza, até que a morte as separe ou o Arraial termine?

Tamires hesitou por um instante. Lembrei do episódio de *Casamento às cegas* que assisti na casa de Júlia. Minha irmã passou os olhos pela plateia, até que me encontrou. Ela fez menção de vir na minha direção, mas viu minha mão entrelaçada na de Camila. Enfim, sorriu para nós duas e se voltou para Estevão:

— Aceito.

O quintal explodiu em assobios e aplausos. Apertei a mão de Camila com mais força.

— Se alguém tem algo a dizer que possa impedir essa união — anunciou Estevão —, fale agora ou cale-se para sempre!

Respirei fundo. Um furacão de lembranças veio à minha mente: o drinque de Júlia caindo na minha roupa, nossa troca de olhares no meu quarto, as fotos na hamburgueria, as risadas no bandejão, o jantar que ela fez para mim, o pedido de namoro, a conversa com os pais dela, o jeito que ela se abriu para mim. As mensagens, as conversas, o sorriso dela, os abraços, o toque no meu pescoço, nas minhas costas, no meu rosto. O beijo na festa lá em casa. As pernas dela entre as minhas no corredor. A roupa dela no chão. Nós duas na cama. O jeito que ela me olhava quando esquecia que era tudo uma farsa.

A plenitude. Não precisar de absolutamente mais nada para ser feliz.

Júlia me olhava do altar. Eu olhei de volta para ela.

Camila soltou minha mão. Era hora de fazer minha escolha sozinha.

Então eu vi Tamires. Minha irmã mais velha, a pessoa que sempre esteve lá ao meu lado desde que nasci. As vezes que ela convenceu as vizinhas da vila a me emprestarem suas bonecas. Os tapas que deu nos meninos que faziam bullying comigo. Os conselhos, as palavras de incentivo, as séries que vimos juntas. O sorriso dela quando viu Júlia pela primeira vez. A expressão que fez quando contei que estávamos namorando.

Abaixei a cabeça e dei um passo para trás. Eu não ia fazer isso com elas.

— Declaro vocês esposa e esposa — disse Estevão. — Pode beijar a noiva!

Quando ergui o olhar novamente, vi Júlia se jogando nos braços de Tamires e as duas dando um beijo digno de final de novela.

Final feliz.

Para alguns, pelo menos.

Nem percebi que as lágrimas já começavam a cair quando entrei na casa vazia.

O tipo certo de coisa errada

A sala estava deserta, mas, mesmo que estivesse cheia, não teria feito diferença. Atravessei o espaço pisoteando colchões, malas e travesseiros, sem ligar para as manchas de terra que deixava. Quando cheguei ao corredor que levava aos quartos, parei subitamente. Não queria ficar lá dentro assim. Seria apenas uma questão de tempo até alguém vir me procurar.

Dei meia-volta e refiz o caminho até a cozinha. Um casal estava dando uns amassos no canto perto da porta. Bastou um olhar fulminante para que me deixassem sozinha. Abri a geladeira, peguei uma garrafa de qualquer coisa e comecei a beber. Estava no terceiro gole quando Camila apareceu.

Ela não tentou me impedir de beber. Também não começou a fazer um discurso sobre como eu deveria me valorizar ou aproveitar minha própria festa. Ela apenas ficou em silêncio, me fazendo companhia.

— Não precisa terminar desse jeito — ela disse.

— Já terminou.

Camila indicou com a cabeça o lado de fora da janela, onde a festa continuava com barulho de conversas, risadas e música alta.

— A festa, eu quis dizer. Você não precisa encher a cara e ir dormir.

— Você tem uma ideia melhor?

Camila se aproximou e tirou a garrafa de vodca da minha mão, colocando-a em cima da pia. Em seguida, me deu um beijo suave, apenas um encontro de lábios.

— Esquecer você não vai — disse Camila. — Mas dá pra enrolar um pouco o sofrimento. O tipo certo de coisa errada.

Ergui o braço e acariciei o rosto dela, tirando uma mecha de cabelo da frente dos olhos. Depois de minha mãe e Tamires, Camila era a pessoa que mais se importava comigo no mundo. Eu tive muita sorte de encontrá-la e meu coração me impedia de fazer qualquer coisa que ameaçasse nossa amizade.

— Você sabe que não posso me entregar por completo, né?

Camila assentiu.

— Eu só queria que você estivesse por algumas horas em um mundo onde a Júlia não existisse. Nem a Tamires. Nem nada disso aqui.

Era exatamente do que eu precisava. Camila tinha esse dom. Fechei os olhos e a beijei com toda intensidade que restava dentro de mim, tentando deixar do lado de fora tudo que não fosse só nós duas.

Enquanto sua língua entrava na minha boca, eu fiz uma prece silenciosa. Eu não era uma pessoa religiosa, mas, naquele momento, só podia contar com forças acima do Céu e da Terra. *Pai,* pensei, *literalmente, não figurativamente. Queria falar com meu pai mesmo. Se você tem algum crédito com o pessoal aí de cima, por favor, me ajuda. Sei que pode parecer estranho, mas eu queria muito me apaixonar por essa garota. É tudo o que eu peço.*

Esquecer a Júlia e me apaixonar pela Camila.

Camila se separou de mim brevemente para entrelaçar nossas mãos. Ela sorriu e me puxou rumo ao corredor. Rumo ao *nosso* quarto.

★ ★ ★

Acordei com o som de pessoas gritando lá fora. Não um grito de desespero, mas aqueles gritos que gente bêbada dá quando está jogando cartas ou fazendo uma brincadeira idiota. Depois de tantas festas em casa, eu já conhecia bem aquele tipo de ruído.

Olhei pela fresta da cortina e percebi que o sol já tinha nascido. Procurei o celular para ver as horas: 7h53. *Claro* que a festa ainda não tinha terminado. Se dependesse de Tamires, o arraial ia até o sol raiar (sim, ela já tinha feito esse trocadilho algumas vezes). Não raro eles já emendavam com o almoço, e com mais uma festa à noite, e assim sucessivamente até o fim da tarde de domingo.

Levantei com cuidado para não acordar Camila. Nem precisava ter me preocupado — ela dormia como uma pedra. A maquiagem escura que usava ao redor dos olhos estava borrada e seus cabelos estavam despenteados, espalhados pela fronha. Não contive um sorriso. Camila era tão... Camila. Ela nunca fingiria ser outra pessoa. Quem não gostasse, paciência.

Como eu queria ser desse jeito.

Nossa noite juntas havia sido uma expansão daquela sensação de água corrente. Às vezes era calma como uma chuva no começo da manhã; às vezes, uma cachoeira caudalosa depois de uma tempestade na nascente do rio. Mas, assim como os fenômenos da natureza, era previsível. Cíclico.

Algo para o qual sabemos que sempre podemos voltar.

Infelizmente minha prece não tinha sido atendida. Eu já imaginava — afinal, meu maior contato com religião fora a missa de sétimo dia do meu pai na Igreja católica. Se as forças divinas existissem, elas diriam que eu ainda devia comer muito arroz com feijão antes de sair pedindo favorzinhos.

Apesar de não ter me apaixonado perdidamente por Camila, não me arrependi do que aconteceu entre nós. Foi como ela disse: nós duas queríamos aquilo naquele momento e pronto. De fato me ajudou a afastar os pensamentos autodepreciativos e, de quebra, a ganhar mais experiência... de vida. Camila não era nada tímida e a noite havia sido um verdadeiro curso intensivo para mim.

Mas não acordei com os passarinhos cantando na janela, nem com frio na barriga. Não comecei a entoar uma música de filme da Disney — até porque Camila teria me acertado com o travesseiro se eu fizesse isso. Evitei a todo custo comparar minha noite com Camila com aquela que tive com Júlia, mas era inevitável: com Júlia, eu realmente havia me perdido de mim mesma. Em todos os sentidos.

Eu entendia, por fim, que isso era bom, mas também ruim. Ninguém deveria se sentir assim em relação a outra pessoa. Era muito poder nas mãos de alguém, muito controle oferecido. Aos poucos, um novo pensamento começava a tomar forma dentro de mim. Um caminho para me recuperar, para me reencontrar.

Abri um pouco mais a fresta da cortina e observei as pessoas que gritavam no quintal. Era um grupo de amigas da Tamires jogando cartas. No meio delas, Marina Coachella... Usando apenas seu chapéu e mais nada. Que bom para ela.

O quintal era um cenário quase apocalíptico. Parecia o clipe de "Last Friday Night" da Katy Perry. Fiquei grata por minha mãe nunca querer participar dessas viagens, ou então ela nos proibiria de voltar à chácara até que completássemos sessenta anos. Não havia nenhuma grande destruição aparente, porém o gramado estava coberto de restos de comida, latas de cerveja e garrafas vazias. Partes da decoração estavam caídas pelos cantos. Algumas pessoas dormiam no quiosque da churrasqueira ou mesmo nas boias que flutuavam na piscina.

Então reparei na toalha de renda da minha mãe toda amassada e suja de terra. Subi os olhos e me deparei com Júlia escorada na parede da churrasqueira. Ela tinha o semblante sério como poucas vezes eu tinha visto — especialmente no começo da nossa relação, quando estava preocupada se o plano ia dar certo. Ela conversava com alguém que estava de costas para minha janela, mas eu reconheceria minha irmã de qualquer ângulo, em qualquer lugar.

Franzi as sobrancelhas. Não era isso que eu esperava. Achei que elas estariam agarradas no quarto da minha irmã e só apareceriam no fim da tarde com a maior cara de felicidade. Tamires também parecia preocupada, pois ouvia de forma atenta o que Júlia tinha a dizer. Enfim, Júlia assentiu e abriu um sorriso. Tamires segurou a mão dela. As duas se abraçaram.

Pronto, de volta ao normal, pensei.

De repente senti a exaustão pesar em mim. Meus nervos formigavam. Meu estômago doía. Era meu corpo dizendo que não aguentava mais os sinais de adrenalina que meu cérebro enviava cada vez que eu via Júlia, Tamires ou o combo das duas. Não ia dar para continuar assim e eu enfim enxergava isso com clareza.

Estava na hora de desistir.

Eu queria poder dizer que fui altruísta ao deixar que Júlia viesse na viagem para que se aproximasse da minha irmã, mas não foi só isso. Eu queria vê-la, queria estar perto dela, queria que a gente tivesse a chance de se esbarrar e, quem sabe, se reconectar. Mas não dava mais para alimentar esse sentimento. Eu precisava cuidar de mim. Mesmo que isso talvez decepcionasse minha irmã.

O som de uma porta de carro batendo atraiu meu olhar para o outro lado do quintal, onde ficava um estacionamento improvisado. Um casal de amigas da Tamires terminava de carregar o porta-malas e se despedia de todo mundo. Elas eram bem mais velhas que a gente — estavam na faixa dos trinta e tinham aquele ar de vida resolvida que só os adultos de verdade têm. Tamires havia comentado comigo que elas viriam: uma era diretora de cinema e a outra, atriz. Eu estava ansiosa para conhecê-las mas, por causa da confusão da véspera, não tive tempo para mais nada.

Saí pelo quarto recolhendo minhas coisas e enfiei tudo de qualquer jeito na mala. Sem querer, acabei chutando o pé da cama quando abaixei para pegar meu carregador de celular, e Camila se mexeu, grunhindo de sono.

— Camila — falei baixinho para não assustá-la. — Obrigada e desculpa.

— Essa é uma coisa muito estranha pra falar pra alguém depois de transar — murmurou sem abrir os olhos.

Vi um pequeno sorriso se formar em seus lábios.

— Você é minha melhor amiga. Você sabe disso, né?

Ela abriu um dos olhos preguiçosamente. Em seguida, viu que eu segurava a mala feita e suspirou.

— Vai na paz que eu te cubro.

Eu me joguei em cima dela e a abracei com força. Camila deu uns tapinhas nas minhas costas. Era impressionante como conseguíamos voltar rápido ao modo *apenas amigas*.

— Aproveita a suíte presidencial — eu disse antes de sair.

Camila acenou e se virou de bruços na cama, voltando a dormir. Às vezes não precisamos de alguém que questione se o que estamos fazendo é certo. Às vezes precisamos só de uma pessoa que nos apoie, mesmo quando não entende nossas decisões. Camila era essa pessoa e eu seria grata para sempre por tê-la na minha vida.

Passei sorrateiramente pelo corredor e saí de casa pela porta da frente, evitando passar pelo quintal. Eu sabia que aquele plano só funcionaria se não tivesse que dar satisfações a Tamires. Cheguei no estacionamento quando as mulheres já estavam dentro do carro, começando a manobrar para sair.

— Licença, desculpa atrapalhar — disse, ao me aproximar da janela aberta. — Vocês tão indo pra São Paulo?

— Isso — respondeu a mulher no banco do carona. — Você é a irmã da Tami, né?

— Isso mesmo. Antônia.

Elas sorriram, simpáticas.

— Meu nome é Marília — disse a mulher que estava no banco do carona. Ela apontou para a esposa, que dirigia. — Essa é a Nanda. Você tá precisando de alguma coisa?

— Será que vocês me dariam uma carona? — perguntei. — Podem me deixar em qualquer estação de metrô.

As mulheres se entreolharam, preocupadas.

— Você vai embora no meio do feriado? — indagou Nanda.

— Vocês também estão indo — respondi sem pensar duas vezes.

Nanda riu. Marília parecia preocupada com minha urgência.

— A gente tá indo ver nosso filho — explicou. — Minha mãe ficou com ele em São Paulo, mas hoje ele acordou com amigdalite.

— Eu também tive uma emergência — comecei a inventar uma história. — Eu tô fazendo um documentário sobre... semáforos. O que acontece quando eles quebram, quem conserta, como as pessoas seguem suas vidas em meio ao caos.

Elas me olhavam, incrédulas. No fundo da minha mente pude ver Dona Eumínia de boca aberta, chocada com a história mirabolante que eu contava.

— Queimou um semáforo superimportante na avenida Paulista. Acabei de ficar sabendo — falei, e mostrei o celular. — Se eu sair agora talvez dê tempo de pegar a câmera e filmar o conserto. Achei melhor não atrapalhar minha irmã, ela tá se divertindo tanto...

— Quantos anos você tem mesmo? — perguntou Nanda.

— Dezoito. Quase dezenove já.

As esposas trocaram mais um olhar, numa conversa silenciosa. Por fim, Marília se voltou para mim e sorriu:

— Sei como é. Também trabalho com cinema.

Respirei aliviada. *Obrigada, divindades*, pensei. *Não atenderam meu pedido original, mas agora estão correndo atrás do prejuízo.*

— A gente te deixa na linha amarela, pode ser? — perguntou Nanda.

— Claro, obrigada!

Entrei rapidamente no carro e sentei no banco de trás. Inclinei o pescoço, observando as pessoas no quintal. Tamires olhava na direção do carro como se tivesse reparado em algo estranho. Eu me joguei no banco para que ela não me visse enquanto seguíamos para a estradinha de terra na frente da casa.

— É o meu processo criativo — falei para Marília, que me olhou lá da frente. — As ideias fluem melhor quando tô deitada.

E tive que viajar até São Paulo naquela posição desgraçada.

Enfim só(s)

Pesquisei no Google: *coisas que vão fazer eu me sentir melhor.*

Entre diversas matérias sobre autocuidado, encontrei um post sobre atividades que poderia fazer sem gastar muito para "curtir um tempo comigo mesma e levantar minha autoestima".

Dona Eumínia me acompanhou, opinando do pôster sobre cada item. Eu estava sentada diante do computador, ainda de pijama.

— Autocuidado? Que autocuidado, menina? Toma um calmante com vinho branco que você tá curada.

— Obrigada, Dona Eumínia, mas eu não quero ser encontrada desacordada quando minha irmã voltar de viagem.

— O jovem de hoje é uma coisa assim que eu não entendo. Uma caretice, um exagero!

— Vou tomar o vinho em sua homenagem — concedi. — Tá dizendo aqui no segundo item que é pra tomar algo que eu goste. Mas o remédio vou passar, até porque nem tenho receita médica pra isso.

— Eu tenho um contato aqui na minha bolsa…

— Número três — li em voz alta. — "Assista a alguma coisa que você gosta. Em caso de término de relacionamento, evite comédias românticas."

— Você pode ver meus filmes — sugeriu Dona Eumínia, orgulhosa.

— Taí uma boa ideia. Número quatro: "desligue o celular e fique longe das redes sociais por um dia".

Não seria muito difícil. Todos aqueles seguidores que ganhei por causa da Júlia desapareceram assim que parei de postar fotos com ela.

— "A alternativa para as viciadas em Instagram é colocar uma roupa bonita, fazer uma maquiagem e tirar uma foto bem produzida para postar e se sentir linda" — continuei lendo a matéria. — Nossa, que trabalheira.

— Ser bonita dá trabalho, viu, anjo? Ou você acha que o amor da sua vida vai bater aí na porta com você vestida desse jeito?

Ela indicou meu corpo de cima a baixo com desdém. Eu usava uma calça de moletom cheia de furos e uma camiseta antiga com as mangas puídas. Não era apenas um pijama: era *o* pijama da fossa.

— Seu timing é ótimo, porque olha só o número cinco: "tire o pijama e vista algo glamuroso, mesmo que vá ficar dentro de casa".

Nem precisei abrir meu armário para saber que não tinha nada glamuroso ali dentro. Mas eu sabia exatamente onde encontrar tal roupa.

Abri o armário de Tamires e arrastei os cabides para lá e para cá à procura de algo que fosse bonito e confortável. Meu Deus, como ela tinha roupas de couro! E camisas xadrez. Em meio a tons escuros e elegantes dignos de uma edição internacional da *Vogue*, meus dedos tocaram algo fofinho e macio. Puxei o cabide e me deparei com um roupão branco com um brasão de hotel cinco estrelas bordado no peito. Lembrei que Tamires sempre levava um souvenir dos hotéis onde ficava a trabalho, uma compensação pelas horas extras de estágio mal remunerado.

— Número seis — li quando voltei ao meu quarto, já vestida com o roupão. — "Coma algo que você adora."

Quando chegou a hora, desci na portaria de roupão mesmo, me sentindo uma personagem da novela das nove, para pegar o pacote do delivery da hamburgueria ali perto. Tudo que você come em casa sentada no sofá fica vinte vezes mais gostoso.

— Finalmente, número sete: "cuide da sua pele. Faça uma máscara de hidratação".

Eu nunca tinha feito isso na vida. Já tinha visto algumas pessoas em revistas ou no Instagram com aquele creme no rosto, mas nunca entendi direito para que servia. Depois de ler uma receita caseira feita com açúcar e mel, passei aquela meleca na cara e me joguei no sofá coberto de migalhas de hambúrguer. Fechei os olhos, tentando estimular meus poros a se abrirem para a hidratação.

Eu estava realmente me sentindo bem melhor.

Até que ouvi a tranca da porta começar a se mexer.

Abri os olhos no maior susto. Olhei para a porta e vi a maçaneta girar. Ainda era sábado à tarde e eu tinha certeza de que minha irmã não viria antes do domingo. Eu tinha explicado para ela através de uma longa mensagem que precisava de um tempo sozinha e estaria sã e salva na nossa casa. Camila tinha prometido que acalmaria Tamires e não deixaria que ela viesse atrás de mim, mas sem entrar em detalhes sobre meu coração partido.

Tateei os bolsos em busca do celular, mas, seguindo o quarto item, tinha deixado ele desligado e guardado na gaveta da escrivaninha. Talvez Tamires tivesse me ligado mil vezes e eu não tivesse atendido. Suspirei com o choque de realidade. Era bom demais deixar o mundo real para trás por algumas horas, mas tinha chegado o momento de encarar as consequências dos meus atos.

Quando a porta se abriu, quem apareceu não foi Tamires, mas sim Júlia, reclamando do molho de chaves em suas mãos.

— ...ta que pariu, que coisa impossível de abrir, porra!

Quando ela me viu, se calou de imediato, ainda com a porta aberta e as chaves na mão. Eu a olhei de volta, igualmente assustada. Nunca, em um milhão de anos, esperaria encontrá-la na sala de casa depois de tudo que tinha acontecido na noite anterior. Ou nos últimos meses.

— Posso ajudar? — eu disse, erguendo a sobrancelha.

Minha primeira reação foi me sentir invadida. Eu tinha deixado a festa para não ter que lidar com ela, e lá estava ela, na minha casa, sem pedir licença.

— Oi, Tônia. — Ela sorriu meio constrangida. — Posso entrar?

— Bom, você tem a chave — respondi, grossa. — Isso quer dizer que *alguma* dona dessa casa autorizou sua entrada.

Eu sabia que aquelas chaves eram de Tamires. Isso era óbvio. Júlia nem se deu ao trabalho de explicar. Ela apenas fechou a porta e deixou as chaves na mesinha de apoio. Em seguida, enfiou as mãos nos bolsos e ficou olhando ao redor, como se procurasse palavras para explicar sua presença.

— Se você tá procurando a Tamires, ela ainda não voltou — eu disse ríspida, fazendo o melhor que podia para ignorar a presença dela.

— Eu sei — respondeu Júlia. — Eu tava com ela agora há pouco lá na chácara. Foi você que eu vim ver.

Respirei fundo, sentindo a exaustão voltar a dominar meu corpo. Depois de horas me livrando do cansaço, em questão de segundos ele me dominou de novo.

Eu não ia mais fingir que estava tudo bem, não quando a presença de Júlia claramente estava me fazendo mal. Eu me levantei, irritada, e explodi:

— O que você quer, Júlia? Você acha certo vir aqui sem pedir permissão, sem avisar?

Júlia recuou, assustada. Eu nunca tinha falado assim com ela. Finalmente, me senti dona de mim mesma. Não estava mais me segurando para agradar os outros.

— Eu te mandei um milhão de mensagens — ela disse de forma suave. — Te liguei, te mandei até e-mail...

— Eu desliguei o celular. É um sinal bem claro de que não quero ser incomodada.

Júlia parecia se esforçar para manter os ânimos controlados. Ela assentiu e se sentou ao meu lado. Fiz de tudo para manter as narinas concentradas no cheiro adocicado da máscara facial e não cair na tentação de sentir o perfume dela. Eu não podia amolecer — aquele era o momento de colocar um ponto-final na nossa história.

— Não foi só agora — continuou. — Eu tô tentando falar com você há um tempão.

— A gente tava na mesma festa ontem. Não faltaram oportunidades.

— Com a Camila pendurada em você a noite inteira?!

Eu me virei para ela, indignada com a audácia.

— Como se *você* não ficasse grudada na minha irmã o tempo todo!

— Não era isso que você queria? — ela disse, subindo o tom. — Você mesma disse pra Tamires se aproximar de mim!

— Era o que *você* queria! — rebati. — Seu plano deu certo, a Tamires é sua, vocês até casaram!

Júlia riu, mesmo sem achar graça. Eu não estava entendendo nada.

— Foi uma brincadeira, Tônia. Um casamento de festa junina!

— O beijo parecia de verdade — falei, e imediatamente me arrependi.

Eu não queria que ela soubesse o quanto aquilo tinha me afetado, mas também não conseguia mais sufocar meus sentimentos.

— Não tanto quanto seus amassos com a Camila.

Júlia parecia igualmente abalada com a conversa. Sua voz tremia enquanto ela falava.

Fiquei surpresa com a acusação. O silêncio pesou entre nós.

— Desculpa — ela disse, se retraindo. — Não é da minha conta.

— Não mesmo. — Respirei fundo. — Eu tô com a Camila, você tá com a Tamires. Não entendo qual é o problema. Tá tudo resolvido, exatamente como você arquitetou meses atrás.

Júlia me encarou, confusa. Não era totalmente verdade que eu e Camila estávamos juntas, mas, naquele momento, eu só queria magoá-la.

Por fim, Júlia se pronunciou:

— Antônia...

Eu me virei na sua direção, hesitante.

— Eu não tô com a Tamires — falou.

— Como assim? — questionei, sem entender.

— Eu nunca tive nada com a sua irmã. A gente é só amiga.

Do que ela estava falando? E todas as mensagens que elas trocaram? Os olhares nas festas, os toques, os sorrisinhos? Minha bênção para que se aproximassem depois do nosso término? Eu tinha certeza absoluta de que elas estavam pelo menos ficando.

— Como assim? Você é apaixonada pela minha irmã há séculos!

Júlia abaixou a cabeça. Ela respirou fundo, como se estivesse prestes a fazer um discurso que ensaiou diversas vezes. Quando voltou a me olhar, reconheci sua expressão: era a mesma que usava quando se abria. Poucas ocasiões eu tinha visto tanta vulnerabilidade em seus olhos.

— Eu achei que gostava da Tamires. De verdade. Ainda mais quando todo mundo falou que ela era difícil, que nunca namorava. Você tinha razão quando lembrou da fala da minha mãe: "o caminho mais árduo te leva aonde mais ninguém chegou". Foi só aí que comecei a entender.

Assenti. Lembrava claramente daquela conversa.

— Cresci ouvindo minha mãe falar isso. Achei que só ia dar orgulho para os meus pais se conquistasse o que era mais difícil. Fui a melhor aluna, representante de turma, a garota mais desejada da escola. A única coisa que eu nunca tinha feito era conquistar alguém impossível. E aí surgiu a Tamires. — Ela fez uma pausa para recuperar o fôlego. — A gente ficou aquele dia na festa e foi bom, mas não a ponto de me apaixonar perdidamente. No fundo, acho que eu só queria provar que conseguiria conquistá-la. Que eu seria a primeira mulher a ter um namoro sério com a Tamires.

Era difícil processar tudo aquilo. Eu me sentia no pé de uma montanha vendo uma avalanche prestes a me soterrar. Não dava para fugir, apenas assistir a coisa toda acontecer.

— Aos poucos fui percebendo que a minha obsessão pela Tami não fazia o menor sentido... O difícil era admitir isso pra mim mesma, depois de tanto tempo gasto com aquele plano absurdo. Hoje eu sei que tava errada. Não só em relação à Tami, ao plano, ao jeito que te usei... mas a *tudo* na minha vida. Quanto mais eu te conhecia e a gente se envolvia, mais ficava claro que eu tava vivendo uma farsa. Que eu tava sendo injusta comigo mesma e, pior ainda, contaminando as pessoas ao redor com as minhas mentiras.

Júlia se endireitou na cadeira. Ela sorriu para mim, me fazendo derreter por dentro.

— Você é sempre tão verdadeira. Tão... *você*. Isso me ajudou a me enxergar de outra forma. Eu contei tudo para os meus pais — ela disse. — Falei que não faço medicina.

Quase caí do sofá com aquela revelação. Nem em um milhão de anos eu poderia imaginar Júlia, a filha perfeita, batendo de frente com Sonali.

— É por isso que você tava sem carro lá na chácara? — perguntei.

— Aham — confirmou. — E vou ter que me mudar também. Meus pais cortaram tudo.

Apesar da dura realidade, ela não parecia triste, nem irritada. Parecia mais leve. Livre.

— Sinto muito — falei. Mesmo chateada com ela, ainda me sentia mal pelo que tinha acontecido. — Pode ser que demore um pouco, mas as coisas vão se ajeitar.

— Eu sei. Meu pai tem falado comigo escondido da minha mãe. E eu já mandei currículo pra vários restaurantes procurando estágio.

Júlia se aproximou sutilmente de mim no sofá. Eu lutei contra o ímpeto de me afastar. Se ela estava se abrindo e confiando em mim, só me restava fazer o mesmo.

— Nada disso teria acontecido sem você, Tônia — ela disse de forma carinhosa. — Depois das nossas conversas e do jeito como você enfrentou minha mãe, eu... Eu me senti inspirada. Encorajada.

Isso me pegou ainda mais de surpresa. Eu nunca tinha sido inspiração para ninguém. Parecia algo que falariam da minha irmã.

— A verdade é que eu fui tão longe com essa história de conquistar a Tamires que enterrei um sentimento muito mais bonito. Um sentimento que era de verdade.

Júlia olhou ao redor, analisando minha sala de estar. Ela sorriu como se lembrasse de algo. Em seguida, apontou para o canto que dava no corredor.

— Lembra quando eu tropecei em você e derrubei bebida na sua blusa? Ali, naquele canto?

Acompanhei o olhar dela e sorri. Fazia tempo que não me permitia visitar aquela memória. Era uma das minhas favoritas — uma lembrança de um tempo em que Tamires ainda não existia entre mim e Júlia.

— Claro que lembro — disse. — Fiquei toda pegajosa. Tive até que trocar de roupa.

— Eu sei. — Ela me encarou com um sorrisinho malicioso. — Lembro de você tirando a roupa na minha frente.

Engoli em seco e desviei o olhar. Júlia percebeu minha reação e se adiantou. Ela segurou firme a minha mão e, com a outra, ergueu meu rosto com delicadeza para que eu voltasse a olhá-la.

— Naquele dia da festa, quando eu derrubei bebida em você... foi de propósito.

Levantei tanto as sobrancelhas que senti a pele da testa esticar. Que bom que eu estava com aquela máscara facial para prevenir marcas de expressão.

— Como assim *de propósito*? — Minhas palavras saíram tão baixas que pareciam um sussurro.

— É uma técnica de paquera — ela disse, dando de ombros.

— Uma *técnica*? Acabar com a roupa da crush?

Júlia riu. Seu sorriso era um raio de sol que aquecia meu coração. E, pela primeira vez em semanas, parecia mesmo que o tempo ia abrir.

— É um jeito de chamar atenção, de puxar conversa. Ir pra um lugar mais reservado, fazer a pessoa tirar a roupa...

Eu estava chocada demais para falar qualquer coisa. Não sei o que era mais surreal: o fato de Júlia ter se interessado por mim primeiro, ou ela usar essa "técnica" absurda.

— Eu fui naquela festa com o objetivo de ficar com a lendária Tamires que todo mundo falava — ela disse. — Mas aí conheci você. Tentei ignorar os sentimentos que você despertava em mim e enfiei na cabeça que era a Tami que eu precisava conquistar. Mas sempre foi você. Só você conseguia fazer meu coração disparar. Do seu lado, eu sentia que podia me despir de todas as mentiras. Que podia finalmente ser eu mesma. Que, juntas, a gente podia conquistar o mundo.

Foi aí que a avalanche me atingiu em cheio. Vi o rosto de Júlia se aproximar do meu, os olhos fechados e os lábios entreabertos, prontos para me beijar...

— Não! — exclamei, levantando para aumentar a distância entre nós.

— Antônia...

— Não, Júlia. Chega. Eu não aguento mais viver assim. Dói demais. Você não faz ideia de como foi difícil gostar de você esse tempo todo...

Quando me dei conta do que tinha falado, mais um silêncio recaiu entre nós. Eu ouvi Júlia arfar ao meu lado. Meu coração batia tão forte que dava para sentir até no ouvido.

— O que você tá dizendo? — ela perguntou, hesitante.

Não tinha mais como fugir.

— Que eu sou apaixonada por você! Não queria, nunca quis, mas aconteceu. E tô cansada de sofrer. Uma hora você beija minha irmã na minha frente, outra hora diz que é de mim que gosta de verdade... Eu... eu não aguento mais.

Senti o peso que carregava se esvair dos meus ombros. Nas diversas vezes que me imaginei confessando meus sentimentos para Júlia, nunca pensei que me sentiria assim. Medo, terror, pânico, tudo tinha previsto — nunca alívio. Isso me deu coragem para continuar falando:

— Estou apaixonada por você desde aquela droga de festa. Desde que você derrubou o drinque em mim. Por isso aceitei fingir ser sua namorada. Eu achei que poderia ter uma chance se a gente se conhecesse melhor. Eu fui muito, muito burra. Nunca poderia competir com a minha irmã. Mesmo que você tenha se interessado por mim no início, você sempre ia acabar preferindo ela.

— Foi assim que você se sentiu no dia que a gente transou?

Assenti em silêncio. Se abrisse minha boca, se falasse mais alguma coisa, ia começar a chorar. E a última coisa que eu queria era chorar na frente dela. Ainda mais usando aquela máscara facial ridícula.

— Me desculpa — ela falou baixinho. — De coração. O que eu fiz foi completamente irresponsável. Eu não sabia como você se sentia, e ainda estava confusa com meus próprios sentimentos. Não queria te machucar.

Mas machucou, eu quis dizer. Não saiu nada. Sabia que não era só culpa dela. Eu nunca tinha dito que estava apaixonada. Era tarde demais pra consertar o estrago.

— Desconfiei que você pudesse sentir alguma coisa no começo — continuou. — Torci, até. No dia do pedido de namoro... Eu perguntei se tinha alguma coisa que te impedia de continuar com a farsa, lembra?

Puxei a lembrança daquele momento. Júlia tinha me dado a chance de contar a verdade antes que o plano fosse para a frente. Na época, eu não tive coragem de me expor e arriscar ser rejeitada.

— Eu deixaria tudo de lado se você sentisse alguma coisa por mim. Mas você disse que não...

— Não tenta jogar a culpa em mim — rebati. — Não tem como justificar o que você fez.

Júlia foi rápida em concordar.

— Claro, você tem toda razão. O que eu fiz não tem desculpa. Mas queria explicar meu ponto de vista.

Júlia parou, pigarreou e continuou:

— Tônia, eu fui uma idiota. E eu sei que você nunca mais vai querer falar comigo, ainda mais agora que tá com a Camila. Por mais que me machuque ver vocês juntas, eu sei que ela te trata bem. Do jeito que você merece. Do jeito que eu nunca soube fazer.

Júlia ficou em pé, e fiz o mesmo. Ficamos frente a frente, mas ela não tentou se aproximar, respeitando meu espaço.

— Lá na festa junina, eu… Eu forcei a barra com a Tamires. Pra me vingar, talvez. Fiquei com ciúmes.

Ciúmes de mim. Júlia estava com *ciúmes de mim*.

— Quando eu vi você beijando a Camila depois da quadrilha, não aguentei. Inventei aquela história toda do casamento com a Tamires só pra te provocar.

— Isso era tudo o que eu queria ouvir… — falei. Júlia sorriu, mas permaneci séria. — *Meses atrás*. Agora é tarde demais. Você não faz ideia de como me machucou ser trocada pela minha irmã.

Comecei a caminhar pela sala enquanto botava tudo para fora:

— A verdade é que eu sempre me senti uma sombra da Tamires. Não me entenda mal, eu amo a minha irmã, mas ela tem uma personalidade marcante, chama atenção aonde vai. Sempre foi assim. Durante a minha vida inteira eu fui "a irmã da Tamires". A segunda filha. A outra irmã. A segunda opção. Sei que não é justo com você porque vai além do nosso relacionamento, mas não posso mudar o que senti. Eu odiei ser sua segunda opção. E, mesmo você me querendo agora, não sei se consigo deixar de me sentir assim.

Júlia ensaiou falar duas ou três vezes, mas enfim entendeu que não havia mais nada a ser dito. Todas as nossas cartas estavam na mesa — sem farsas, sem planos —, e era minha vez de decidir qual seria o próximo passo, ou se a história terminava mesmo ali.

Com um sorriso triste, ela se despediu e foi embora sem falar mais nada.

A primeira opção

Tamires chegou na noite de domingo e me encontrou andando de um lado para o outro na sala. Eu estava de banho tomado e usava minhas roupas de sempre. Elas podiam não ser estilosas como as de Tamires, mas eram minhas. E eu me bastava.

Tinha passado a noite em claro e boa parte do dia borbulhando de ansiedade. Passei e repassei minha conversa com Júlia milhões de vezes na cabeça, às vezes com ajuda da Dona Eumínia. Era surreal pensar que esse tempo todo ela correspondia aos meus sentimentos. Eu obviamente ainda era apaixonada por ela, mas será que estava pronta para perdoá-la? E Tamires, como ficava nessa história? Eu precisava ter uma conversa franca com a minha irmã antes de tomar qualquer decisão.

Tamires mal tinha cruzado a porta quando despejei todos os acontecimentos dos últimos meses em cima dela. Quando terminei de contar tudo, estávamos sentadas no sofá. Ela precisou de alguns segundos para se recuperar do choque de tanta informação.

— Eu não sabia que você se sentia assim, Tônia — ela disse.

Dei de ombros, um pouco envergonhada.

— Queria que você tivesse me contado — ela continuou.

— Fiquei com medo de você me odiar — eu disse, me sentindo culpada. — Por ter te enganado esse tempo todo.

— Teoricamente não enganou — ela disse com um sorrisinho no rosto. — Se você e a Júlia se gostavam esse tempo todo, então era tudo verdade. Mesmo que o namoro não fosse.

Tamires tinha a habilidade de ver um lado positivo até nas piores situações.

Reuni coragem para fazer a pergunta final, valendo um milhão de reais.

— Você tem certeza de que não sente nada pela Júlia? Pode ser totalmente sincera.

— Você promete que não vai ficar chateada? Eu sei que você é sapatão emocionada.

— Prometo. Manda.

— No começo, eu achei ela gata — confessou Tami. — Assim como eu acho quase todas as mulheres que conheço. Quando ela me beijou, foi legal. Mas foi só isso mesmo. Até cogitei sair com ela de novo, mas achei melhor não, para ela não criar expectativas. nunca quis nada sério com ela. Nem mesmo depois do término de vocês. Na verdade, eu só me aproximei dela pra ver se conseguia fazer vocês voltarem.

Fiquei boquiaberta. Pelo visto, era um fim de semana de grandes revelações.

— Sério?

— Sério. — Ela sorriu. — No período que vocês ficaram separadas, ela ficou supermal, Tônia. Perguntava de você o tempo todo, se preocupava. A gente só falava de você. Eu sabia que ela se sentia culpada, mas não entendia por quê. Agora tudo faz sentido. Acho que você deveria dar uma segunda chance pra ela.

Meu coração se encheu de esperança. Talvez houvesse mesmo uma chance para Júlia e eu. O apoio da minha irmã era muito importante, afinal, eu sabia que ela me amava e não queria me ver sofrendo.

— Mas agora que a gente sabe que temos o mesmo gosto pra mulheres, preciso tirar uma coisa da frente...

Lá vem, pensei.

— O que foi?

— Se você voltar com a Júlia... Você se importaria se eu chamasse a Camila pra sair?

Pisquei algumas vezes enquanto processava as palavras da minha irmã, incrédula. Em seguida, comecei a gargalhar. Tamires olhou ao redor, morta de vergonha.

— Que isso, Tônia? Endoidou?

— Você que perdeu a noção! — eu disse em meio ao riso.

Tamires se encolheu no sofá.

— Tudo bem. Se preferir, eu não faço nada.

— Não, não é isso. É que a Camila jamais, em um milhão de anos, ia querer alguma coisa com você.

Comecei a rir de novo e, dessa vez, Tamires me acompanhou.

— Isso é o que vamos ver — ela disse com aquela famosa faísca no olhar.

— Vivi pra ver esse momento — falei. — Tamires querendo pegar alguém que eu peguei primeiro. E eu que achei que sempre ia ser a segunda opção...

Tamires ficou séria de repente.

— Como assim, segunda opção?

— Desculpa, eu... Eu não queria jogar isso em cima de você assim... Mas é como eu me sinto às vezes. — Respirei fundo. — Não é culpa sua, nem nada. Você sempre me ajudou, sempre esteve do meu lado. Essas inseguranças são da minha cabeça. Acho que preciso fazer terapia.

Tamires sorriu, compreensiva. Ela apertou minha mão.

— Tônia, você é incrível. Desculpa se forcei a barra pra você achar que precisava ser como eu. Você não precisa ser ninguém além de você mesma. Pode contar comigo sempre. Prometo que vou ficar mais ligada nisso de agora em diante.

Ela me abraçou com força e eu abracei de volta.

— Quem é a sapatão emocionada agora? — falei brincando.

Tamires riu. O clima entre nós ficou bem mais leve, me lembrando de como a gente se relacionava antes de Júlia surgir. Dali em diante só ia melhorar, porque eu estava tirando da frente a expectativa da comparação e meu complexo de inferioridade em relação a Tamires.

Tudo que eu vivi com Júlia me ajudara na minha relação com Tamires. Eu percebia que tinha feito tudo ao contrário: primeiro havia tentado conquistar uma garota para depois provar que sou tão boa quanto minha irmã. Na verdade, eu precisava entender que minha irmã e eu éramos pessoas iguais, ainda que diferentes em personalidade, para só depois estar pronta para amar outras pessoas.

E finalmente sentia que estava.

Eu estava de saída para a faculdade quando um entregador de aplicativo me abordou na porta do prédio. Estranhei o horário — eram sete e meia da manhã de uma segunda-feira e eu certamente não tinha pedido nada. Quando ele confirmou que a entrega era mesmo para mim, não tive escolha a não ser receber o pacote.

Não era comida, mas sim um embrulho mole e leve. Terminei de rasgar a embalagem e desdobrei o tecido que estava ali dentro.

Meus lábios formaram um sorriso quando vi o que estava lá dentro.

Um avental de cozinha com os dizeres: *Você sempre foi minha primeira opção.*

Júlia abriu a porta depois do primeiro toque da campainha. Seus olhos se iluminaram quando me viu.

Eu sabia que ela não tinha aula segunda-feira de manhã. Eu até tinha, mas e daí? Havia coisas mais importantes para resolver. Teoria da semiótica podia esperar.

Ergui o avental, um sorriso se formando no canto da minha boca.

— Uma vez você disse que avental com mensagem engraçadinha era cafona — falei.

— Antônia, eu pedi você em namoro com um carro de telemensagem — ela disse, rindo. — Acho que você já entendeu no que tá se metendo.

— Eu queria saber uma coisa…

Eu me aproximei dela, e seu cheiro maravilhoso invadiu minhas narinas. Dessa vez, deixei que me tomasse por completo.

— Se eu tivesse uma namorada cozinheira… — falei de forma sensual —, será que ela faria um almoço pra mim usando *só* esse avental e *mais nada*?

Júlia sorriu e sua respiração falhou. Era assim que eu me sentia quando estava perto dela. Eu finalmente sabia que ela se sentia da mesma forma. Ela passou as mãos pelo meu pescoço e acariciou meu rosto, me olhando como se eu fosse todo o universo dela. Como se eu fosse, de fato, sua primeira e única opção.

— Que tal entrar e descobrir?

A porta se fechou na mesma hora em que nossos lábios se encontraram, como se fosse a primeira vez. A gente merecia esse recomeço.

Final feliz

Se eu achava que acordar ao lado de Júlia era o epítome da felicidade, imagina dormir ao lado dela todos os dias. Bom, quase todos — a gente ainda tinha nossas próprias vidas pra viver, não é mesmo? Tamires logo fez piada com o fato de lésbicas se mudarem rapidamente para a casa de suas namoradas, sugerindo inclusive que adotássemos um gato com o nome dela. Por mais que tenha desprezado a ideia, sabia que o plano não ia demorar pra se concretizar.

Depois do aluguel daquele mês vencer e seus pais não renovarem o contrato na casa de Duda e Jéssica, Júlia foi morar em uma república em Perdizes, numa casa bem mais simples que o prédio onde ela vivia antes, mas não pareceu se incomodar, pois agora ela tinha liberdade de ser quem realmente era. Começou a estagiar em um restaurante no centro, perto da minha casa, por isso dormia quase todos os dias lá. Era como se morássemos juntas mesmo — e eu não achava nem um pouco ruim.

A parte mais difícil tinha sido colocar Camila e Júlia em bons termos. Eu expliquei para Júlia diversas vezes como funcionava meu relacionamento com Camila, mas ela insistia que a garota estava apaixonada por mim. Aparentemente, Júlia me achava irresistível. Tive que rir daquele pensamento, ainda que ela levasse muito a sério. Aos poucos, foi amolecendo e entendeu que Camila era minha amiga e eu não estava disposta a abrir mão disso. Júlia trabalhou o ciúme dela enquanto eu garanti que não ficaria mais com Camila, uma vez que eu e Júlia estávamos namorando sério.

Em um desses fins de semana deliciosos que ela passava comigo, acordei sentindo a cama vazia. O cheiro dela ainda estava no travesseiro, mas não havia nem sinal do ronco leve que Júlia sempre emitia quando estava dormindo. Ela tinha chegado depois das duas da manhã, depois de acabar o serviço do restaurante e lavar toda a louça. Já eu tinha passado a noite trabalhando num roteiro — finalmente tinha começado a escrever minha história original.

Acordamos lá pelas oito, mas nem nos levantamos. Nos embolamos em uma pegação frenética na nossa cama. *Nossa*. Onde terminávamos a maioria das noites, sem nenhuma saudade das festas, dos eventos, do Biritão ou do mundo lá fora. Sabíamos que uma hora teríamos que voltar a circular socialmente, pois não faz bem para o casal se fechar numa bolha, mas queríamos recuperar um pouco mais o tempo perdido. Voltamos a dormir, aproveitando que era dia de folga dela.

Depois que acordei, vesti o roupão de Tamires, que tinha virado oficialmente meu, e me levantei da cama. Estava quase alcançando a porta quando notei algo diferente. Virei para a parede sobre a escrivaninha e localizei o pôster de *Minha mãe é uma peça*.

Quem estava lá no centro não era mais Dona Eumínia. Paulo Gustavo me olhava com um sorrisinho sábio no rosto, como se entendesse toda minha jornada até ali. Finalmente, minha alucinação da personagem dele tinha desaparecido, e a Dona Hermínia de verdade poderia ter algum descanso.

Caminhei até a cozinha e me deparei com minha namorada sentada em um dos banquinhos na frente do balcão, segurando um pequeno cupcake com uma vela acesa.

— Feliz primeiro mesversário de namoro — ela disse.

Meu coração derreteu. Namorar Júlia de verdade era uma experiência de outro planeta. Ela era fofa, atenciosa e romântica, mas também fazia esforço para respeitar meu espaço. Aquela Antônia insegura de antes também estava morrendo a cada sessão de terapia que eu fazia.

Eu a abracei, e a beijei com paixão. Ela não deixou que o beijo se aprofundasse muito e me empurrou de leve.

— Apaga a vela antes que a gente cause um incêndio!

— Juntas?

Assopramos juntas e mordemos o cupcake ao mesmo tempo, uma de cada lado, nos deliciando com o sabor da massa.

— Que delícia — disse com a boca meio cheia. — Você que fez?

Júlia desviou os olhos, envergonhada.

— Não... Eu até queria, mas não deu tempo. Foi sua irmã.

Rimos juntas. Peguei mais um pedaço do cupcake e levei à boca.

— Tem alguma coisa que minha irmã não sabe fazer?

Júlia sorriu maliciosa e me puxou pela cintura.

— Tem várias coisas — disse no meu ouvido. — Me fazer sentir desse jeito, por exemplo, só você consegue.

Sorri e a beijei, sentindo o gosto do chocolate em seus lábios e sua língua. Júlia abriu um pouco mais as pernas para que eu me aproximasse e passou os braços pela minha cintura. Afundei as mãos em seus cabelos. A pegação estava começando a esquentar quando ouvimos a porta do quarto de Tamires abrir.

Eu e Júlia nos viramos para o corredor ao mesmo tempo. Camila, usando apenas uma camisa comprida e nada mais, apareceu na sala.

— Bom dia — disse, tentando parecer casual. Em seguida, virou para o corredor, mal-humorada. — Você disse que elas não estariam aqui!

Tamires apareceu logo atrás, envolvendo Camila pela cintura, ignorando o tom irritado em sua voz.

— Elas moram aqui, Cami. Bom dia, meninas!

Tamires estava animada como sempre, já vestida para sair.

— Que legal que estamos as quatro aqui, como nos velhos tempos — continuou. — Só que agora com os casais certos.

Soltei uma risada. Júlia e Camila não acharam tanta graça.

— Vamos sair pra tomar café? — disse Tami.

— Tô dentro — respondi, animada. Puxei Júlia pra que ela descesse do banquinho e me acompanhasse. — Vou só me vestir.

Em dez minutos estávamos todas devidamente vestidas e prontas para sair. Camila fingia irritação, mas eu a conhecia bem o bastante para saber que tinha adorado a noite. Tamires, por sua vez, parecia envolvida com alguém pela primeira vez na vida. Eu nunca tinha visto ela levar uma garota para tomar café da manhã depois de passar a noite em casa.

Abri a porta do apartamento e estendi a mão para Júlia. Ela sorriu para mim e pegou minha mão como quem nunca mais ia soltar. Logo depois, Tamires e Camila passaram por nós.

E assim seguimos para a rua: eu, minha crush, minha irmã, e a crush da minha irmã.

Agradecimentos

Como fã de literatura e alguém que gosta de ler os agradecimentos dos livros, fico muito feliz de ter a oportunidade de escrever meu próprio texto estilo #gratidão. E como é altamente improvável que um dia eu ganhe o Oscar, este é o meu momento.

Em primeiro lugar, gostaria de agradecer a você. Você, que leu esta história até aqui e ainda veio conferir o que a autora tinha a dizer. Te dou o maior valor! Escrever é uma atividade solitária, mas eu sempre penso muito em quem está do outro lado. Fico extremamente satisfeita de saber que este livro chegou às suas mãos e espero que a experiência tenha sido divertida. Que você tenha conseguido esquecer dos seus problemas por algumas horas ou dias, e talvez até tenha se visto de alguma forma nestas páginas. Te vejo na próxima!

Meu maior agradecimento vai para o Universo e todas as suas forças cósmicas por ter colocado minha esposa Lucí no meu caminho. Desde que a gente se encontrou, minha vida mudou por completo — para mil vezes melhor. Sabe aquele livro *Casais inteligentes enriquecem juntos*? É a gente. Juntas, solidificamos e expandimos nossas carreiras. Lucí me apoiou em tudo o que eu quis fazer e me fez acreditar que eu conseguiria. Sem ela, talvez eu não tivesse a coragem de dar o primeiro passo. Agora estamos no maior projeto das nossas vidas: expandir nossa família. Enquanto eu gestava esta história, a gente também gestava nossos filhos. Nesse momento ainda não sei se a gravidez rolou, se a adoção saiu, se é um ou se são dois. Só sei que a gente tem a vida inteira pela frente e eu não vejo a hora de continuar escrevendo nossa história.

Agradeço também meus pais, Sonia e Zé, por terem me apoiado desde criança em todas as minhas iniciativas. Na minha casa nunca rolou um "você não vai fazer isso" (a não ser que fosse algo como brincar com as facas da cozinha). Obrigada por terem me colocado em contato com a leitura e a escrita desde cedo e por terem incentivado minha escolha de trabalhar com criatividade, apesar dos percalços. E também por me aceitarem do jeito como sou. Isso faz toda a diferença.

Devo muito à autora Ray Tavares, minha amiga pessoal e primeira escritora que conheci ao vivo. Ela abriu meus olhos para as possibilidades da literatura e foi uma das maiores incentivadoras deste livro. Se eu não tivesse lido as obras dela, esta aqui com certeza não existiria. Quero agradecer também meus grandes amigos que participaram direta e indiretamente desse processo, seja com leituras beta ou com palavras de apoio: Charlie Droves, Dario Pato, Giulianna Palumbo, Letícia Fudissaku, Renata Corrêa, Water Magic Maya. Amo vocês. Obrigada por me aguentarem nos dias ruins e por me celebrarem nos bons. Quero deixar também uma menção honrosa para Diana Huh, psicóloga que me acompanhou quando eu estava escrevendo este livro e foi parte indispensável do processo.

Vocês não fazem ideia da quantidade de gente que trabalhou duro por trás destas páginas. Começando pelas minhas agentes queridas Nina Bellotto e Luísa Giesteira da Condé+, que fizeram o manuscrito chegar até a Seguinte.

Quem assumiu dali em diante foi a Nathália Dimambro, craque do jogo, uma das primeiras pessoas que acreditou nesta história. Obrigada por ter me explicado nos mínimos detalhes o caminho das pedras (que, nesse caso, foi o caminho das nuvens de tão tranquilo). Agradeço também Gabriela Tonelli e Paulo Santana, que me fizerem sentir bem recebida na editora desde o primeiro almoço (aquele arroz de polvo, hein?). Sou muito grata a estas pessoas incríveis da Seguinte e Companhia das Letras que trabalharam no livro: Antonio Castro, Adriane Piscitelli, Sofia Soter, Ale Kalko, João Araújo, Giovanna Caleiro, Maria Neves e toda equipe de vendas.

Quem deu cara e corpo para minhas personagens na capa foi a Luisa Fantinel. Desde o primeiro momento ela captou a essência da história e conseguiu transformar minhas palavras em imagens lindíssimas. Foi uma honra ter o talento dela estampando minha primeira obra.

Este livro não seria o mesmo sem o olhar cuidadoso da Juily Manghirmalani, que fez a leitura sensível sobre cultura indiana. Obrigada pela paciência e pela sensibilidade para explicar tantas questões importantes que fizeram a Júlia se tornar uma personagem mais real, e também por me ajudar a escolher os nomes dos membros da família dela.

Sou muito grata aos escritores LGBTQIAP+ que correram para que eu pudesse andar: Clara Alves (a maior que temos), Juan Jullian, Giulianna Domingues, Elayne Baeta, Felipe Cabral, Pedro Rhuas, Paula Prata, Thati Machado, Mariana Mortani, Vinicius Grossos, e tantos outros que me inspiraram e me inspiram todos os dias. As histórias que vocês escreveram me salvaram várias vezes. Se este livro existe hoje, é por causa de vocês e de todos os outros autores LGBTQIAP+ do nosso país. Obrigada por terem a coragem de contar nossas histórias. E viva a literatura brasileira!

Entrevista com a autora

1. Esta é a sua estreia na literatura e nós já somos fãs da Bia Crespo escritora! Mas vamos começar pela sua carreira como roteirista: qual é a principal diferença entre o seu trabalho anterior e a escrita de um livro? Você sentiu mais liberdade, sem precisar se preocupar com o resultado audiovisual?

Estou superanimada com a minha estreia na literatura! Sempre fui fã de livros e costumo ler muito no meu tempo livre, então fazer essa transição de leitora para autora foi uma experiência incrível.

A grande diferença entre escrever livros e roteiros é que os roteiros são apenas o pontapé inicial de uma obra coletiva. Depois que meu trabalho se encerra, muitas outras forças criativas são adicionadas até chegar ao resultado. Um filme ou série pode empregar mais de quinhentos profissionais, cada um dando seu toque pessoal, cena por cena, por isso muita coisa que está na página acaba mudando quando chega à tela. Gosto de ver o roteiro se transformando e acho que a graça do audiovisual é justamente essa energia criativa de colaboração.

O livro, por sua vez, é muito mais solitário. A responsabilidade de autoria na literatura é bem maior, mas a liberdade também. Como filmes e séries custam milhões de reais para serem feitos, tem muita gente decidindo o que vai ou não para a tela. Já na literatura há espaço para explorar gêneros e públicos abrangentes. Romances LGBTQIAP+, por exemplo, ainda são muito mais presentes na literatura que no audiovisual, em que há várias questões envolvendo o medo de afastar o público conservador. Acredito que essa realidade tende a mudar ao longo dos anos. Enquanto isso, é um alívio saber que temos outras formas de contar nossas histórias.

2. Agora que você está do outro lado, como é imaginar uma adaptação para as telas do seu próprio livro? Durante a escrita, passou pela sua cabeça um formato (série ou filme) ou elenco dos sonhos?

Com certeza! Minha escrita é bastante visual, tanto que a maior dificuldade de migrar para a literatura foi fazer os famosos diálogos internos. No roteiro nós temos uma regra máxima: *mostre, não conte*. Na literatura, quanto mais a gente conta, melhor! Foi assim que surgiu a ideia da Dona Eumínia — uma forma de a Antônia exteriorizar seus pensamentos através de diálogos bem imagéticos.

Fazer a adaptação do livro para o cinema seria incrível! Podem ter certeza que vou lutar muito por isso. Imagino que daria um bom filme. Quanto ao elenco, infelizmente no Brasil não vemos muitas atrizes com o tipo físico de Antônia e de Tamires (lésbicas desfeminilizadas). Também não temos quase nenhuma pessoa de ascendência indiana nos elencos de obras famosas. Encontrar essas atrizes seria uma forma de abrir portas para novas vozes e representações no nosso audiovisual.

3. Um dos aspectos mais interessantes de *Eu, minha crush e minha irmã* é o protagonismo de mulheres lésbicas e bissexuais, especialmente por se tratar de uma

narrativa com final feliz. Para você, qual é a importância de trazer ao mundo uma história como essa?

Eu fui adolescente nos anos 2000 e, naquela época, não existia quase nenhum personagem LGBTQIAP+ em filmes, séries e livros. Quando havia, era sempre alguém que sofria violência e preconceito. A gente não tinha acesso a finais felizes. Isso foi muito traumatizante para mim — eu achava que ser lésbica era sinônimo de viver à margem da sociedade, nunca ter uma família, nunca ser feliz. Tive tanto medo de ser repreendida que demorei anos para sair do armário em casa, mesmo tendo pais extremamente acolhedores. Foi só aos vinte e seis anos que consegui me assumir em todos os âmbitos da minha vida e, felizmente, sofri pouquíssima homofobia desde então.

Minha missão como escritora é tentar mudar essa visão que vários jovens têm do que é ser LGBTQIAP+. Não podemos apagar o fato de que a homofobia ainda é muito forte no Brasil e que bastante gente corre perigo por simplesmente ser quem se é. No entanto, também não dá para mostrar só narrativas de sofrimento. É importante dar aos jovens a esperança de que o mundo pode ser um lugar agradável, dar exemplos de famílias homoafetivas felizes, e mostrar que o futuro tem tudo para ser melhor do que o presente.

4. De Felipe Dylon à base da Virgínia, o livro é salpicado de menções à cultura pop brasileira. Como foi inserir na narrativa referências de diferentes gerações?

Eu amo cultura pop em geral, sobretudo a brasileira. Não existe nenhuma população no mundo que produza humor de forma tão natural quanto a nossa. No meu trabalho como roteirista sempre tento fazer os diálogos soarem espontâneos e isso foi transposto para o livro também. Nossa fala é cheia de referências contemporâneas, então nada mais justo do que as personagens falarem da mesma forma. Foquei especialmente em referências pop sáficas, pois nas conversas com minhas amigas usamos muito.

A maior dificuldade foi acompanhar as referências das gerações mais novas. O TikTok ajudou muito nesse sentido. No começo eu me sentia deslocada nessa rede social por ser um pouco mais velha que a maioria dos usuários, mas depois fui viciando. Além dos vídeos engraçadíssimos, consigo acompanhar o que a galera de quinze e vinte anos está vendo e comentando, o que sempre ajuda a melhorar minha conexão com esse público.

5. Nas conversas com os colegas da faculdade de cinema, Antônia acaba lidando com o embate entre obras "cult" e as que são consideradas populares ou comerciais. Como você enxerga esse debate hoje? Você acredita que histórias voltadas para jovens também sejam lidas como obras "menores" da literatura?

Infelizmente ainda tem muito preconceito ao redor do que é arte e cultura. As pessoas adoram exaltar obras complexas, profundas, muitas vezes difíceis de compreender, que estão fora do alcance do grande público. Até aí tudo bem. O problema é rebaixar tudo o que é feito para as massas ou para diversão, como se essas obras tivessem menos valor. A literatura jovem adulta, por exemplo, costuma ser leve e acessível, mas aborda temas de extrema importância que vão impactar as próximas gerações. Não é porque uma história é contada de forma leve que ela não está gerando reflexão.

Sempre me preocupei em produzir conteúdo que atingisse o grande público. Me incomodava ver filmes LGBTQIAP+ restritos ao circuito de cinema de arte, longe do alcance da maioria da população. Acredito que, quanto maior o público, maior o impacto. E nossas histórias precisam chegar cada vez mais longe.

O que escrevi em *Eu, minha crush e minha irmã* é um recorte bem-humorado do que vivi quando estudei audiovisual. Nesse curso existe uma cultura muito forte de exaltar o cinema de arte, o experimental, o vanguardista. É comum ouvir alunos e professores desprezando novelas e comédias — justamente as obras que eu mais gostava. Sofri bullying durante os quatro anos de curso por causa disso. Foi só depois de sair da faculdade e de entrar no mercado de trabalho que eu entendi que havia espaço para tudo. Não é preciso diminuir uma coisa para validar a existência de outra.

6. Aliás, Antônia é a maior fã de *Minha mãe é uma peça* e também ama ver novela, então queremos saber: qual é o top dez melhores obras audiovisuais da personagem?

1. *Minha mãe é uma peça* (os três filmes empatados em primeiro lugar);
2. *Malhação: Viva a diferença*;
3. *As five*;
4. *Central do Brasil*;
5. *Lisbela e o prisioneiro*;
6. *Stupid Wife* (websérie);
7. *Crush*;
8. *Heartstopper*;
9. *Dickinson*;
10. *Dez coisas que eu odeio em você*.

7. Um dos grandes desafios enfrentados pela crush, Júlia, é a pressão dos pais sobre sua vida e seu futuro, que faz com que ela minta sobre a faculdade que

escolheu cursar. O que você diria para uma leitora que está lidando com problemas como esse no momento?

A relação entre pais e filhos pode ser bastante complicada quando há expectativas em jogo. Mas, na maior parte das vezes, essas expectativas estão na nossa cabeça, aumentadas em uma proporção muito maior que a realidade. Meu conselho é conversar. Falar sobre sua vontade de seguir determinada carreira, argumentar e tentar convencer seus pais com fatos sobre mercado de trabalho e seus planos para o futuro. Pais e mães não colocam expectativas nos filhos por maldade, mas sim para tentar protegê-los. Se virem que seus filhos têm um plano sólido e que são capazes de pensar por si próprios, fica mais fácil abrir mão do controle e deixá-los livres para seguir seu caminho.

8. Tamires, a irmã de Antônia, é expert em ficar com mulheres — e faz uma brincadeira ao classificá-las em "Categorias Sáficas". Você acredita que essas categorias existem, ou toda garota sáfica é uma mistura de várias delas? A quais categorias você mesma pertence?

As categorias não só existem como todas minhas amigas sáficas que leram o livro logo se colocaram em uma delas, rs! Claro que não é algo fixo e que a gente pode pertencer a mais de uma ao mesmo tempo, mas as sáficas (especialmente lésbicas) têm essa tendência à categorização. Tem muito a ver com nosso grupo de amigas e os lugares que frequentamos, os assuntos que falamos, os rolês que curtimos. É uma espécie de filtro para o Tinder da vida real. Por exemplo: uma sáfica esportista provavelmente vai ter mais a ver com outra sáfica que curte esportes porque elas vão frequentar lugares parecidos. Já uma sáfica festeira, que prefere curtir a noite, talvez não queira acordar cedo para correr no parque, rs!

Eu já fui uma sáfica esportista — foi praticando *roller derby* que conheci minha esposa —, mas hoje estou aposentada da modalidade. Acredito que a melhor categoria para mim seja sáfica escritora ou sáfica do audiovisual.

9. Ao longo do romance, Antônia recebe algumas visitas imaginárias de Dona Eumínia. Se você fosse acompanhada por uma voz que te desse dicas em momentos difíceis (para não dizer "puxões de orelha"!), que voz seria? E o que ela te diria?

Tenho fotos de mulheres inspiradoras no meu escritório que cumprem justamente esse papel. Quem fica mais perto de mim é a Shonda Rhimes, roteirista, produtora e criadora de séries como *Grey's Anatomy*, *Scandal*, *How To Get Away With Murder* e *Bridgerton*. Ela é minha maior ídola e referência de carreira. Quando estou com dúvidas sobre uma cena ou fala, sempre olho para ela pergunto "o que Shonda faria?". Também gosto de ler frases icônicas dela para me inspirar todos os dias. Minha favorita é essa: "Eu acho que muita gente sonha. Enquanto essas pessoas estão ocupadas sonhando, as pessoas verdadeiramente felizes, verdadeiramente bem-sucedidas, as pessoas interessantes, engajadas e poderosas, estão ocupadas fazendo".

10. Por fim, quais outros projetos que já desenvolveu como roteirista você recomenda para quem leu *Eu, minha crush e minha irmã*? E como as pessoas podem te acompanhar para continuar sabendo das suas novidades?

Quem gostou do meu tipo de comédia vai curtir *Rensga Hits!*, série que escrevi junto com outros autores incríveis. Para os fãs de comédias familiares tem os filmes *A sogra perfeita* e *Dez horas para o Natal*. Para o resto de 2023 e 2024 tenho previstas as estreias de dois filmes que escrevi: *Férias trocadas* e *Caindo na real*. O audiovisual é cheio de mistérios, então tem muita coisa que ainda não posso revelar, mas espero ter ótimas notícias para as sáficas cinéfilas nos próximos anos.

Quem quiser acompanhar as novidades, pode me seguir no Instagram, Twitter e TikTok. Em todas essas redes eu sou @abiacrespo.